金門老家
回不厭

東瑞

甲政第的燕子：
東瑞鼓動文學羽翼回原鄉

· 楊樹清（報導文學作家，燕南書院首任院長）

「突然接到一封信。」「信封貼著香港郵票，發信地址卻是台灣金門！」「十分詫異，趕緊拆開了。信是寫給母親的，落款署名，外甥女溫婭妮。她稱母親爲舅母！」「歲月迅速倒退，回憶之花驀然在我眼前閃出光亮。」

1997，香港主權回歸中國那一年，我人在溫哥華。某日，在英屬哥倫比亞大學（UBC）亞洲中心圖書館，看到一本香港作家東瑞，1986 年由湖南出版的《旅情》，一翻就翻閱到其中一篇《表妹自海峽那邊來》，讀之，非常有感，立即影印下來，也轉載、收錄在千禧年，龔鵬程與我合編的《酒鄉之歌》文集內《表妹自海峽那邊來》，一篇文章，結文字緣，自此也讓東瑞與從未謀面的金門家鄉有了連繫；2004 年，他終於踏上了母親島，也有了《重逢，在寧靜的酒鄉：表妹自海峽那邊來續篇》，他寫道：「二十餘年之久，與阿娜、阿妮重逢在故鄉，於我來說，並非人生的小插曲而已，而是時代的一種必然。世界開放了，封閉的門終於開啓了，朋友、親戚互相地充滿了諒解，見面才變得可能，相逢也才變得有意義。」「其中，鄉親，鄉緣，變成了超越一切的元素，那是一種極大的、凝聚的力量。過去，我不知道這其中的可愛和奧妙。」與家鄉有了綿密的情感連結、文學的互動，時隔十多年後，我再驚喜讀到東瑞這樣的文字：

到金門十幾次了，慢慢構築起我的金門夢幻，從陌生到熟悉，從陣陣驚喜到刻骨銘心。沒有一處廣義的故園，給我如此好感，如此百

回不厭！什麼時候我可以用文字拍攝一套關於金門的短片？什麼時候可以用文字構築我金門印象的三落大厝？像是採集漫天的美麗星光，照亮我這遊子、鄉親、旅人的前路。這是我的短片，我的仙洲，我的金門印象方磚構築的「三落大厝」，也是我一個人的金門，但願你喜歡。

2019夏天，打開東瑞《金門老家回不厭》付梓前的書稿，我的閱讀視覺立即掉落在《一個人的金門》，那不就是全書的一個開章、破題？而「金門印象的三落大厝」，是那棟曾經華麗，走過滄桑，已經幻滅的建築「甲政第」吧，仍然在夢中、在家鄉的土地上牽繫、縈繞著作家的故鄉情感、文字情境。

甲政第的眼淚

「甲政第，拆了，又一棟歷史建築，毀了！」2006年歲末，來自島鄉報紙版面的一小角，後浦城西門境內，莒光路158巷3號，三落大厝加左護龍，精緻的木雕、華美的彩繪磁磚、寓含忠孝節義的交趾燒、線條繁複的水車堵，「拆除作業已進行二、三天」、「原地可能會改建大樓」。

一棟歷史古厝，怪手幾個小時的開挖，百年風華瞬間化作廢墟，所有瑰麗的身世換來一堆蒼涼的「骨灰」，它還是全國登錄六百多處歷史建築、金門占135處中的一景。

甲政第的主人、「甲必丹」黃成真，天上有靈，是否神傷？為各房四散的黃氏家族看守祖屋、終身未嫁的文美玉，地下有知，是否哭泣？甲政第的裔孫，漂泊印尼，以《僑歌三部曲》享譽華人世界，一生與惡劣的華文環境搏鬥，發願「為苦難無告的華人華僑寫盡一生」的黃

3

東平，知道他曾經住了三、四年的祖屋變賣了？他是祖屋變賣過程中的家族反對者或同意者？或者根本來不及表示意見；另一人在香港、著作百餘種，同樣知名華文世界的黃氏裔孫東瑞（黃東濤），2004年春天首度返鄉，並拜會縣長，「盼將祖產三落大厝甲政第交縣府整修，作為駐縣作家與國內外文藝人士交流場所」，之後在一篇《祖屋，我終於來探望您》寫道：「離別金門的前一天，我們在莒光路隨便漫步，卻是如有神引，又走到祖屋『甲政第』，這是否冥冥之中暗示著祖屋和她衍生的子孫那種神秘的關係？……下次不知何時再來？會否一陣大風吹過，神話般消失」……「神話般消失」，東瑞的預言成真。東濤拍岸，力主保留甲政第最力的他，挽回不了家族成員匯聚的力量，他一定是苦的。他終究是個感性的文人。

2004年秋天，我隨著金門縣政府的東南亞訪問團來到印尼的三馬林達，尋找後浦人黃成真的發跡地。經商致富的黃成真，獲荷蘭殖民政府冊封為「甲必丹」後，匯銀圓回金門，於清宣統2年（1910年）建造「甲政第」，並在門眉的花崗石上鐫刻一行荷蘭文「LUITENANT」，意旨被委任的管理華人的具體官銜。建「甲政第」供族人寄居外，重教育的黃成真又匯銀回家鄉設「金門閱書報社」，算是金門最早的圖書館了。

香江的文學故事

「甲政第」拆了。夕陽時分，我自殘樑斷柱的廢墟裡撿拾了一、二片木屑，作為輓悼。我又讀起了東瑞的《祖屋，我們終於來探望您》的風華與眼淚，也讀到甲政第家族在海外開枝散葉的一章：東瑞的原鄉與異鄉，生命與文學故事。

「甲政第」的第一代主人創造一則南洋發跡傳奇，「甲政第」的第三代子孫再為傳奇寫續篇。黃東平與黃東濤堂兄弟，分別在印尼、香港生根，以一枝筆，發展出傲人的華人文學版圖；黃東濤與蔡瑞芬，由表兄妹親緣

關係再結髮爲夫妻，黃東濤「東瑞」筆名由來，亦即取夫妻名字中各一字組合而成。

東瑞，祖籍福建金門後浦西門境，對日抗戰結束那一年，1945 年生於印尼三馬林達，父親黃啓泉與母親許雪霞都在金門出生，父親 5 歲時出洋，母親 16 歲時離鄉；蔡瑞芬祖籍福建莆田，亦出生於印尼三馬林達，父親蔡金發是在印尼認識金門籍的母親許雪娥，結爲連理。許雪霞、許雪娥，金門來的親姐妹，又在印尼出閣後生下黃東濤與蔡瑞芬這對表兄妹並結姻緣，自此，島嶼與家族結合的情感，譜出亂世兒女的異地動人樂章。

印尼三馬林達的童年，東瑞與瑞芬是青梅竹馬；印尼排華的氛圍，一度拉開了表兄妹的距離。1960 年，15 歲的東瑞離開印尼，赴中國求學，1969 年畢業於泉州華僑大學中國語言文學系。東瑞在中國待了 12 年，歷經文革，與金門、印尼的家族聯繫幾乎中斷，但與表妹瑞芬的情份就是扯不斷，1967 年，表妹也來到中國，兩人再續緣情緣，1972 年相率奔赴香港前夕，5 月在廣州辦理結婚登記。

從小就是個嬌嬌女的瑞芬，在東瑞的印象裡，「孝順可愛，小小年紀就能歌善舞」、「兩頰有迷人的酒渦，臉上笑容常掛」，這樣一位陽光女子，卻被大環境所迫，跟著他在黑暗的時代竄動。到了自由、但龍蛇混雜的香港後，爲了生存，東瑞幹過送貨員、裝配、印花工、打蠟工等粗活，瑞芬也由嬌嬌女到玩具裝配工、製衣廠女工、玉器經紀人，甚至還租過只容一個人站立的唐樓樓下梯口賣胸衣。

那時東瑞工作不如意、多次失業，只能寫些散稿，對落魄中的文人丈夫，妻子不但不理怨，反倒不時鼓勵他「慢慢來，急甚麼！」1976 年，

東瑞在香港大光出版社做行街；1980年底進入香港三聯書店先後做圖書宣傳、《讀者良友》執行編輯，生活才漸漸安定，書也一本接一本出，長篇小說《天堂與夢》，中篇小說《瑪依莎河畔的少女》、短篇小說《彩色的夢》及小品《南洋集錦》等著作都完成於此時。1979、1985，兒子海維、女兒海瑩相繼出生，「甲政第」海外黃家有了第四代新生命的喜悅。

1990年代初，已在香江寫出一片天的東瑞，興起要從事出版業的念頭，他需要一個事業搭檔；茫茫人海，自認交遊欠廣的個性，能信任者也只有枕邊人了。瑞芬對出版業不熟悉、興趣也不大，為了幫先生成就文化理想，只好勇敢一試，「失敗了我們再去打工吧！」如此樂觀的態度，一切從零開始，1991年，「獲益出版事業有限公司」在香港成立了，夫唱婦隨，瑞芬是董事、總經理，東瑞是總編輯。夫妻人兩同心協力經營香港獲益出版30年，已出版600多種書，包括文學大家劉以鬯近20種著作。東瑞個人著作，迄今也已多達143種，香港中文大學特珍藏其手稿，2006年榮獲香港「小學生最喜愛作家」，個人著作《校園偵破事件簿》獲選「中學生好事龍虎榜十本好書」及「最受小學生歡迎十本好書」。無論在文學或青少年讀物出版領域，東瑞與「獲益」的品牌都打響香江。

東瑞、瑞芬，金門、印尼、中國、香港，如此繁複的土地與身世糾結，從表兄妹再到好夫妻同心經營出版，最難得的是，他們的心靈世界始終未拋落原鄉情，即使僅存的家族地標「甲政第」消失了，東瑞筆下的金門，「已不僅是祖父的原鄉，父親的記憶，我們這一代的夢幻；金門，是那麼真實、接近，也是我們這一代人的」……。

文字綴連原鄉情

「沒有了父母親的家不是家。」，「消失了祖屋的金門是否還是我的原鄉？」，「我們只能仰望金門的遼闊蒼穹，對著記憶裡的祖屋悲情，無

聲地嘆息，欲哭無淚」。2006年，隔海傳來甲政第被拆除的訊息，東瑞寫下如斯沉重的文字。

祖屋消逝後，卻也是東瑞以文字描繪，重建原鄉地景、心靈風景的開始。2017，他以《風雨甲政第》獲浯島文學獎的得獎感言中，「感恩故鄉金門對海外子孫的召喚，感謝美麗島嶼對我創作心靈的滋潤和綠化。雖然我的祖屋已經成爲紙面上的故事、鄉親們口中的美麗傳說以及黃氏後人心中永遠的痛，然如今整座金門島就是我的家園。從2004年到今年13年來我已經和瑞芬攜手回鄉17次了，金門老家總是回不厭，整座金門島就是一個巨大的百寶箱，寶藏越掏越有」。

對於故鄉，對於上一代的緬懷，甲政第飛出去的燕子，東瑞偕瑞芬一次又一次地飛回來。文字，讓遊子和老家的連繫更爲緊密，他也寫下一篇又一篇的散文，《我那金門島的祖屋》、《我不知道故鄉原來這樣美》、《重逢，在寧靜的酒鄉》、《仙洲之旅日記》等，及至創作出獲浯島文學獎的兩部長篇：《風雨甲政第》、《落番長歌》歷十餘載的返鄉、書寫，飽滿文學情感，串文字爲玉帶，小說之外，東瑞接續交出寫給故鄉的散文《金門老家回不厭》譜奏出的金門組曲，東瑞以「家園召喚」，「遇見祖屋」，「文學還鄉」及「酒比情濃」等輯構成的《金門老家回不厭》，也如鄉情四韻的交響；「家園召喚」看見風土之情：《金門好人情》、《金門慢漫時光》、《一個人的金門》、《從馬夫淚碣到殉難紀念碑》、《飄泊過海的蚵嗲》、《小女子獻身家國敞蓬門》；「遇見祖屋」讀到家族之情：《甲政第的悲情》、《我不知道原來故鄉這樣美》、《重逢，在寧靜的酒鄉》、《表妹自海峽那邊來》，《放天燈許願》；「文學還鄉」中有筆墨之情：《金門的書店》、《當咖啡遇到書屋》、《從游藝瓊林到長春書店》、《爲生命的鬥士和硬漢陳長慶喝彩》、《老鄉·文人·楊樹清》、《烽火歲月裡的金門悲歌》、《八二三炮火下的

金門孩子》；「情比酒濃」寫異鄉之情：《巴中人緣結金門社團》、《香港的金門人》、《帶八十位鄉親回金門》、《長長金門島外緣　濃濃達埠鄉裡情》。

隔斷的鄉事、阻絕的鄉情，東瑞跨山越海，終於在長達半世紀漂泊無定的生涯中，從七百萬人口的現代化城市香港回到了僅七萬常駐人口的金門故鄉，他寫道，「我對故鄉是那麼情怯，故鄉卻是從沒忘記過我；我對故鄉完全是一張白紙，故鄉的專家卻是能將我的一舉一動生動地記錄和描述，早就用白紙黑字的文字見證一個海外金門遊子——小小的我的存在。」而文字，維繫了東瑞和故鄉的感情，鑄就了他和故鄉的血肉聯繫，一如他在金門出版的小說集子《失落的珍珠》對照出的歸島情思，終於讓我們拾起一長串失落故鄉的珍珠，故鄉老家回不厭，終於一瀉不可收拾，故鄉，面容也越來越在腦海裡漸漸清晰起來。

鄉情，呼喚了遊子歸來；文學，重建了記憶風景消失的祖屋，未消逝的情感。從浯江到香江，甲政第飛出去的燕子，再次鼓動、伸展鄉情羽翼，葦美之姿、厚實之筆，東瑞文學回原鄉了。

目 錄　Contents

目　　錄　　Contents

第一輯 家園召喚

金門好人情

金門的好，不是一夜就可以發掘出來的，正如百寶箱，愈掏愈有。

金門的好，一旦親歷，有過嘗試，慢慢品味，會像好酒那樣醇厚。

金門什麼都好，最重要和最令人難忘的是人情好！

金門好人情！

好老闆

在金門，我們住過珠山的慢漫民宿，也住過市中心的金瑞酒店，還住過民權路的法蘭克民宿，最近一次，我們還嘗試了新的民宿，那是小侯介紹的，位於金寧鄉下浦下 311 號的「雲之海」民宿。幾乎和每一家民宿的老闆都成了好朋友。慢漫民宿的老闆楊婉苓是才女，大部分時間和夫君在臺北，有時回來視察民宿工作。慢漫民宿設計裝修很有特色，客廳書架上都是書，我若出版新書，帶來送楊小姐，她就會擺在書架上讓住客看。首次住民宿，非常激動，我寫過一篇《夜住慢漫民宿》發表在金門日報和香港大公報。老闆楊婉苓還請過我們出外吃飯。金瑞酒店的老闆曾經送我們到碼頭搭船。法蘭克民宿的李立邦老闆原是教師，低調做人，有次我們抵達金門水頭碼頭，他開車來接。更有次瑞芬想到美髮屋洗頭，他馬上踩起摩托車載瑞芬去，好像親戚一樣親。

這一次住在雲之海民宿，正面靠海，有很長的海濱漫步線，看得見廈門和小金門，而海中正建到一半的橫跨大小金門的橋也清楚可見，有陽光的日子，在這兒散步休憩和拍照都很合適。「雲之海」好浪漫詩意的名字！近年被評爲「好客民宿」，果然名不虛傳。民宿是金城鎮金永利鋼刀老闆林有忠經營的。他白天上班，晚上回到雲之海住。有不少事

15

都親手去做，早餐時炒包菜給我們吃，不時沖茶沖咖啡給我們喝。知道我獲獎，送了台灣精品、金門名刀——一把鋼刀給我，還特地在鋼刀上雕刻了紀念字樣的小字：「2017.11.25，《落番長歌》，金門第 14 屆浯島文學獎優等獎紀念」，真令我們感動。我們一起拍了張照片。後來還到金城老街他的店鋪裡小坐。

好店主

去金門，每次都要探訪金湖鎮新市里復興路我們敬重的金門扛鼎作家陳長慶並在他的長春書店裡小坐，已經數不清有多少次了，都是文友開車陪同我們來。每一次，他都很客氣，沖茶，端出金門貢糖請我們。我們談話間有人不斷來取報紙。早年來拜訪他時，我看中什麼書，欲跟他買，他都堅決不要收錢，對其他文友也是，搞到後來我都不好意思了，不敢要什麼書了。由於他的病情，他不能隨便吃東西，有三次，他帶我們到附近的餐廳吃牛肉麵，事先埋好單，自己回書店去。

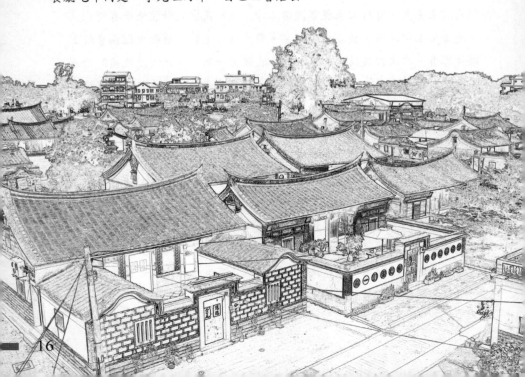

這一次探望他、告辭後，我們在復興路慢慢逛下去，忽然又看到有一家書店真大。記得以前來過。大家就這樣走進去，據同來到的王先正老師說，這一家源成文具書店很大，以前還有出版社。我們隨便看，書架上的書、玩具、文具特別多，一會王老師見到店主李錫源先生，向他介紹了我們，還說我是「兩屆浯島文學獎優等獎」得主，當下我們一起合影。從李先生的介紹中，我們才知道書店歷史很悠久了，至少有幾十年的歷史了，而且有多家分行，是祖傳的下來的。我們看中一套小女孩玩的玩具，想給小孫女買，李先生硬是不要收錢，實在太客氣了！

好職員

　　顧客永遠都是對的，職員的好態度絕對是好生意的最大元素之一。

　　在金門，從來沒見過店鋪的老闆或職員對顧客擺出臭臉或惡言相向。「試吃」已經成為特產美食店的重要程式。不像其他某些國家和城市，什麼都嚴加密封，包括圖書和一些可以試吃的小食。做生意的人不懂可以試吃、試讀的藝術和必要，那是太愚蠢了，那就是不懂「吃小虧，佔大便宜」、顧客認為好吃才肯買下您的東西的辯證哲理。

　　貢糖是金門著名的土特產，相傳以前是進貢朝廷的禮品，幾百年流傳不衰。金門的貢糖有好幾種牌子，味道、品質和價格都各有不同。它不僅是最合適的手信，也是金門縣政府人員出訪時最喜帶的送給各鄉親的禮物。到金門、從金門回來，不帶貢糖是不可能的。其間存在著暗地裡的競爭。

　　近兩次，都是小侯帶我們到一家叫「金名祖」的原工廠兼批發部去。那裡門面不大，好的是現場製作，產品都是新鮮出爐，熱辣辣的，職員們不斷地讓我們將每一種都嘗試，一直到發現我們喜歡的、決定了要買的幾種品種，才開始秤重量和裝袋。另一家主要是門市，專售自己

生產的一種牌子，叫「天之桂貢糖」，幾個職員，也不但讓我們試吃，還耐心地回答我的問題，我問為什麼其中一種叫「豬蹄貢糖」？一位職員耐心地解釋說，不是貢糖摻入豬蹄的味道，而是貢糖的形狀做得跟豬蹄一樣，原來如此！兩家店鋪見瑞芬買很多，聽到瑞芬問她們有什麼贈品，都毫不吝嗇地送了一些小包的貢糖。

還有令人難忘的是金門只有六、七萬人口，可是他們的郵政服務，效率之高。令人嘆為觀止！我們因為東西超重而想把兩箱手信寄走，到郵局去寄，負責的職員服務態度非常好，有問必答，而且非常耐心，更驚人的是這位職員的辦事效率非常高，在我們填寫表格還沒完成的時候，她已經做好了所有程式，我們順利地寄走了兩箱東西。

好襄理 · 好經理

一個部門，有個細心的、熱情的好領導，好經理，那就如虎添翼，生意必然蒸蒸日上！我多年來投稿金門日報，有不太多的稿酬，都是托鄉親陳秀竹（最早是陳延宗鄉親）代領，她很熱情，工作也做得很細，可是一直麻煩她我們覺得很不好意思，去年試試到金門一家銀行開戶口，種種原因沒有成功，今年因為參加「浯島文學獎」又得獎（去年也得過），想到沒有一個戶口，實在不方便，我們在王國基鄉親好意的建議下，又到了不同銀行試試，第一家種種原因沒成功，國基鄉親不甘心，送佛送到西，好心做到底，又到了一家叫「元大銀行」的，襄理翁嘉菱沒有一口婉拒，而是詳細瞭解各種細節，然後告訴我們需要辦理的手續和證件，當天下午我們取到了需要的證明，再度到銀行辦理，銀行李曉嵐、汪好庭、範佩珍三人就為我們開戶口的事忙了大半天。從這一件事，我們可以體悟到，許多政策不是一成不變的，端看執行的人如何領會和執行，法律不外乎人情，何況充滿了人性的、為眾人服務的政策？

金門酒廠的企劃處經理劉麗如，人雖然嬌小迷你，但能幹盡責，從台灣嫁到金門來就值得稱讚，待客之道就做足功夫，從手指如何抓小酒杯，到放映介紹金門酒的短片，再帶我們到製作的工廠參觀，事必躬親，笑容甜美，令我們猶如上了一堂生動的金門酒課。

好官員‧好文人‧好鄉親

在金門，從來沒聽過誰說「金門沒什麼好玩」一類的話，可見金門人對自己的家鄉是充滿了自豪的。台灣的多年選舉，金門的金城鎮屢次被列入全台「最快樂小鎮」，金門被列為「最幸福縣城」。在我們多次的金門遊覽中，不乏好導遊、好文人，如作家陳延宗、報告文學作家楊樹清，文化園區盧根陣所長、金門寫作協會理事長王先正老師等人。

我兩次比賽，也都得到黃雅芬副局長、報告文學作家楊樹清的和文化局吳玉雲小姐的大力、熱情鼓勵，鄉親陳秀竹也是作家，對我們幫忙不少，近兩年到金門，僑務辦公室的王國才執行長和企劃秘書侯日權，一直細緻安排和溫暖相陪，還替我們拿行李，哪裡可以找到那樣的好官員？不斷開拓新景點，令我們大有收穫，實在非常感動。還有文化局呂坤和局長的弘揚文學的開闊視野和親民形象、金門縣政府工業發展投資策進會陳根松專員的熱情待客，都給我們留下深刻的印象。

一個美麗城市，假如人情淡薄，會成為冷美人，令我們很快敬畏而離去；一個美麗幽靜城市如金門，加上有好人情的話，那她的魅力肯定無法阻擋，令人想親近，百去不厭！金門正是這樣的地方。

參訪金門大學

　　這幾年多次去金門，金門大學我們都只是路過，停下來拍拍照，沒有深入地瞭解。內心的想法是，金門常住人口只有五萬，連流動人口算起來也只是六、七萬，居然有一所那樣宏偉的、一定規模的大學，真是了不起。比較起香港七百萬人口，只有十所大學，比例上優勝很多。

　　金門縣僑務辦公室王國才執行長非常重視我們這次的「金門領獎之行」。我們抵達（11 月 24 日）金門那天，他就親自開車，帶了一位同事，到水頭碼頭迎接我們，還給我們倆戴上花串，表示歡迎。離金那天，他又和僑辦企劃秘書侯日權親自送行，我們的行李特別多，王執行長孔武有力，一個人推所有行李從地面上斜坡進碼頭。一個官員如此親力親為，沒有絲毫架子，真令人感動。尤其感動的是他瞭解到我們已經多次來金門，需要的是文化深度遊，安排了好幾個精彩的、重要的節目和交流活動。他送我們到「雲之海」民宿休息了一會，下午四點他又載和陪同我們到縣政府與陳福海縣長見面。陳縣長很親切地邀約我們在一側的長檯交談，我有談到我寫金門的文章多達四、五十篇了，希望有機會出書，他說「我們給

你出」。大家交流言談甚歡，感謝陳縣長送了一瓶珍貴的金門酒給我們，我們才移步到會客室中央拍了幾張照片作爲留念，最後陳縣長還送了我們一程。

11月28日那天上午十點，由僑辦企劃秘書侯日權開車，王國才執行長又安排我們訪問金門大學。金門大學工業工程與管理學系副教授兼主任秘書呂立鑫博士接待我們，在校長外的會客室剛剛要坐下，校長室的黃奇校長就從他辦公室走出來熱情招呼我們，一一握手，交換名片，就請我坐在他最近的位置，王國才執行長坐在右側，瑞芬和國基鄉親坐在左側，小侯不斷給我們拍照。我送黃奇校長去年我的浯島文學獎長篇得獎作品單行本《風雨甲政第》，他很感興趣地詢問了我兩次得獎的詳情，我談了創作的一些體驗和有關內容，他很感興趣，知道我們開出版社，希望大學得到我一套書，擺在金大的圖書館，我和瑞芬答應，等我們回香港，準備抽空捐出我兩套書，一套給金門大學，一套給由盧根陣擔任所長的金門縣文化園區管理所、金門縣歷史民俗博物館的圖書室。黃校長還歡迎我到金門大學做駐校作家，我聽了很是興奮。

我也問了金門大學的歷史和師生人數，有關學系。原來，金門大學迄今已經有了二十年的歷史，其前身就是1997年成立的高雄科學技術學院金門分部，後於2003年獨立成爲國立金門技術學院，從2010年開始改名爲國立金門大學。目前已經有十七個學系，師生共有五千多名。談了好一會兒，話十分投契，接著是拍照，黃奇校長送了大學的紀念冊和學系介紹給我們；我們送的就是我那本得獎集《風雨甲政第》，照片拍得很不錯。

走出校長室，秘書室行政暨法制組組長楊欽鎗陪我們到教學大樓走，告訴我們每一層就是一個學系，由於金門地理位置非常特殊，具有

僑鄉、閩南、戰地幾種文化特色，因此，他們設立的一些學系名稱很特別，例如資訊工程學系、都市計劃與景觀學系、閩南文化研究所、國際暨大陸事務學系、觀光管理學系、運動與休閒學系等等。當在觀光學系走廊走著的時候，驚動了教室裡的幾個大學生，一個女生和一個男生走出來和我們交談，女生很漂亮，叫蔣欣如，二十二歲，還有一年就畢業了，當她說自己是來自印尼加里曼丹島麻里巴板市的，我們感到驚喜萬分；還有一位男生叫王進鋒，十九歲，是來自馬來西亞的。不一會觀光管理學系副教授兼公共關係組組長蔡宗憲博士也走出來和我們交談，我對觀光學系的各方面很感興趣，問了不少情況，收穫很大。走廊因為我們的來到一時熱鬧起來，想不到金門大學也有我們的印尼的小同鄉不遠千里飛來讀書求深造。

接著楊博士還帶我們在校園裡參觀男女生住宿樓，教師樓，都很漂亮，瑞芬指著其中一棟教師住的樓，開玩笑說，如果你做駐校作家，大概也住那裡吧。我笑了起來，哇！

近中午，我們就告辭了。

非常感謝金門縣政府僑務辦公室王國才對我們的一系列重要節目的安排，我們比以往幾次收穫更大，畢竟文化深度遊不是人人都有條件辦到的。

金門陽擢老街

到一個地方，總喜歡看老街。

爲什麼呢？其中一個原因是：香港已夠現代，連地鐵都可以開到家居樓下了，所有現代城市具有的現代，香港都擁有了。要看，就要看在香港越來越少的「舊事物」。去了金門多次，許多景點已經耳熟能詳；這一次，我們對接待我們的小侯說，我們想看看金門的老街。

金門老街有兩種，一種是戰地老街，一種是明清老街。

小侯心領神會，驅車，好快就帶我們到了金沙鎮的金寧鄉，一條戰地大後方的老街陽擢街。一到，發現果然是一條很有看頭的老街，那景，那空氣，那風中氤氳著的舊日味道，竟然是那樣強烈，不需要任何說明，就會感覺這至少是半世紀甚至一甲子年前的街道了，居然老半天不見一個人影，單是這一點就很夠老街標準。據說，陽擢老街保留得那樣完整，那些老房子，一半是早年留下來、原汁原味的，一半是因爲拍攝《軍中樂園》那部電影時修茸、改裝而成，一直留下來的。

這部《軍中樂園》電影構思八年，籌備兩年，參考了金門資深老作家陳長慶先生的名著《特約茶室》而拍攝的，乃是反映金門阿兵哥打仗之余的「福利」生活。戰爭生涯，阿兵哥難免感到生活枯燥而產生性苦悶，生理問題無法解決，應徵的「女侍應生」（或稱女服務員）就應運而生，爲了不歧視她們的性服務，歷來就不稱「軍妓」，連有關地方也取了一個「特約茶室」的名稱。如今，陽擢老街，還有當年的模擬茶室，而泰半屋宇已經空置，寂無人聲，即使站在老街中央留影，背後也不用擔心會有遊客停留或走過，大煞你的風景，靜，可以達到如斯程度。

金門島就在廈門對面，咫尺之遠，現在三通後只是半小時的海程，五十年代兩岸戰事頻繁，都在射程之內，金門，反而距離臺灣甚遠。金門經歷了 1949 年的古寧頭大戰、1958 年的「八二三」炮戰，以及多年的「單打雙不打」的炮火，當時硝煙漫天的天空如今一碧如洗，成為候鳥經常飛經和停駐之地；那年的轟隆炮聲，如今也早消失在歷史的遙遠角落，不再有絲毫迴響，但刻在金門人心版上的彈痕是那樣深，對和平的神往，對兩岸永不再戰的渴望是那樣強烈！如今徜徉在當時熱鬧一時、作為金門阿兵哥消遣之地的陽擢街，滿目是歷史的遺跡和留痕。

　　街道兩側，都是一列排開的青天白日旗，舊牆上多處塗抹了「反攻大陸」「還我河山」的標語，如今還歷歷在目，而蔣介石的畫像依然完整，不少商品廣告就直接繪畫在殘牆上。我們看到了不少店鋪，敞開著門，裏面已經沒人，最有歷史味道的就是商店的外觀，和五十年代的南洋、廈門大小城鎮的那種簡陋外觀和裝飾並無二致。如金東電影院、龍陵浴室、陳清吉祥樓、第一郵局、理髮店、照相館都是半個多世紀前的簡陋、殘舊格式和模樣。最妙的是我們細細觀察櫥窗，還有日本的「KODAK」膠卷，躺在厚厚的灰塵上，還看到一個在《甄嬛傳》裏飾演雍正皇帝的大陸電視演員和一個抱著嬰孩的女子，不禁心生疑惑：難道他們也來過這條老街？

　　有些老牆，紅磚斑駁，很硬；有些綠藤，很軟，覆蓋在屋頂上，由上垂下來，紅綠對比強烈。而再走進去，就是一脈農村田野風光了，非常詩意。有的屋頂，繪工精細，一眼就知道是金門縣的標誌；有的老房子可能重修過，但功夫了得，假得真時假亦真。不像我們慣見的老街，充滿了商業氣息，重修後看錢份上，嗅出來的不是什麼懷舊味道，而是銅板的味道了。

　　沒有人影的下午，陽擢老街是那樣安靜，誰都無法將它和「戰地」的

後方聯繫起來，當年的阿兵哥都是二、三十歲的年輕人，如果他們健在，也該都是八、九十歲的老者矣！中國大陸也有不少當年的戰爭遺跡，抗日的，國共之戰的……它們都有留存的意義，那就是「永不再戰」的意義。

老街不很長，一下子就走完了，在盡頭有家「金東電影院」，據說是1950年臺北議會議長張祥傳先生爲慰勞國民黨軍捐錢建築的。我們來不及到裏面參觀。想來，五十年代中國人的電影院，其建築格式都是差不多的，不會先進到哪裡去，其簡陋也是可以預想到的。在那個時候，連年不斷的軍旅生活，長期擁抱著睡覺的都是冰冷而僵硬的槍支，何曾有過溫暖而柔軟的女人擁抱在懷，安慰遠離家鄉父老的一顆孤獨寂寞的心？因此電影裏的異性、來金門勞軍的歌星，受到阿兵哥們的熱烈歡迎，也是可以理解的人性之常。

這一次來金門，讓我看到了金門戰爭大後方的消遣街陽擢街，而不再是走了很多遍的、純粹是商業的模範街了，見聞又增深了一層，感覺很深，思緒也變得深遽而悠長。

單車暢遊美麗故園

——久違了的歲月

觀東濤瑞芬單車遊

· 雷澤風

獎罷故園已是冬，單車遊樂暖融融。

金門灘外雙飛燕，振翅飛揚甲政風。

這是中國山東荷澤著名詩人雷澤風觀賞我和瑞芬單車照特地在微信撰寫發表的詩詞，特錄於此，以感恩他對我們的盛情厚誼。

沒想到今年8月剛剛揮手作別金門，衣染的金門草木香氣還未散盡，僅僅三個月時間，我們又攜手來到故園領獎。

8月的小遊記《金門的慢漫時光》剛剛上場，11月新的暢想曲《單車暢遊美麗故園》又在在醞釀。

上一次來到，我們已經有騎單車的計畫，無奈行程密密排下，最後沒有圓夢，這一次一路貼身陪伴的僑辦企劃秘書小侯（侯日權）心領神會、善解人意，在我們逗留金門的最後一天上午，戴我們到金門的後湖海濱公園。11月29日上午，算是初冬天氣，海濱一望無際的雪白晴沙，渺無人影，遠處的海浪偃旗息鼓，整個天地靜悄悄的，實在教人難於置信。

喜歡這種靜，喜歡天地空曠的感覺，彷彿是上蒼的饋贈，讓我們放飛心情，幻想的靈思完全沒有堵塞，快樂的心情在雲天裏飛舞，似乎年輕的

時光又全被喚回來了，久違了的單車歲月，不要說一去不復返，此時此刻，不是在讓我們慢慢領略浯島的悠遊假期麼。剎那間，我還幻想著大家彼此都有默契，來金門，就該像今天這樣，不必要一齊湧來，能輪批最好，人擠人有什麼好玩？看過視頻，假日裏山東的泰山人多如密密麻麻的螞蟻，鼓浪嶼渡輪遊客擠到有沉船之虞，多麼掃興？多麼教人恐懼？

而金門就長期保持這樣可貴的靜謐安好，而且沒有一處景點需要收門票，還有許多施設供您免費使用。像這後湖海濱公園的騎單車，前四個鐘頭租金就全免，超過的時間才象徵性地收費，實在太棒了。

小侯在租車小亭開鎖，一借就是四輛。

單車道鋪設得非常好，近沙灘處有較短的漆黑的木板道，呈現環形，而沿著大海、沙灘的花崗石板道也非常好走，鋪設得很長，可以

並行三輛單車，最美的一條車道，還是鋪上了柏油的小馬路，非常平坦舒服，單車可以在加速時放鬆、放飛，任由單車自由滑行。這一條最美，兩邊是綠茸茸的草坪，路邊還植滿了樹木，擋風遮陽，微風輕撫，身心輕鬆，不知今夕是何年，還以為自己處在風華歲月，誰會想到我們有一天會千里迢迢從香港飛來故園金門島領文學獎，還有閒暇騎單車重溫舊時騎單車情味。我們騎了好幾個來回，像繁華城市逃出的飛鳥。

有許多人住在大陸大小城鎮，每天還騎單車上下班、辦事，問題香港是現代化大城市，交通四通八達，單車已經不太合適與各種車子爭道了，除非到新界。金門確實整個島嶼都可以任你馳騁，旅遊單張上就設有單車遊，大受年輕人歡迎。

我曾在印尼雅加達騎單車上學；也曾在閩南的國立華僑騎單車到古城泉州遊覽，在北國合肥的大雪夜裏騎單車探望她，午夜離去時將單車高舉過頭，翻牆踩回自己的宿舍……都逝去了，都逝去了，那些年少時候所有的荒唐和瘋狂如今都變成了一種親切的懷念，邊騎邊重溫。

第一次在故園騎單車，感覺真好，陽光暖暖，海風輕輕，人忘了年齡，不忍離去。我們叫小侯拍攝視頻，我也擔當了導演，設計和構圖了好幾張照片，讓小侯和國基拍攝，小侯有天份，也為我們拍了不少張牽手照。

金門，我們還要來，單車，騎長一點時間，深度感受金門島的自由放飛，享受故園的靜好時光，親嘗做幾天世外桃源裏的黃淵明和蔡淵明的滋味，受益一生，不斷產生無窮的正能量。

金門的慢漫時光

　　說是去金門把獎金領回來，其實不過是藉口；主要還是喜歡上金門，想在金門渡幾天假，感受那種香港不易體驗到慢節奏時光。

　　2016 年底獲得第 13 屆（2016 年）浯江文學獎長篇小說優等獎，獎金不是當場可以領到，因此隔了大半年後，乘著天高氣爽的夏末秋初的 2017 年 8 月份，我們又去了一趟金門，這叫著「醉翁之意不在酒」，在於金門的魅力也。我們的真意不是只在取錢，而是在金門這好地方，好人情也。到金門度假，就好像到了陶淵明打造的桃花源做了幾天客。說是「做客」，畢竟父母不在了，祖父的祖屋成了我長篇小說裡的紙上故事，沒有了實質上的家，但還是有著濃濃的歸家感覺，主要是故園的人情味好濃好濃。連日來，一餐飯局緊接著一場飯局，馬不停蹄。

　　8 月 22 日那天，我們中午一點多就是抵達了，法蘭克民宿老闆李立邦老師和鄉親王國基到水頭碼頭來接。下午僑辦的王國才執行長、侯日權企劃秘書就來探望了，問寒噓暖；當晚金門縣企業專員陳根松請

29

客，在座的有僑辦企劃秘書侯日權、金門寫作協會理事長王先正老師、香港的金門鄉親王國基。晚上我們約了陳秀竹鄉親（也是作家，出版了好幾本書），她很客氣，把獎金帶來了。大家都談得投契。我們在此暫時無法開戶口，平時金門日報的稿費都是委託她領取，非常感謝多年來秀竹鄉親的幫忙。

8月23日香港在刮歷史罕見的十號風球，我們非常擔心，發了微信要兒子到我們家裏看看，窗口是否有漏水？幸虧沒有。昨晚瑞芬與金門寫作協會理事長王先正老師聯絡，他非常熱情，問我們要到哪里去，他可以開車帶我們四處逛逛，最重要的當然還是探訪老朋友。23日一早，他開車載我們到金沙鎮長青書店探望老作家陳長慶，他已經與病魔鬥爭好幾年，依然堅持寫作，我們真佩服他。幾乎每一次我們到金門，都不忘去到他書店小坐。中午時分，好客、待人熱情的他自己不吃，務必帶我們到他書店附近的餐廳吃牛肉麵，事先埋好單。之後，他會送好幾袋的金門貢糖給我們。還在不久以前，他和金門好幾位對金門文化有貢獻的人士榮獲金門縣政府頒發的「金門文化獎」，他還把當時印備的有關小冊子送給我們一本。陳先生被譽為金門文學的扛鼎資深作家，他獲獎時我們曾經從香港發電郵祝賀他。

為了不需要趕得太緊，中午我們回民宿休息，下午王先正老師想得太周到了，帶來了一位對金城和金城老街深有研究的陳博士，陪同我們一起遊覽了金城鎮的舊城牆，明清年代建的城牆已經經過修復，我們爬了上去，拍了好幾張照片。陳博士不斷地講解，非常地道專業；據說，舊年代的城牆正在全部修復當中，大多數都需要重建，到時，金門又多了一個去處。我們下了城門，就到附近的金城老街走走。老街寂靜、渺無人影，有一兩間做了展示室，用圖片介紹老街的前世今生，我們走進去參觀，得益不少。在老街漫步的感覺不錯，就好像時光一下子倒流，我們也變成了古代的人，在老街大膽牽著手，勇敢地破除「男女授受不親」的禁忌。

　　接著去參觀文臺寶塔、魯王遺跡，之後，再去料羅灣的嘯浪亭遊覽參觀，寶塔我們來過，嘯浪亭卻是第一次來。接著到媽祖塑像參觀，這是我們第一次來，太意外了。以前瑞芬當香港金門同鄉會會長時太過專注於帶團的具體事務，很少留意和欣賞景點。我們金門來了十幾次，我們從來不知道有那樣漂亮的媽祖像，原來，是 2005 年 8 月大陸湄洲媽祖祖廟贈送金門的，金門各界曾經在 10 月 11 日、即農曆九月初九媽祖羽化升天日，隆重舉行安座開光大典，期待媽祖慈暉庇佑兩岸和平。在藍天白日下媽祖聖像顯得高大雄偉，我們於是也拍攝了不少照片。

　　當天晚上我們約了王先正老師、王國基鄉親去吃水果餐。回酒店，秀竹鄉親把我投稿這兒報紙的稿費和獎金餘數全數交清給我們。一會縣政府負責「浯島文學獎」的吳玉雲小姐也來民宿我們房間小坐，她把一套用漂亮布套裝住的第 13 屆三本得獎集送給我。

　　她們走後，延宗兄上來小坐。大家天南地北隨便談了些話。他是 2004 年我們首次到金門接待我們的金門第一人，我的《失落的珍珠》（金門文學叢書之一）一書就是在他約稿下成事的。那頭幾次，都是他熱情接待了我們，帶我們到處參觀遊覽金門。當時我們是從臺北繞一大圈搭飛機飛金門的，在臺北，認識著名作家楊樹清，也是靠延宗兄介紹。這一天就這樣過去了。

　　僑辦王國才安排周到，讓侯日權秘書陪同我們，他特別熱情，早在我們抵達當晚發微信過來：「小侯全天恭候，可以隨時陪同。」24 日就由他駕車載我們遊玩。遊覽前我們到金門縣政府拜見吳成典副縣長，隨意交談，非常盡興。走出縣政府辦公室，我們把多次來金門到過了什麼地方告訴小侯，避免行程又重複。他載我們到水頭的古厝群落，那裡有一個小賣部，賣著一種「拉鍊背包」，我們買了一個；又到水頭的

國小展覽館參觀，還參觀了酒廠史展覽館。展覽館非常迷你，但懷舊氣息很重，也有不少資料看，以前未曾來過。接著我們到金門大學，在校門口的雕塑拍照留影。最滿意的當然是參觀遊覽當年金門國民黨的阿兵哥休假日經常齊聚的陽翟老街，感覺仿如時光倒流七十年，到處都插著青天白日旗。在金沙鎮舊街轉了一圈。小侯是識途老馬，按我們要求，帶我們去買麵線、醬料、貢糖等金門特產，便宜不少。一天也就這樣慢慢地過去了。晚上我們約了蔡是民、陳秀竹夫婦、參議李錫隆、僑辦侯日權、縣文化局吳玉雲小姐吃義大利西餐，略表獲獎之意（第十三屆浯島文學獎長篇小說優等獎）。大家都十分高興。

　　25 日上午縣僑辦王國才執行長陪我們到附近銀行，我們想開一個戶口，可是因爲沒有一個固定的位址，沒有成功。小侯繼續開車陪我們到古寧頭石蚵展覽館參觀，這個館我們以前沒看過，覺得還不錯，小而精，瞭解了石蚵是怎樣種植的。接著我們在一家小餐廳吃蚵嗲，味道眞好啊。中午王先正老師在金海岸餐廳請我們，還約了縣文化局呂坤和局長和他的秘書來，還有侯日權、王國基。下午小侯繼續陪同，載我們到古寧頭看和平牆，和平鐘，還去海邊看「喇叭樓」，當年兩岸在搞宣傳戰鬥時候，喇叭樓用高音貝大力廣播，大陸那邊都可以聽到。晚上老朋友楊菱琪請客。來了好多初識的朋友和鄉親。

32

　　26 日小侯載我們與國基鄉親到成功海灘、成功坑道、榕園、八二三戰史館參觀，還在旁邊的小賣部坐了一會。中午我們請小侯國基吃餃子，北方的食品在金門也做得不錯。本來我們想要騎單車的，但風太大了，計劃取消。晚上國基鄉親宴請我們、小侯、先正老師、陳根松專員在小六餐館吃晚餐。餐後，國基帶我們到金城的後浦老街走走，晚上我們沒走過後埔夜街，但見家家戶戶門口吊著紅燈籠，別有一番風情，猶如走在明清年代的夜小巷，路上不時見到老師帶著學生、導遊引領遊客行走、邊行邊講解金城的有關歷史。歸途，經過黃氏祖屋甲政第舊址，感觸良深，不敢久留，怕觸景傷情。夏末秋初，走路還是走得我們滿頭大汗。

　　最後一天 27 日中午，剛剛從臺北公幹回金門的縣文化局黃雅芬副局長宴請我們午餐，在座的有王先正老師、王國基鄉親，黃副局長的先生和女兒也來了。席間，黃副局長問我有沒有參加下一屆（第 14 屆）浯島文學獎？我小聲地說，有啊。她笑笑，點點頭道，好哦。

　　飯罷，小侯載我們回法蘭克民宿取行李，直奔金門水頭碼頭，國基也來送行，結束了我們金門六天五夜的行程，兩件行李太沉，我們將其托運了。

　　這一次金門行，不錯的話已是第十六次了。收穫不小。最深的感觸有三：一是許多景點我們從前沒去過，可見旅行團包下的節目還是太有限；金門像一個百寶箱，「越掏越有」；二是慢節奏，我們每天遲出早歸，中午還回民宿休息，下午炎熱，等涼快些才開始下半天的行程，晚上回得早；三是金門人情濃，尤其是小侯和王老師的全天候陪同、開車接送和遊覽，當我們親人一般接待，實在令人感恩感激。

　　美好的金門慢漫時光啊，將永存在我們的記憶裡。

金門好旅宿

　　到金門旅遊，無不對金門濃濃的人情味發出由衷的讚歎；如果不是行色匆匆、朝去夕返，而是有機會多留幾天，住下來，則又不能不被其多樣化、溫情脈脈的旅宿所吸引。2016 年 9 月至 10 月台灣交通部觀光局舉辦二十二個縣城「城市好旅宿」的評比，結果金門和高雄脫穎而出，獲得「特優」的獎項（總共有 9 個縣城獲獎）。

　　這正是意料之中。我們是金門籍，從 2001 年開始，因各種原因前後到過金門十五次，喜歡上金門的人情、乾淨、安靜、沒有夜生活，也對它的好旅宿懷有好感。金門多次被評爲全台灣「最快樂縣城」、「最幸福小鎮」，也是兩百多種候鳥的棲息地，這種變化之快令人始料未及，因爲從 1956 年開始，在長達三十六年的歲月裡，金門和馬祖都一直是「戰地」，直至 1992 年 11 月 7 日才解除了戒嚴令。如今不但呈現出一派和平景象，而且綠化成功，美得有點像現代世外桃源。

　　這二十幾年來，大批台灣島遊客來到金門遊覽，大陸沿海幾個省份的居民以及海外的金門鄉親都對金門大感興趣，或者想解開金門的神秘面紗一睹芳容，或者回看看祖屋容顏、尋根究底，慎終追遠，與親人團聚。伴隨著大量遊客的需求，民宿如雨後春筍冒出來，增加了很多。金門縣政府對民宿管理有一套，經常搞評比，頒發獎項鼓勵，民宿得到很大發展，經常有客滿之患。

　　金門的旅宿，大致分爲爲三大類。第一類最有特色，就是根據古厝改裝而成。金門的古厝建築群歷來保護得很好，雖然有毀壞或人爲破壞的，但基本完整。大量的古厝大都是落番後事業有成的第一代鄉親匯款回來建造的祖屋群，子孫四散在海外，沒有人住，委託親屬或有關當局管理者，

或者是古厝產權人已經搬邊到台灣等地而委託縣政府處理者，數量相當大。考慮到物盡其用，有意在旅宿業大展拳腳的金門人，就和有關部們簽下協議條文，租用那些古厝作爲「民宿」正式經營。

　其中著名的民宿如位於金城珠山的慢漫民宿、位於水頭的水調歌頭民宿，還有位於金寧的「香草庭院」民宿等。這些民宿以金門特色的閩南建築風格的外表招徠喜歡懷舊的遊客，其内裡卻裝飾得很現代化。例如慢漫民宿内，牆上掛著西洋油畫的複製品，洗手間的抽水馬桶有非常先進的冷暖沖洗設備。古厝式民宿多數都具備兩落或三落的，房間、走廊如同四合院圍住天井，早餐就在天井進行，蠻有悠閒情調的。早晨，手捧咖啡，一書在手，坐在房間走廊前的藤椅上，邊飲咖啡邊讀幾頁書，眞是豈不快哉，不知今世何世矣。

　這類根據古建築群改裝而成的民宿，好處是其開放式，走出房間就是天井，晴天看得見藍天白雲，夜晚望得到月亮星星；大部分古厝式的民宿都是平房，走到門口，有時還可以嗅聞得到花草的芳香以及感受到夜風的輕拂。不像香港的家庭式賓館那樣劏房化，密不透風。我們住過慢漫民宿，女主人的一句「民宿裡凡是可以吃的東西你們都可以取來吃」聽了非常溫暖和受落。在廚房，經常擺有貢糖、餅乾、咖啡包、香蕉等水果。

　旅宿的第二類是小型的從三、四層到六、七層式的洋樓，有的有電梯，有的沒有。以開設不久的法蘭克民宿爲例，它位於金城區市中心的民權路，樓高七層，每間房二到四人，共 16 間房，包早餐，其格式就非常有代表性。由於地點適中，老闆李立邦夫婦凡事親力親爲，服務質量好，而樓下大堂雖然不大，也可以容納二、三十人吃早餐，民宿營業不久，就客似雲來，預訂要趁早了。第三類以類似香港星級酒店的金瑞

酒店、浯江大飯店一類爲代表，密封式的房間，除非每一間有陽台，或讓您走出酒店，否則是無法見到「天日」的。這一類沒有金門上述兩類民宿的本土特色。

但無論哪一類，金門人情很濃，連帶酒店、民宿的待客之道也不像大城市的一些星級大酒店那樣冷漠。這些旅宿的老闆很容易搞熟，他們作風淳樸，經常親力親爲，沒有什麼架子。只要你去金門之前記得給他們電話，他們正好人在金門，接船接飛機，都是常有的事，未必與你計錢。如果你帶了一些香港的手信去作爲見面禮，他們也會禮尚往來，當你是朋友，請你去吃飯什麼的。

古厝式民宿和洋樓家庭式民宿值得一提的特點更多。首先，其民宿的設計都頗爲文雅舒適。例如，法蘭克民宿樓下大堂兼供人進早餐的餐廳，

不大的空間四壁，就掛滿了書法墨寶，一時間滿壁生輝，完全不像商業氣息濃重的旅館，而似書畫展覽室；慢漫民宿的客廳，中間是兩排沙發，沙發小几上擺著報紙和留言簿，另一邊牆，就是兩層長長的矮書架，排滿了許多文學書。如果我出新書，每一次到金門都不忘帶上幾本送給她們。

說來也不奇怪，法蘭克民宿老闆李立邦先生以前是學校的老師，慢漫民宿的老闆楊婉苓就是大學生、才女，而許多民宿的承辦人本身就是詩人、作家和文人。他們將自己經營的民宿盡量設計得富有書卷氣、盡量少一點商業氣息的冷漠，盡量體現人性化和家庭的溫暖感，那是必然的。楊婉苓小姐和夫君就開車請我們去吃過飯。有次住在法蘭克民宿，瑞芬（內子）晚上想洗頭吹髮，法蘭克的李老闆沒有二話就開摩托車載她去美髮屋，感動得她不住地再三說感謝。

再有一個特色是大部分古厝式民宿和洋樓家庭式民宿都包下早餐。慢漫民宿在天井小院裡慢節奏進行，三、五人坐在一桌四周，輕品慢嘗，加上天南西北閒扯，情調夠小資的。早餐除了豆漿，還有民宿助理親手煲的咖啡，其他則是肉包子、鹹甜燒餅、廣東粥、油條、水果等；法蘭克民宿的早餐大致相同，老闆夫婦很勤力，不少勞力活都是自己做。有趣的是，李老闆坐鎮在櫃檯，手上有一張早餐登記表給住客選擇登記（A、B、C餐），每天早上住客下來吃早餐，就看到座位上擺好了不同的一份一份的早餐和房號，工作做得很細。

這些民宿特色和富有人性的服務品質，讓金門獲得台灣全島旅宿評比大賽的「特優」獎項，實至名歸，並非偶然。外地遊客也因為金門旅宿文化的品牌而愛到金門旅遊。

慢活小金門

2014 年 10 月中參加了世界金門日後，我們就自由行了。那天是 10 月 15 日，我們到小金門遊覽，印象極佳。2015 年到金門參加世界閩南文化節時，看到大馬路上的大字標語《慢活金門》，多好的形容，大金門如是，小金門也如是，「慢活」，將大小金門的慢節奏點了出來。那一次的美好感覺，事情隔了一年，一直還沒有寫出來。旅程似乎沒有什麼特別之處，但回憶起來又滿是美麗靜好，這就是金門無法言說的美感和無窮的魅力吧。

2014 年 10 月 15 日，我們約同三、四朋友，在大夥兒回去後，從大金門乘船到了小金門。大金門島本來就夠小了，當時只有七萬人口，許多年輕人到臺灣島讀書工作去了，剩下老人家獨守家園，沒想到今年這一去，聽說回金門的人口增加了不少，原來不少遠遊的人回來了，據說已有十二、三萬人口。。

船很快抵達這個又有「烈嶼」別稱的小金門，正在苦惱用什麼交通工具做環島一遊的時候，就在碼頭上發現有個遊覽招牌，上面寫著可以乘坐電瓶車（一車大約可以坐十個人）環游小金門，還可以每個景點下車看一看，拍拍照，當下分外高興。到詢問處一問，更加喜出望外，原來，電瓶車環島遊，還在初試階段，因此這段時期完全是免費的，不過為了湊足十人，她要我們等一會。我們在碼頭小坐，很快就有人來報名了。其實即使要車費，他們的收費也是蠻便宜的。

一會就有人帶我們到九宮坑道（又稱四維坑道）參觀，這坑道好大，裏面通海，可以行小船。看過，電瓶車女駕駛員兼導遊就開車了，風呼呼地掠過，正是涼秋季節，太涼爽了。整個小金門很乾淨，纖塵不染，上一

世紀的戰火紛飛好似一場夢魘遠去了，上蒼如今贈予小金門一幅安靜美麗的大綠衣，真是一幅世外桃源的景象在我們眼前展現。

我們看「勇士堡」，好大，那是各式地雷的大展覽，地雷知識，如何清拆地雷、金門如今那些地方還有地雷等等都一目了然；我們到海邊看戰時的遺跡，殘破的碉堡、兵士的雕像……告訴我們以前金門的海邊處處都是火藥味。電瓶車在兩邊都是綠色田野的乾淨馬路飛駛，靜無人影，偶然出現掃馬路的女子，很久才看到村落，村落也是靜悄悄的……這樣被時間拖慢、被世界遺忘的角落，不是世外桃源又是什麼？

我們參觀湖井頭戰史館，主要看 1950 年炮戰和 1958 年的八二三炮戰。就在裏面，我們看到了鄧麗君和崔苔菁勞軍的照片。鄧麗君大家都知道，那位崔苔菁祖籍中國山東青島，出生於臺灣臺北市，是紅極一時的臺灣女歌星和電視節目主持人，被稱為「一代妖姬」，感情生活多姿多彩！接著我們參觀了烈嶼文化館，好喜歡這地方，慢節奏、慢活的小金門，您看了這館內的東西，就有種時光倒流的感覺。這兒展出我們父輩闖蕩南洋時飄洋過海攜帶的藤條編織的藤箱、老式縫衣車、老爺照相機、金門各種民俗物件。最奇特的是還有一個統計表，表明大陸幾次炮擊金門、馬祖、大擔小擔島的炮彈密度，平均是每平方米 3·6 發。門口，還有單車，可以供你騎行。芬優哉悠哉地騎了起來。

前後大約幾個小時，我們慢慢參觀，慢慢欣賞，電瓶車帶你環遊、漫遊小金門的行程就結束了。多麼叫人難忘的一個幽靜乾淨的島嶼啊。

　　這個島嶼，就是 現代的世外桃源，和整個大金門一樣，聽說有交通警察，但看不到，它的字典上沒有塞車、堵車這些詞；聽說有監獄，但沒有犯人，見不到獄卒；有不少屋宇，主人 夜裏關門，但更多的是夜不閉戶。可惜我們沒有機會在小金門留宿，要不然，這世外桃源般的小金門的夜晚一定很美，一如以前我在《浯島的夜空》所描述的畫面——

　　住在大城市太久了，禁錮在密封的鋼骨水泥森林裏，看不到新鮮的太陽；夜裏，粉紅色的夜空竟感染於地面上密集的燈飾，難望夜空上清潔的月亮和星星。浯州的夜空不然，那麼高遠，那麼黝黑，那麼令人愛戀。

　　當汽車奔馳於沒有聲響的故鄉夜馬路時，兩側儘是樹林和呼呼的風聲，夜空，漆黑如墨，潔淨晶亮似黑色地氈，一顆顆星兒就是綴嵌其上的鑽石，隱隱發光。

　　哪怕是在民宿的深井，抬頭也就可以觀賞高而遠的夜空。屋瓦、彎月、小星星們和小檯上的茶杯、貢糖、點心構成故鄉令人懷念的永恆圖畫。不分地上天上人間，天人合一，草叢的蟲兒們一夜無眠，一唱到天明；我們對影成五人，也是邊品茶邊聊天，一談不知夜深，一談到天明。

　　大自然啊，眷顧著故鄉，給予美麗的夜空、戰後的靜寧；夜裏，富有節奏的輕微鼾聲一直響到天明，門兒不須閉，就讓鼾聲和蟲鳴交融啊。

一個人的金門

到金門十幾次了，慢慢構築起我的金門夢幻，從陌生到熟悉，從陣陣驚喜到刻骨銘心。沒有一處廣義的故園，給我如此好感，如此百回不厭！什麼時候我可以用文字拍攝一套關於金門的短片？什麼時候可以用文字構築我金門印象的三落大厝？像是採集漫天的美麗星光，照亮我這遊子、鄉親、旅人的前路。這是我的短片，我的仙洲，我的金門印象方磚構築的「三落大厝」，也是我一個人的金門，但願你喜歡——

海程

半個小時的金廈海程，等待和耗費了半個多世紀的時空；這波濤洶湧的海水裡滲透和融匯了多少落番客的離鄉淚？呼呼的風裡是否還飛越、穿梭著尋覓棲息地的候鳥以及對打的砲彈？依稀還看到當年父親的身影，正拎著一隻破藤箱，踏著祖父的足跡出洋，奔波在這苦難的海洋。那時在浮動地獄裡飄洋過海，大半月才抵達彼岸。而後，我們從臺北繞了一個大圈飛抵故園，如今乘風破浪，往返金廈兩岸，僅在半小時之間。滿船相擠的皮箱裝的都是四散在地球各個大城小鎮的鄉親的心意，為了這第一次的返鄉，為了摸一摸祖屋蒼老的容顏，多少人等白了頭髮？夜夜盼郎歸的新婚嬌妻石化成望夫山上的雕像。水頭碼頭歡迎你的笑顏是鄉親的，也是官員們的；是不是衣錦還鄉已經不重要；當那溫暖的手為你的頸脖套上五色花環的一刹那，能不淚眼模糊？

午餐

特殊的午餐需要越洋訂制，限量的供應惹人好感，一如紀念性的藝術金幣需要填表訂購，午餐，也可以如此地金貴！催趕計程車前往，座落在金寧鄉的香草庭院一片寧靜，荷風陣陣，蓮香襲人；滿塘的荷花迎著夏日的風，雀躍地迎接遠方的回鄉客。住家式餐廳外牆爬滿薔薇花，

41

樹上的蟬鳴將夏日拖得更長、更幽靜。走進庭院，滿室的白貝、美石、籐椅、盆栽，一牆的畫、雕塑、手工藝品裝飾，將居室、餐廳和藝術工作室「三合一」，午餐和人一時也都變得那麼優雅。喜歡主人夫婦的親手烹調製作，喜歡那淺綠色的非常講究的餐紙，還有盤碟上鬆軟可口的肉和菜，都一一發出原色的光澤，都在向我們微笑致意。每一種食物都那麼精緻，擺在了它們最適當的位置。更難忘的是女主人那濃濃的人情味，特地製作了一罐辣椒醬，給嗜辣的我們。這難忘的故園午餐啊！齒頰留香，下次再來。

馬路

每一條公路都乾淨如洗，每一方空氣都清新芬芳。汽車在兩邊直立也似的綠毯間奔馳，午後的風呼呼不斷掠過，像是在向回歸母懷的遊子致意。大半天不見人影，故鄉今天是這般地靜謐，不愧為一塊綠意蔥蘢的仙洲；好久好久也沒有一張廢紙飛揚，如此整潔乾淨，簡直令人不是驚喜而已，已經是一種驚駭。好想躺成一個大字，躺在故園這一塵不染的大馬路上，嗅一嗅凌晨樹木的味道，看一看太陽的西斜，欣賞一下夜晚穿透金門夜空的高、遠與黑。我也驚異於汽車行駛了那麼久，就看不到一座高樓大廈，藍天和白雲都一起展開了笑顏。幾十年了，再也不需擔心硝煙污染明淨的天空，轟隆的炮聲早就消逝在歷史的殘頁後面，唯有一條條馬路，載著你到幸福的金門的每一個今天和明天。

老厝

紅色的方磚，飛揚的屋簷；綠色藍色的人物動物雕飾，沿著屋脊一列排開，昂首望向白雲飛揚的晴空；似曾相識的對聯有些破舊了，褪色的淺紅殘紙在風中簌簌飄顫。啊，父親口中傳說的老厝就是這樣嗎？心兒顫抖，漫步美麗的村落中，癡望那斑駁的一道道門牆，撫摸老厝的每一扇門窗，禁不住淚眼模糊。曾經在我心目中也有一座，卻已死在人為的謀算；而今故鄉所有的老厝都成了我廣義的祖屋。我喜歡那披在慈祥紅顏頂上的一泓

綠髮，我喜歡那突破大理石間隙而長出的小綠芽，我感覺到了城市裏的鄉村與鄉村裏的城市那種無法言說的美，我更喜歡坐在欄杆上欣賞老厝建築群前的水中月，傾聽蟲聲唧唧，風兒絮絮，欣賞每一戶的一燈如豆，構築那麼溫馨的圖案。甲政第雖死，但在我書寫的文字裡永存了，是的，如今所有美麗的老厝都成了寄託我飄蕩魂靈的祖屋。

民宿

　　從不知道世間有那麼美麗溫馨的民宿，就像是仙洲上的一塊塊樂土。一院的花草茁壯成長，依時迎日送月；露天的木桌木椅坐起來勝似沙發，夜晚可以望漫天閃爍的星光、瀉下一身的舒爽；屋旁空地上的鞦韆，讓我們在搖盪中盪回久遠的童年，呼喚純真性靈的歸來。女主人從臺北打電話過來，家裏有的食物都可以吃用，口氣溫暖一如鄰家大姐；民宿主持者不時端一壺熱咖啡進來，啊，大城市裏的大酒店那裏有這麼貼身的招呼？更驚喜的是客廳裡那一列又一列的排滿圖書的書架，度假的時光不愁沒有書讀；還有一本又一本的留言簿，記錄旅人詩樣的心聲，連感言和意見書也書寫得那樣工整那樣文學。清晨無疑為一天最美也是最靜也是最動人的時光，在悠閒的閱讀中，享受一種慢慢的生活，連歲月也留戀著此刻，時間的腳步緩慢得似乎凝住在藤椅的舒適和咖啡的淺飲慢啜中。

星光

　　夜晚的故園最銷人魂魄，高遠而深邃的星空彷彿還停留在幾萬年前人類的夜晚蒼穹；島上家家戶戶幾乎都有天井，最早察覺和感受著春夏秋冬在換季；清晨的啾啾鳥鳴替代了古早的喔喔雞啼，夜不閉戶的習慣似乎由來已久。世外桃源的遺風原來不只是紙上談，在金門，所有的失眠症都可以不藥而癒。是的，夜晚的島上鄉村靜悄悄的，我們可以慢慢地在昏暗的小巷尋覓父母童年的味道，那怕風中已然絲毫不存，也叫人

那麼懷念地追蹤。最喜歡閒坐在星空下，三人成對影，慢慢地談，慢慢地品茶，慢慢地將生命的影子拉得悠長，在凡塵煩惱淨去的空白中，創作的靈感又踏踏有聲地如萬馬奔騰而來。什麼時候再共用一夜不倦的星光？什麼時候再將一夜的星光擁抱入懷，或裝進行李箱攜帶到天涯？

清晨

　　島上最美最詩意的清晨在林務所，時濃時淡的霧，朦朧了所有的林木，也朦朧了你我。花卉顏色霧化後的淡和柔，留在記憶深處是如此的美。地面上的萬物還在沉睡，昨夜星辰下的夢也許還在延續，是哪個巨人的手，將地面收拾得那樣乾淨？只有三兩落葉在輕飄曼舞，那也可能是不慎跌到草地上的夢。所有的樹葉都剛剛沐浴，散發出未經污染的處女氣息，空氣裡氤氳著草的芳香。一整列的單車供人借用，簡單的生活迎合大自然的呼喚，反而充滿了無窮的童趣。當我們騎上了單車，童年的心境裡，就會很快地掠過無數童年永恆的風景。希望有一日，美好的島上清晨裡，處處都是童話般純淨的林務所，我們生活的節奏就可以按照單車的軌跡行進，健康而活力充沛。

老街

　　綠的菜心、紅的番茄、紫的茄子、白的白菜，黃色的燈籠椒……那背後是一張皺紋滿佈的臉；當年輕人紛紛飛到台灣大城市裡尋找出路的時候，老一輩的婦女仍然堅守在老街裡，坐在攤子後和小鋪裡。一個多世紀來，這兒的民風淳樸，這兒的民心堅強，度過了炮彈在頭上飛來飛去的歲月，也經受了門庭客稀、兒女高飛的日子。千瘡百孔、滿是彈痕的牆裝飾了快樂的金門，連彈片也被調侃成一把把鋼刀。模範街中西合璧的建築構成金城區的特殊一景，菜市那條老街，時光老人則喜歡將腳步凝住，親切的鄉親間的買賣畫面就那樣定格在鏡頭的一剎那。慢慢地在老街漫步，欣賞每一間小店裡的乾坤，欣賞店主那濃郁的人情味，欽佩那種不慌不忙的從容，商業裡的鄉親文化和寒暄趣味常常讓人流連不去。

蚵嗲

最出名的蚵嗲小吃就在莒光路32號，美食地圖上清楚無誤地標示；世界各地的著名餐廳由幾個美食權威選出，金門的蚵嗲廣得民心而印入政府旅遊圖中。下午三點鐘的時光這兒開始排起長龍，看女主廚如何盛餡、澆漿和油炸，如何將豆芽、蘿蔔絲、芹菜、蔥、蒜和蚵仔揉合成美味的蚵嗲；十幾個蚵嗲興奮地一起在大油鍋裡沉浮共舞，炸好的蚵嗲像一隻隻大蚌，漫漫地冒著白煙，在鄉親們的手中傳遞。在印尼那個異鄉也吃過小吃 OTEOTE，類似的發音、酷似的內餡實在意味深長，讓人浮想聯翩，是落番客將家鄉小吃帶到了異鄉，還是他國的美食飄洋過海，登上了故園的土地？記得否，臨別金門島的一次，蚵嗲還帶上了歸途的船上，吃得齒頰留香。

坑道

縱橫交錯的坑道有的窄小擠迫，有的寬大驚人，和飛機、大砲、陣地組成戰地文化的內容，也是戰爭留下的見證和象徵。無數的坑道，像是一條又一條烙刻在中國人身上的大大的傷痕，彷彿讓我們走進深深的歷史隧道，又像是走進半個多世紀前的戰爭歲月，看坑道兩邊的石牆

上，好似都密密麻麻地嵌滿了一個又一個的骷髏頭，深陷空洞的眼眶無助地張望著我們，每一張臉都寫滿了血和恨兩個字。中國人的恩怨實在結得太深，萬炮齊發的年月，血肉橫飛的還不是我們親愛的、血脈相依的弟兄？什麼時候坑道從我們的生活裡消失，什麼時候坑道只成了漸行漸遠的歷史記憶！

洋樓

老厝處處，洋樓散佈，並處共存。無數的洋樓，地處在陽光普照的建築群落一角，也有的屹立在樹木掩映的清幽公園一側，龐大雄偉的身影依然那樣牽動人心。斑駁殘舊的大理石圓柱撐起了一個家族的盛衰，爬滿青苔的厚牆彷彿還迴響著衣錦返鄉的跫音。人去樓空，畢竟有些黯然神傷；開枝散葉，總算種子連綿不曾絕。每一座洋樓都有每一座洋樓的長長故事，每一塊方磚和屋瓦都浸透拼搏的汗淚。落番的人兒午夜夢迴，魂兒都回到了故鄉；而今至少有半個地球四十幾個國家衍生、生息著近百萬的金門人的子孫。容顏風姿依然的洋樓啊，如今勾勒成島上一道道歷史的風景，也成了華人海外拼搏的見證；一碟碟色彩斑斕的娘惹菜餚模型，演繹著當年大家庭的繁鬧盛況。

書店

金門最美的文化風景也許不在什麼千年老廟或在老宅，最是靚麗的奇觀也許就在金湖鎮復興路46號，六十來年的長春書店和一頭白雪的店主陳長慶，構成了金門島上最美麗也最驕傲的無敵景點，說是金門島書業經典也不為過。在科技、網絡發達的威脅下，書店迄今屹立不倒，半個多世紀以來堅持為金門小市民服務，告示著紙質作品的珍貴價值。歷經病魔折磨十年的店主比書店還堅韌，從站在書店疾書，到坐在電腦前雙手鍵舞，他已經站成一座寫作人的英雄銅像。從不斷交代後事到新長篇不斷地鳴聲開鑼，源源連載，他，也已經成為金門文化永恆的象徵；他，已經成為了

無數傾服、崇拜者心目中的作家勞動模範。每一次探望故鄉，都要探望
陳英雄，向他問候和致意；每一次見到陳英雄，我的淚流淌在心底，好
想緊緊擁抱他，您生命不息，寫作不停，生命不息，不寫最累！不寫最
累！文學的魂靈和生命的血肉渾然一體，再也分不清。

文人

　　故鄉的文人如此相重，當年就是文事催我返鄉。《金門文藝》的老
總陪我們到處走，介紹人事，還送不少書；金門學的楊先生是書癡，一
支報告文學的健筆揮舞天下，獲獎無數，熱情地陪同我們；國家公園管
理處的陳鄉親背著相機陪我們探望祖屋，如今協助我們領取稿費；曾經
當過文化部門官員的李局長送我珍貴書籍和畫冊，向我歷數金門的輝煌
文事；現任的金門寫作協會理事長的王先生開車載我們遊覽，瞻仰馬夫
紀念碑，走了許多地方：局裡的陳先生為我的長篇《出洋前後》操勞和
忙碌，創下三個月出書的奇蹟。小小的縣城承載了厚重的文化和歷史，
金門人愛讀書，金門文人的古早味也是那樣濃烈，溫暖我心。

桃源

　　烈嶼猶如多個朝代遺世的世外桃源，電瓶車飛馳在島上的時刻，大
半天不見半個車影，聽不見一句噪音人聲，路面整齊乾淨，綠樹和藍天
白雲相映成趣。一路上，只見包著頭巾的金門婦女抓住大掃帚在馬路清
掃，見到我們，臉上露出了歡迎和欣喜的笑意。電瓶車駕駛者也是金門
的老姐，一路的解說，一路的停駐，一路的自豪。是的，電瓶車奔馳在
美麗的小金門，試遊期間車資全免，載著十個遊客，就牽動了十顆快樂
跳動的心。電瓶車飛奔在兩邊都是高粱地的島上，幽靜閒適、彷彿置身
於萬丈紅塵外，重現了陶淵明筆下的仙鄉，好想累了在此築一間茅屋小
憩，也想買一塊小地耕種，讀耕終老、隱居於叢林深處。

綠意

　　不是江南水鄉才有綠意和水光，仙洲的紅磚屋常常披著一頭綠髮，那才叫動人魂魄。綠意慢慢從大城市的視野消逝無蹤時，在這島上，無處不在，無處不活。有時，綠意不經意地從堅硬的青石板縫隙冒出，那是初見世面的新芽；有時，綠意鋪天蓋地而來，滿池的蓮荷都在呼喊，那是向夏日和愛荷人的最大致意；有時，綠意非常詩情畫意地隨風吹拂和搖擺在湖面上，泛起一圈圈漣漪，那是向你款擺風情，含蓄地盼望你的攝影。我喜歡老厝籬笆內伸出的綠意，於眼視枯燥時可以調節乾濕度；我喜歡故園每一條通向各類紀念館的特別筆直的大道，兩邊都有高大、直插藍天的針葉松，顯現一種偉大和莊嚴；我喜歡城市裏的大面積綠化，太陽光太毒辣時，它們都成了大綠傘。自從人們離開大自然越來越遠，綠意的鋪展就是我們罪疚的最大救贖。

特產

　　一個大國、大城市未必有你那麼豐富的特色物產，閉上眼睛就可以數出一大堆。從日用的一條根藥油膏藥到鋒利的鋼刀，從泮料數十種的麵線到貢糖、腐乳、各類小魚乾，更甭說那名聲赫赫的金門酒！醇美的酒香，說香飄十里也不為過。與那些強迫購物的旅遊機構不同，金門島的特產是金門的不可分割的一部分，當導遊還未向你介紹的時候，金門籍的鄉親已經有些心急地在打探

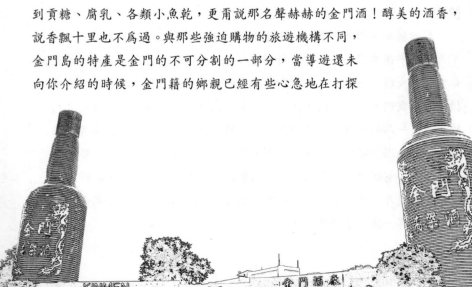

故鄉特產何時可以買到、何時可以帶我們購買了！啊，快樂的貢糖啊，一列擺開，歡迎你品嚐；多情的麵線啊，多試幾碗啊，多買一些喔，還可以打包給你送到機場或碼頭。金門酒啊，每一種包裝都講究，每一種包裝都成了藝術品！金門島特產這樣棒，腰酸背疼時，擦一擦一條根藥油，好像故鄉母親的手在我的疼處撫摸；在異鄉，淺酌一口金門酒，故鄉的溫暖和溫熱便在血液裡暢行和奔流。

渡頭

　　細雨中，去一趟同安渡頭，面前展現四十年代風狂浪急的畫面，一座受難馬夫的紀念碑矗立在烏雲下，上面的驢子和人的雕像活動起來了，我聽到了風聲、浪騰、馬吼，我看到了雨狂、水急、血濺……我看到少年的李先生在飛機轟炸、炮聲轟隆的那一天奔波在漳浦艱難途中……細雨中，我看到年邁的李先生在南洋、在印尼、在金門為苦難的一章奔波怒號，為立碑鼓與呼，收集簽名，慷慨激昂……在紀念碑前，如何可以不深深地鞠躬致意？

出書

　　從第一次出版《失落的珍珠》的文學返鄉到出版《出洋前後》的金門版，從開始的貼心關懷、密密聯繫到快速出版、樣書贈予，金門像一位母親關心我一雙兒女的誕生。在純文學處境艱難的世道，唯有故鄉那樣關注我的創作，給予那麼大的及時的支持啊！感恩，豈能表達我的感激之情於萬一？

節日

　　世界金門日幾年一度，召喚四散的金門鄉親回鄉一聚。幾十萬的海外鄉親，在盛大的世界金門日回鄉的至少也有一千到兩千餘人。鄉親，匯成了浩浩蕩蕩的大軍，湧向孤懸於海上的金門；鄉親，在地球的各個

角落的大城小鎮拼搏得疲倦了，一起相約回鄉探望母親，如同一股洶湧的大海潮！創造性的盛大節日贏得人心，充分的準備令精彩次第紛呈。無數的美麗圖書、紀念品派給鄉親，一次又一次高潮留在記憶的深處。一百年的落番令金門子弟遍佈全球，一百年的開支散葉終於有了一次盛大的檢閱儀式；一百年的金門啊，我的故鄉，百回不厭，十五、六次的回鄉何止只是一本書的份量？一百年來金門子弟的出洋、回歸和在海外飄泊紮根的酸甜苦辣，就是華人的一部偉大血淚史詩，那麼，就從我金門開始書寫。

2016 年 7 月 4 日初稿
2016 年 7 月 5 日二稿
2018 年 4 月 23 日三稿

第一輯　家園召喚

從馬夫淚碣到殉難紀念碑
——寫在《難忘烽火歲月》出版前夕

同安渡頭風浪高　盤陀嶺上槍聲急

　　我和瑞芬沒有想到在《難忘烽火歲月》出版前夕，居然還有機會在金門去雙鯉「馬夫淚」石碣和到同安渡頭日軍強征金門馬夫殉難紀念碑瞻仰，向那些當年的死難馬夫、鄉親致敬和致哀。世界上很多事，冥冥之中如有神助，「心想」遲早總是會「事成」的！《難忘烽火歲月》正處在最後衝刺階段，李金昌同鄉、前輩的那篇正是從他的《金門憶昔》節選出來的。由於比較長，我們放在書的最末第二篇作爲壓卷之作。如果能加插幾張比較清楚的照片，那不失爲很有意義的事情呀。

　　也可以說是一種機緣巧合吧？我們9月17日來參加金門縣政府主辦的2015世界閩南文化節，18日安排參觀遊覽時，導遊就安排我們到金寧雙鯉湖的濕地自然中心參觀，那塊馬夫淚石碣就立在雙鯉湖和自然中心之間，就在馬路口。雖然已經來過很多次，我們依然感到今年的來到、拍照，格外有意義。今年是抗日戰爭和反法西斯戰爭勝利七十周年，正好我們那本厚達320頁、收了台、港、中國大陸、印、新、美加近四十位寫作人文章、回憶錄的書就要在十月底出版，如果能夠拍攝幾張最新的照片收進去，不失有意義。

　　當年，鄉親李金昌就在雙鯉湖立碣的這個地方，牽著飼養了三年的騾馬，含淚告別母親、兄妹和鄰人，由父親陪同，到十公里外的城裏待命的，那是日本人的一場騙局。他們藉口發生了傳染病，要騾馬打針，實際上是別有用途。就在1945年6月30日半夜，天上懸著一彎下弦月，李金昌和一批同鄉突然在半夜被喚醒，在殺氣騰騰的的日本兵的押解下，牽心愛的騾馬往海邊的同安渡頭行走。此時的李金昌，身上穿著夾克，頭戴阿Q式氈帽，腳穿胡志明芒鞋，從此走上了不歸路。

　　雙鯉湖邊的碣石是在 2000 年 9 月立的，碣上紅色字刻繪著「馬夫淚」三個大字。前面牌子上的碣文這麼寫：

　　日軍侵佔金門達八年之久，臨終，於 1945 年 6 月，強征年壯金門人為馬夫與馬匹運載輜重，隨軍南竄，沿途被盟機掃射。馬夫傷亡慘重，本村李增更被凌虐致死。尚倖存者李金昌，當年正於此地揮淚別父，無奈何被裹脅牽著愛馬而去。回憶當年日軍之欺凌，悲淚涔涔，愴痛不已！有道是「一世告人以口，百世告人以書」，此地適有石狀如泣血淚滴，乃立碣以記之。

金門國家公園管理處

2000 年 9 月立

9 月 20 日下午，在雨中。

　　這雨，令海邊的天色如此陰沉，周遭沒有人影，更倍顯一片寂靜。

　　這雨，斷斷續續，有如馬夫淚，自陰霾裏飄落，同安渡頭一片潮濕。

　　上午，金門寫作協會理事長、退休的王先正老師開車載我們探望了長青書店的老闆兼老作家陳長慶，下午，他隨意載我們四處看看。

　　沒想到車子往海邊開，還未泊車時，雨就大了起來。

　　我們下車，每個人都撐著一把傘。遠遠就看到一個兩米多高的紀念碑，一個馬夫和騾馬相依偎的石雕像立在那高處。

　　這不就是日軍強征金門

馬夫殉難紀念碑嗎？我們多年前多次來看過。最早，它搬遷到一個廣場，我們第一次是在廣場看過，後來又遷回到同安渡頭；第二次，是好幾年前，我們又與印尼寫作人協會的會員來金門旅遊時來瞻仰過。

在綿綿的細雨裏，看這一座兩米多高的紀念碑，感覺氣氛的肅穆悲愴，已經是夏末秋初了，雨，消解了殘夏的餘熱，空氣裏有著微微的寒意。天色陰陰的，仔細觀看，這紀念碑放置在一艘船型設計的地板上，人站在上面，有一種人在甲板上的感覺。那高高在上的馬夫和騾馬雕像的造型和神態，唯有先用相機拍攝下來，然後放大來慢慢看，我們便會發現，人馬行走在艱難的途中，極為痛苦，騾馬運載輜重，固然艱苦超出負荷，馬夫脖子扭曲伏在騾馬背上像是小休又像是心疼騾馬，多麼傳神，多麼逼真？如果我們重溫李金昌在他的回憶錄上敘述的當年情景，會發現紀念碑搬遷和設置在這裏是合適不過的，以下就是李金昌鄉親當年在同安渡頭被日軍脅迫渡海的一段文字：

就這樣悄悄地，又跟蹌地我跟著騾馬群，踏上這條石板滑膩的「同安渡頭」。渡頭橋邊早已備就停當，據說是從海上截攔而來的潮汕三桅帆船數十隻，帆船的甲板舷邊，早已釘好高約一公尺攔住騾馬胸膛的欄杆，是生怕騾馬因風浪顛簸而墜海而設的，就此一隻一隻離開，駛過隙仔口耳掠過浯嶼，凌晨時刻，東方略呈曙光，靠岸，登上海澄（今龍海縣）港尾鄉白坑村沙灘海。

——李金昌《金門憶昔》

從 1945 年 6 月 30 日一直到 7 月 20 日，李金昌作為一名炊事員跟著幾百名馬夫，雖然只是埋鍋造飯、煮水煎茶，但一路上奔波勞累，從金門的同安渡頭被押解上船算起，歷經白坑村、田中央村、前亭鄉、拂縣鄉、赤湖、舊鎮、深水坑、大南阪、經汾水、入粵境饒平，全程為 23 天，整

個路程近達 300 公里，尤其是在盤陀嶺時，上有盟軍飛機的掃射，下有日軍的脅迫、與抗日部隊的遭遇戰，被當炮灰和替死鬼的金門馬夫和沿途抓來的其他地方的馬夫死傷慘重。這個時候日軍已經成為強弩之末，舉手投降在即，但他們不甘失敗，垂死掙扎，大撤退時一路逃竄。主要原因就是「一，兵力不足，恐遭截擊；二，地形不熟，怕受包圍；三，海道封鎖，運輸困難，因此就在金門強征騾馬連馬夫及漁船運輸工具」（李金昌語）。

我們和王先正老師在紀念碑前拍照留念，還將碑文拍攝，慢慢辨識，上面刻著的是當時金門縣縣長陳水在署名的文字：

第二次世界大戰，日軍大舉侵華，金門淪為日據。民國三十四年，日本因太平洋戰爭失敗，駐金日軍被盟軍封鎖，走投無路，乃強征全島騾馬五百餘匹及飼住五百餘人，負載輜重，以帆船渡到海澄縣白坑村登陸大陸，突圍向潮汕流竄。被脅迫而去之人夫騾馬，沿途多有死亡，其中以盤陀嶺尤為慘重，前後死亡共有二百餘人，其餘日軍投降後，始陸返金。

鑒於戰亂，史跡每被湮滅，真相常遭扭曲，為殉難馬夫控訴侵略者罪行，讓後世不忘鄉親這段血慘史，允為此碑設置之真義。

金門縣縣長陳水在 謹識

2001 年 10 月

李金昌原為金寧鄉古寧頭南山村人，現住在印尼泗水已經六十餘年。為了不能忘卻的紀念，在兩千年前的 1998 年著書立說，出版《金門憶昔》，敘述這一段鮮為人知的馬夫血淚史，多次為蒙難冤死的馬夫幽魂立碑之事鼓與呼，多次來返金門南洋，還將過去馬夫走過的路線親自走了一遍。他一呼百應，得到了海內外親友、文友、鄉親、企業家、同鄉的大力支持，搜集了許多簽名，符合了當時縣長的要求，就在 2000 年 9 月金門縣政府屬下的金門國家公園管理處立了馬夫淚的碣石；2001 年 12 月 14 日馬夫殉難紀念碑揭幕，李金昌受邀回金門剪綵，痛訴日本的殘暴罪行。

　　金門留下太多的戰地文化，碉堡坑道處處，就是缺乏日軍侵略金門罪行的遺跡，這兩處的碣和碑，無疑爲我們的子子孫孫留下了珍貴的教育陣地。

　　李金昌先生是我的金門大同鄉，是我的「叔輩」，今年已經九十高齡，他除了金門爲他出《浯島啓示錄》（列爲海外金門籍作家叢書第二輯。輯內也有我一本小說集《失落的珍珠》）外，他還出版了《金門憶昔》、《僑批申遺》等書。人家在這九十高齡已經頤養天年，含飴弄孫，然他生命不息，筆耕不輟。每天淩晨，他四、五點鐘就起床，一杯咖啡烏在側，一筆在手，就開始了「爬格子」，書寫他在泗水《千島日報》的「回味無窮的系列」專欄。沒寫東西時就讀書看報。他還與金門國家公園管理處的同鄉、金門著名女作家陳秀竹保持長期的書信來往，也曾經在好長一段時間與我書信來往甚密。

　　當獲悉香港我們和陳素中將編選出版一本紀念抗日勝利的《難忘烽火歲月》時，經范忍英主任的聯繫，還積極供稿，精神令人感動。我們感到欣慰的是，在該書出版前夕，趕得上在他的文章內加了好幾張這一次和王先正老師合攝的、我們的新照片，豐富了照片的內容。李金昌前輩在前幾年還經常出席各種活動，精力之充沛，令人欽佩！爲文化獻身不遺餘力，值得我們爲他喝彩鼓掌！相信他身體那麼健康，會輕輕鬆鬆大步跨過一百年，向一百五十歲、兩百歲邁進。

2015 年 9 月 29 日

帶兒媳回金門尋根

2013 年我們到金門兩次。時間都很接近：第一次是在 6 月，當了香港金門同鄉會會長的瑞芬帶團回鄉。第二次是在 8 月，與兒子、媳婦一道。最初是我們嘮叨，希望兒女們遲早要回鄉一次，知道和瞭解一下曾祖父、祖父、父親的故鄉是什麼樣子？順便拜拜祖宗。沒料到兒子和媳婦所任職學校即將放假，正好在發愁，不知要到哪里去？於是我們「打蛇隨棍上」，建議他們到故鄉金門看看。

兒媳兩人都是教師，都會駕駛，他們決定自駕游，太太瑞芬多次帶團回金門，這次更當上了會長，熟悉金門人事，很快就把一些手續辦妥了。抵達金門的水頭碼頭時，早就有租車行的老闆來接我們。他載我們到他的公司，交代了必要知曉的租車的事項，也順便辦好了手續，我們就由兒子開車直接開到我們的住處——珠山區的慢漫民宿了。

兒子和媳婦自駕游，已非今日始。早在幾年前遊覽清邁的時候已開始了，樂此不疲。在駕駛中，全靠了那個極為神奇的「導航器」。如果不是它，簡直就寸步難行。幾天來，我們按照來了金門八次的經驗告訴兒媳，金門有哪些熱門景點？哪些地方值得一去？那些坑道有什麼特點？

幾天來，兒子和媳婦輪流開車，裝在車上那個導航器真的很神奇，通常都可以準確無誤地指導我們到達目的地。連吃一餐香草庭園的預定午餐，導航器也可以領路進村。通常，車子在林蔭大道行駛時，好大半天都不見前面馬路有一輛汽車行駛，當然更談不上「塞車」了！兒媳兩人一路開車簡直都暢通無阻，對金門的安靜和乾淨也都讚不絕口。他們載我們到後湖海濱花園、古崗湖，都是我們幾次來金門、旅行團導遊都沒帶過我們來的地方。忽然覺得，小游金門，其實不要只是參觀戰地文化而已，也該

讓外地遊客領略金門島的幽靜美麗，可以安排遊客欣賞一下金門島海邊及一些湖泊。

那幾晚，適逢金門有夜市活動，賣著許多美味的小吃，年輕人喜歡夜市集，流連了一個晚上。金門島夜市我們也是第一次遇上，見到很多小時候的玩意，但那些小吃，都是未曾見識過，更是沒嘗試過。我們忌甜怕油，兒媳買的食物，也就那麼淺嘗即止。兒媳都喜歡拍照，到處攝影。

兒子從資料上早知道祖屋「甲政第」已鏟為平地，我們想想也只是黯然神傷，不想帶他們到祖屋遺址走走。因為時間關係，也來不及到金剛寺拜祖宗靈位。準備下次再約女兒女婿、三家人一起回鄉，再來拜拜祖宗。

金門給兒媳留下不錯的印象。兒子尤其喜歡拍攝鳥兒，他們希望選擇適當季節再來金門拍攝候鳥，收穫必會更豐美！

2014 年 1 月 14 日

金門自由行答問

最近有新加坡朋友準備到金門自由行，發來電郵，問我們下面幾個問題：

其一：到金門去玩，幾天足夠呢？

其二：金門有哪一些景點是必看的？

其三：金門可供下榻的民宿有哪一些？需要預定嗎？

我覺得她還真問對了人，我們到金門已經十幾次，不敢說是「老金門」了，但一些基本情況已經可以即場回答。很快就敲鍵這麼回答她了：問的問題答復如下——

1. 如果安排緊湊，每天走 6 小時，大約最長 3 夜 4 天就可以了！如果是度假性質，享受、感受金門的慢活，有時就在民宿安靜呆著看看書曬曬太陽，連小金門也去，那就 4-5 夜都可以。金門主要是戰地文化，是農村的城市、城市的農村，世外桃源，沒有夜生活的靜態苔厘，就看我們要求什麼。年輕人不太喜歡。

2. 景點：十八民俗村、陳景蘭洋樓、翟山坑道、榕園、金門國家公園、特約茶室、雙鯉濕地自然中心、同安渡頭（日軍強征馬夫殉難紀念碑）、金城老街、模範街、迎賓館、莒光樓……無法盡錄。

   【特產】不要錯過的——貢糖、鳳梨酥、鬍鬚佬麵線、王大夫一條根、鋼刀（要問當地的朋友）

   【美食】麵線、蚵仔煎、芋頭、軟殼蟹、廣東粥等。

   【小點】蚵嗲（在靠近貞節牌坊那一檔，下午才開）。

   請查看香港金門同鄉會的網址 www.hktwkm.com 上面介紹的都值得一走。

3. 金門的民宿文化非常成功，至少四十幾個，每年評獎，近來得獎的有：

金門慢漫民宿

金門水調歌頭民宿

金門香草庭園民宿

一定要預定，您只要打以上的字就會進入他們的網頁。

我們住過慢漫民宿，很好，可是常常滿客

很高興你們要到我們故鄉

【附錄】兩篇東瑞小文（就是《夜住慢漫民宿》和《飄洋過海的蚵嗲》）之後，我意猶未盡，又發給她一封開玩笑的電郵：

　　忘了告知，可以用半天游小金門，先僱計程車到金門水頭碼頭，坐船幾分鐘到小金門的九宮碼頭，然後在那碼頭僱電瓶車（很便宜）帶你們環島遊，看完所有景點，順便在那裏吃飯，估計半天多可以結束。小金門乾淨安靜，想知道什麼叫世外桃源，這就是了，「問今是何世？乃不知有漢，無論魏晉。」你可以做一位女版陶淵明或乾脆住下來，改名譚淵明吧！呵呵

譚淵明上（我和瑞芬的合用的筆名）

龍鳳胎（我和瑞芬的合用的筆名）

　　朋友也很幽默，用「譚淵明」的署名回信戲弄我們——

龍鳳胎：

　　哇，您們的生活，像是鍍上了黃金般的釉彩，閃閃發亮，令人欽羨！您們給予我所提供的資料，對我大有幫助，非常感謝！

譚淵明上

金門——現代世外桃源
——續《金門！金門！》圖輯

沒想到《金門！金門！》圖輯在我個人的博客裡引起不少朋友的喜歡！為了感謝大家，下一次除了準備親自沖印尼咖啡向大家致意致謝外，這一次，我再選上一些估計大家比較少見的照片欣賞。

照我看，金門和印尼峇厘有許多相似之處，如樓房不可建得太高，破壞自然景觀，阻擋遊客視線；夜生活相對來説比較少；不同的是峇厘開放了很久，嚴重污染，骯髒，而金門乾淨清潔，完全沒有什麼夜生活；而峇厘酒吧林立。金門靠金門酒養活一島人，峇厘全靠旅遊業。初到金門，可能會不太習慣，畢竟我們到過太多名山大川，逛過太多的現代化的新穎的購物商場，見識過多個不同版本而骨子裡都是美國文化的迪士尼娛樂公園……一直到離去，慢慢回味，才發現金門的綠化、幽靜、清潔、城市裡的鄉村又是鄉村裡的城市的感覺、居民的熱情好客、縣長的親民作風、濃郁的文化氛圍、戰地風景、坑道文化、民宿文化……猛然發覺都是其他大城市所無。

進一步深入研究，又發現兩、三百種候鳥在天氣轉變時都喜歡棲息在此；不知多少著名作家喜歡來此遊覽演講，包括了余光中、洛夫（他的夫人就是金門籍）、陳若曦、鄭愁予……都特地來過此地。金門日報副刊的水準也高得令人驚喜！小小金門島不過是7萬人，居然遊客不絕！慢慢你會再越來越感到，現代世外桃源會是什麼樣子？看來金門就是一個現成的模式！不像一些其他小鎮，商業魔手伸得太長，自然美完全被玷污了身子，叫人反感。金門還沒有。絕不是因為金門是我鄉而老黃賣瓜自賣自誇。從不慣到喜歡，我和瑞芬九年來到金門共九次，其中幾次參與香港金門同鄉會組團，每一次報名人數都爆滿超額，向隅者多。我寫下了《金門老家

回不厭》（東瑞的博客 2013.3.14）、《夜住慢漫民宿》（東瑞的博客 2013.3.15）、《故園七喚》（東瑞的博客 2013.3.15）等許多散文。

當然，金門由於保育、不願破壞自然環境，發展緩慢，成爲歷史性戰地，一直到 1991 年才開放固然是一個原因，而發展不易和保育取得平衡也是難題。許多年輕人因爲就業機會少跑到台灣島發展去了，這是金門面對的難題。

但不管怎麼說，這樣的一個事實不容否認：金門多年參加台灣全島選舉，一直選上臺灣十大幸福城市第一名，而台灣全島十大旅遊風情小鎮的選舉，爭奪戰非常激烈，揭曉，金門島的金城鎮赫然榜上有名，赫然排在第五（《金門！金門！》博文照片中模範街一帶）。可見本人喜歡金門。不是憑空胡說。

讓我們以閒適的心情再遊金門。

那年夏季，金門悄悄（水之部）

大樹

　　古崗湖的下午活在記憶深處，再也很難忘，只因心中始終長著一株大樹。

　　壯碩的體魄撐天而起，遠看就像一頂綠色的巨帽飛天而來，奉獻出它驚人的陰涼；啊，那美得窒息的模樣，純粹是歲月裏恒存的、庇護過我們的母樹，四周垂下的就是她的髮絲。

　　近看大樹籠罩了大半個湖，層次分明的樹葉將綠色的深淺如水彩繪出。大樹幹驚人地短矮，向上發展的枝椏衍生了千子百孫，開花散葉的成就令大樹家族顯得莊偉厚重。白晃晃的夏陽照射得大樹一面呈現一片黑影，休憩的人兒躺在長石板上，和大樹一起構成了一幅巨大的黑色的藝術剪紙。

靜湖

　　不捨離去，不捨離去。

　　縫隙裏青草連接的方磚，每一塊都是那麼可愛，大理石的圍欄可供夜晚男女依偎談心。那繫綁著的救生圈，隱隱在空間閃現好心兩字的字樣。

　　如果有假期，好想每天都坐在這兒，看四季景色的變化：春季，欣賞百花盛開，百草爭長；夏季，樹蔭下野餐乘涼、閉目小寐；秋季，觀望落葉飄零，候鳥飛翔；冬季，聆聽湖水魚兒衝破薄冰，叮咚有聲。

　　多麼安寧，多麼靜寂，美麗的古崗湖！寂寞的長椅，留在夢裏常坐。

童年

在金門的後湖濱海公園，我們邂逅了童年。

一塊繪成七彩的畫板，也可以讓我們瘋玩半天。從後湖濱海公園吹來的清涼的風，揮舞著強勁的手，呼喚我們投入她的懷抱。

將成人的身軀套進孩童的印模裏，時光彷彿一下子倒流，心境突然也變得孩子氣。記不住這一生究竟到過幾次海島、玩過多少次沙灘？我們那從婆羅洲走出童年的足印，一直不停歇，走向東方之珠，走向舊年的戰地；終於，在這兒，留下了兒時天真忘憂的笑聲，把身體縮進小童時代的歲月裏，童年也重過了一次。

我們邂逅了童年，在金門的後湖海濱公園。

閱讀

在海濱，有一位少女，在專注地閱讀。

遠處，風狂浪急，一排又一排的浪前赴後繼地奔騰；近處，泳池戲水的孩子在喧鬧，她不為所動，書內每一個四方字都朝著她，安靜注視。

海邊的閱讀分外地有味道，沒有了家中電視聲浪的干擾、母親東家長西家短那溫馨又八卦的嘮叨；一字一句，都是那麼地烙刻般入腦……

書中的世界太美妙，愛情小說浪漫纏綿，幻想小說天馬行空，生活裏的詩意都在書裏得到滿足，現實裏的精彩在書內書寫續篇。

在後湖海濱，有一位少女，在專注地閱讀。

堆沙

慢慢走向後湖海邊，夏季的風，掀動著急躁的浪，一排排地衝擊沙灘。

突然，一件精緻的藝術品呈現眼前——「2013 夏豔金門海洋風」——初看酷似一座木雕，可是比木雕潤滑幼細；猶如幼童在沙灘上的傑作，可是碩大無比。細看，原來是大人們的廣告作品，吸引人們來此。

無限的感動，無限的感歎，站在堆沙的面前欣賞，有嘻嘻笑著的童話裏的太陽，有抓嘜唱著歌、拉著琴的少男少女……一抹抹一塊塊，堆成一座小山，不怕海風的吹打，不拍海浪的沖毀，笑迎不斷走來的足印。

那年夏季，我站在金門後湖海濱的沙灘上，面對一堆隨時都會倒塌的精雕細刻的藝術品，久久的不語，久久的感動。

海浪

幾千年來的海，都是那麼寬，那麼窄的嗎？面對一輪明月？

幾千年來的海浪，都是這樣不息地奔騰、呼嘯，動盪不安的嗎？

望著這不平靜的海峽，思潮如同激浪洶湧澎湃！幾百年來，多少次踏浪跨海，呼呼的海風訴說著不同的海上故事；多少闖蕩南洋的遊子為巨浪吞沒，葬身魚腹？多少浮動地獄裏的豬仔死于海程中，化為冤鬼遊魂？多少國共的兵士生死肉搏，血濺戰炮刺刀，染紅海水？……大海承載不了大歷史的沉重負荷，化為強勁海風吹拂，淒厲中隱含憂傷，呼呼呼，伴隨著一排一排不息的浪花。

我因為熱愛祖輩的故鄉，經常眼含熱淚望著辛酸的海洋。

荷葉

一池的荷葉都在呼喊，太擠了、太擠了。

這個夏季，金門的所有荷花湖，都滿滿的站滿了荷花和荷葉。綠綠的感覺有點兒驚心動魄！她們彼此相擠，沒有一點兒的空隙。碩大肥胖的身子肉貼肉，靠得非常緊。遠遠看去，好像巨大的、起伏不平的綠色地氈，其中的粉紅荷花、雪白荷花點綴其中，像是粉紅和雪白的寶石嵌在上面閃閃發亮。

一個漫長的夏季，她們擠得辛苦。

這個夏季，所有荷花們的家都爆滿，非常熱鬧，我們很遠很遠就聽到湖中的喧鬧。嘩嘩嘩的歡呼聲不分白天黑夜地響個不停，又興奮又懊惱：太擠了太擠了！

水珠

也許，只有在這一刻，她最美麗。

當荷葉離了枝兒，漂泊在水面上，期待著水珠；當太陽還沒留意這兒的一段戀情，水珠已經爬上了荷葉的懷抱，對著他喁喁細語，

當暴風雨還在遠方肆虐、仍未趕到這兒上場；當失落的襟懷滿是綠色的空虛，水珠就那麼與荷葉生前有約，充滿默契地迅速水銀瀉地般地鋪滿荷葉。

晶瑩如珠，在綠絨上滾出攝人的光芒，又像大小點不一的星星，在綠色的小小蒼穹博取生命的長存，哪怕只是一種偶然，一種僥倖。

當你和荷葉暴曬在太陽底下，當暴風雨就在你身邊突然迅雷不及掩耳來到，您在一剎那間消失無蹤。

又何必憂傷，生命來也匆匆，去也匆匆，曾經來過，曾經美麗，已經足夠。

水鏡

那一面鏡，就在我們下榻的民宿一側、也是珠山的地標。

那一面鏡，多少次照映我們的鄉心；那一弘靜靜的湖水，象徵著金門的寧靜。紅磚、綠樹、白石欄，湖水看不見底，卻將岸上的屋宇等景物再清晰地繪畫一遍。白天裏，亮亮的天色就在湖中反映，陸上有多美，水裏也有多美，一陣微風掠過，水中波紋蕩漾，碎了如畫的圖案，那詩樣的美，也就朦朧起來；夜晚，湖水呈現寶石藍，有圓月在水中浮現，漫天的星星都碎在湖水中；屋宇的溫馨燈光，在水中的倒影中比陸上的還真實。

在記憶深處，一直有這麼一個靜靜的湖，照映我的鄉心。彷彿告訴我這漂泊的遊子，我們的心，要像它一樣純淨、坦然和無飾。

構圖

我不明白，在金門，總是望不見水，有水的地方，那水都幻化成一面鏡。

水是照相機，喜歡把岸上的景物複製一次。

我很驚訝，這被稱為世外桃源的舊時戰地，為何寧靜如斯，空氣裏不見纖塵的飛揚，一絲噪音的震盪，連水中，也是那樣，微波不興，水中的魚兒一定都在水底裏甜蜜地沉睡。

我不明白，在故鄉，有紅磚屋的地方，總是有綠樹草。紅綠攜手，繡出美麗構圖；我站在橋上，抓著相機，像有雙巧手，在第三空間比比劃劃，於是，遠近左右都那麼恰到好處，淺綠深綠，顏色得宜；陸上水中，對倒相稱，一幅油畫般的傑作就呈現在眼前了。

我在橋上構圖，圖好美，一時忘了把我構進去。

那年夏季，金門悄悄（陸之部）

馬路

　　一塵不染的馬路好像清水洗過，很想向清道夫道一聲早，卻看不到她的影子；最美的街道近半小時都不見汽車的奔馳，也沒有廢紙的瘋狂飛揚、煙屁股的遍地焦屍。每一個過馬路的人都變成了紅綠燈，站在路中央談天不需要擔心汽車喇叭的突然驚嚇。

　　傍晚時分，火燙的路面因為寂靜而感覺上變得清涼，三三兩兩的汽車都在懨懨欲睡，遠處的一位摩托手從遠處奔馳而來。一位紅衣少年慢慢地推著單車爬著坡。

　　好想展開手腳睡成一個大字，身下就是這天然的大路床。

老街

　　小城的老街還沒睡。

　　雖然只是短短那麼一條街，多少次漫步從來未曾厭倦；是欣賞這兒的特色建築，還是懷念賣蛋捲老闆娘的熱情笑容和甜蜜話語？還有一條根小鋪的藥油膏藥？

　　白天這兒行走，平平無奇，走到盡頭，居高臨下，回眸一瞥，老街的最美姿態，盡顯眼前，真所謂回眸一笑百態生。

　　夜晚在這兒散步，夜色昏蒙，燈光溫馨，店鋪悄悄，街的夢在半沉半醒裏，讓人在又喜又惑中，想不起今夕何夕，此生何處，依稀走在天街中。

　　街是一條模範街，橫在我們心中。

　　今夜，小城最美的老街還沒睡。

燈籠

　　夜晚，清金門鎮總兵署的燈籠，一字排開，一片淒迷，一片安靜。

　　遙想幾百年前，這兒的氣氛多麼威嚴，這裏的將令如山，這兒的刀槍劍戟無眼，僅是吆喝陣陣，足以將空氣凍結凝固，將人拒於千里之外。

　　而今，夜風溫柔，一盞盞燈籠，搖曳在涼涼的夜風中，告示國泰民安，今年又是旅遊的豐收年。兵署外，一個個石頭小凳，坐著我們這些飄泊的遊子，與鄉親閒聊家常：夜派出了風的使者，正伸出溫暖的手撫慰失去老屋的我們。

　　此生尋尋覓覓，情無所寄，多少不堪的辛酸回憶湧上心頭，多少失落又在故鄉得到彌補。夜晚，看美麗的燈籠排列於夜幕天際中，每一間房都透出燈光，靜悄悄無人……

綠意

一條石子路一直延伸到林蔭深處，彷彿走不盡。

兩側的綠意撲面而來，將心兒綠成一塊方田，綠色的風不斷徐徐拂入，所有的齷齪之氣盡數消解，所有的喧囂被隔在九霄雲外。

四四凸凸的石子路，似曾相識；那一年，有個少年也在類似的石子路上一邊走著一邊踢石頭，兩邊的小溝和草叢不時跳出睜大了眼睛的青蛙，一時驚嚇得逃遁無路；那是在集美學村，少年就是我，走啊走，終於走到壯年，走到今天。

八月，酷熱的太陽發揮了最大的淫威，要將一顆顆滿懷故鄉情的遊子驅趕和嚇跑，唯獨這兒的濃蔭盛開手臂，將我們熱情擁抱入懷。

彷彿不想走完，那一條沁涼沁涼的石子路。心中有太多的迷戀，太多的欣賞。

書香

不是油墨香，說油墨香太過矯情；不是紙張香，說紙張香也許太濫情。

那是咖啡香，當書遇到咖啡，書和咖啡便攪拌成一杯又一杯飄散咖啡香、書香的頂級無價咖啡。而當書屋遇到咖啡，文人情調便被煮成濃濃的優雅氛圍，每一方空氣都飄浮著創作的靈感，可以從嫋嫋上升、圍繞著腦袋的香氣裏撲捉。

在金門，那間在小徑特約茶室裏的咖啡屋，我們看到一架又一架的書，在書架裏排列，我們看到了清晨的晨曦照射桌面，我們看到夕陽緩緩下落，

留有餘暉暖暖地撫摸抓書的手，還看到情人的手，將咖啡杯裏的小匙根搖得叮噹作響。

一杯咖啡還未飲完，一篇文章已經揮就。

民宿

村莊裏的民宿，每一個角落都散發出書本的溫暖：每一次來到慢慢民宿，書架上的書本總是排著整齊的隊列向我們微笑致意。

聯想到城市裏的酒店，臺面上儘是旅遊、酒店設施的介紹，冰箱內汽水香檳整齊排列，室內的空調吹出一陣陣徹骨的寒氣。

而每一次坐在民宿的客廳內，翻看一本一本美麗的書籍，彷彿窺見女主人一顆熱愛文學的心。那滿牆的書，不僅裝飾了民宿的牆角，其實也是另類的精神食糧，造就我們滿腹的文采，連談吐也變得文雅高檔起來；而在金門旅遊中，不忘方塊字，滿眼的美景，滿腦的學問，兩者相得影彰。

牽掛美麗的女主人，別後，多少遊客來入住？何時從台回金？

新芽

總是在疲倦了的時刻，眼睛一亮；總是在灰色的大石塊和紅磚的單調色中，發現新綠。在地板的石子縫裏，不時拼出令人難於置信的青青小芽。我們既不知道她用了多少力量鑽出地面，也不知道在往後的日子有沒有長成擎天大樹？

在金門，古厝像一個個歷史老人，無言地訴說在風中消失的往事，草木們都靜靜，悄悄聆聽外來的跫音，而所有的新芽，都在石與石之間的夾縫裏含笑蘇醒。

總是在腐朽的陳年典故裏看到變奏，讀到新意，在灰灰的石板條上望見一盆盆翠綠，什麼花卉什麼植物已經不重要，重要的是新的生長，帶來新的希望。

聽罷，夜裏新芽拔節的驚人巨響。

籐椅

也許，五星級酒店的舒適沙發，會讓您的臀部舒服得不想起身；也許，徐徐吹拂的冷氣，可以讓您一睡到太陽高升的中午。

慢慢民宿那兩張簡約樸實的籐椅，總是安放在我腦海回憶小輪的甲板上。別後，您倆可是安然無恙？猶記得那在慢慢民宿的日子裏。每一天清晨，彷彿，兩張籐椅就攜手站在我們房門前，敲著鐵門環，篤篤篤叫醒我們。

沒有沙發的舒服，但比沙發溫暖；沒有空調的吹拂，可是坐在簡單的籐椅上，翹起二郎腳，或者望向黎明的天色，盤算一日的陰晴；或者嗅著滿園花草的香氣，清濾肺部的污濁；或者一杯香濃的咖啡在桌，一本文學書捧在手，哪怕僅是片刻，純粹的濃香嘗過，這一天就不算虛度；在咖啡香氣的嫋嫋升騰中，文章構思圓滿。

每天清晨，籐椅向我致意，我也向她道一聲早；原來，幸福也可以如此這般簡單。

襯托

喜歡在村前村後隨意地走走。

每有發現，都驚奇不已，不明白這曾經硝煙滿城、炮火連天的戰地，為何今天如此寧靜？不明白既然是農村，為何清潔如洗？更不明白既然是城市，為何纖塵不染？原來妳是城市式的鄉村，難怪不見雞屎牛糞、滿地汙跡；原來妳是鄉村式的城市，難怪沒有一絲噪音，現代的種種污染。

喜歡在幽靜的黎明四處漫步，看村莊剛剛蘇醒的動人身影；喜歡在溫馨的夜晚單獨隨意觀看和張望，欣賞燈光的溫馨，驚異於屋前午後都沒有一絲聲響。

喜歡紅磚外的綠葉，院子裏昂首向上問候天空的枝椏，體現完美的襯托和配合，將金門結構成審美的絕唱。

餐屋

在金門，有家名叫「香草庭園」的餐屋。

室外的環境竟是如此優美，一湖的蓮荷緊緊相擁，發出又興奮又難受的呼喊；一團薔薇，開得正盛，爬滿了整整的一牆；室內的佈置竟也那麼藝術，到處都是藝術品，到處是晶瑩的石頭、貝殼；到處是雅致的座椅，舒適的桌子⋯⋯

在金門，有家餐屋，坐落在村莊深處，它叫「香草庭園」，淺綠色的命名簡單地寫在牆上，為薔薇樹葉所掩蔽，沒有商業化的招牌，沒有任何夥計，在餐屋進餐需要一周前預定，一周後穿街入巷赴約。

酒香不怕巷子深啊，庭園常在睡夢中；那難忘的美味午餐，常常令我們齒頰留香。

綠化

在美麗的故鄉，常見老厝們披上了一頭綠頭髮。綠得憂鬱，綠得驚人。

在江南水鄉，剛剛被童話般的綠色屋所迷醉，如今在家鄉金門，又一頭投入大地的懷抱，看綠色的歲月如何綠化一棟又一棟老屋，看綠色的巨人如何潛移默化，入侵屋角，令老厝對覆蓋它的綠色士兵感到不勝負荷。

當歷史的風兒輕輕掠過屋角而不發一聲響的時候，當綠色之神伸出一隻魔手慢慢撫摸著每一片屋瓦的時候，我們的紅色屋瓦，早就不勝羞愧，化為綠色的厚被氈；當時間之神靜悄悄地改變世上的所有事物時，我們的不少古厝都抬起頭來，驚訝地望著這一間小屋，居然戴上了一頂那麼美麗堂皇的綠色桂冠。

老厝

紅牆、灰石、彩繪的藍色屋頂，構成了金門古厝的標準模式。在許多雜誌、書籍、光碟上見過，甚至，製造成袖口鈕、領呔夾，多麼典型的色彩。

在金門，在許許多多村莊，都有這樣的民居；一個緊閉的小視窗，引發了我們無窮無盡的猜想和聯想。遙想裏面的屋主，今日是否安在？那飄洋落番的故事，是否也曾經在這一家演出？在炮火連天、瓦飛牆毀的年月裏，屋內的人兒是否無恙？究竟金城鎮古街守店鋪的婆婆，還住在這裏面，抑或老小人去屋空？酒瓶已經裝上了新酒，轉身變成了現代化的民宿？

金門，我們記住並喜歡上了這樣標準模式：紅牆、灰石和彩繪的藍色屋頂。

靜路

午後，我一個人走出民宿，望向靜靜的路面。

陽光如熱熱的水，灑向長長的馬路，從這兒望向遠處，沒有一個人影來去，沒有一張廢紙飛揚，沒有一截煙屍躺臥。靜得駭人。

已經是第九次回鄉，感覺上金門已漸漸被外面世界的喧囂遺忘，正在辦理領取「世外桃源」的證件中；早晨，汽車行駛在林蔭大路上，兩邊密密的樹木無盡地迅速飛逝。我們看到，馬路女天使們扛著掃把，在人們上工的時候，正在慢慢走回家。

那個夏天，偶爾會下一場雨，我看到潮濕的路面，晶瑩光滑可以照出人影，路面，淨潔如洗，沒有一絲汙跡，而世界安靜一如時間凝止。

草坪

也是靜靜的午後，蟬鳴如雷，那個草坪，勾起我兒時的記憶。

走過四十幾年的風風雨雨，我牽著她的手，又來到了那綠得流油的草坪。雖然，兒時的草坪不是此時此地，只是永生于記憶王國的深處；雖然在共同走向夕陽的路徑上，遺失、跌落了很多東西，但兒時的她似乎一直在我身邊，從來沒離開過。

那一彎像半弦月的紅木圓圓長椅，彷彿還坐著我和她。我一時看得癡了，哪怕是眼花，哪怕我們已經遠離從來沒到過的故鄉，生活在不夜的繁華一都。

那一個靜靜的午後，我將她從民宿喚出來；我抓著相機，在金門美麗的草坪上，一連以自動的方式拍攝了好幾張我倆的相片，那時午後的陽光灼人，蟬鳴如雷，明晃晃裏，我看到了七歲時候的她。

小鋪

還是那條老街，小鋪都在營生，一間一間如同放大的火柴盒靜靜相依。

縱然有店員在門口的招徠，也只有親切的微笑，沒有強勢的逼迫；哪怕是在無法讓價的尷尬中，也會以閒話家常的方式，把局面化解成滿心的歡喜，手兒很快樂、情願地往錢包裏掏。

還是那條百去不厭的老街和小鋪，一間間地進去，一間間地思考歷史的變遷和更遞，在小鋪是如何地呈現？那三代或四代的衣缽相傳，有著怎樣的動人故事？筆，該從何處寫下第一個字？敲鍵的手，會不會爲不堪記憶的辛酸，多次地戰抖停下？

還是那條老街，在歲月的滄桑裏，慢慢蛻變，書寫一頁頁新章。

故園七喚

　　金門故園如同陌生而又熟悉的母親，一次又一次呼喚我們回鄉；這種呼喚，如同有魔力似的，欲罷不能。

　　絕沒想到，到 2012 年 28 日爲止（即最近一次回金門 11 月 25 日至 28 日），我攜另一半瑞芬回金門故園，已經是第七次了，而第一次還是在不遠的 2004 年。故園，果然好像是有磁性一般，寫下《金門老家回不厭》的我，每次回金門，都有新的收穫、新的感覺。

　　記得最早的一次（2004 年），那時從廈門五通碼頭或東渡碼頭乘船到金門水頭碼頭還沒正式開放，我們要乘飛機到臺北，再從臺北乘飛機到金門，繞道繞了一大圈。這第一次，是因爲金門要爲我出一本書，不妨稱爲「文學還鄉」。當時，叢書的編輯、金門的陳延宗和人在臺北的楊樹清都非常熱情接待和招呼我們。另有一次是香港金門同鄉會組織到金門參觀遊覽。第四次是我們十分熟悉的印尼華文寫作人協會有十幾人（其中不乏金門籍文友）到廈門開會，想在會後到金門遊覽，希望內子瑞芬負責聯絡安排及帶隊，我們又去了。

2011 年在廈門華僑大學舉辦「網路時代的華人社團建設研討會」，視察金門成爲研討會最後一天的專案，「華聲網」的網主許丕新希望香港金門同鄉會的秘書長瑞芬協助安排聯絡，沒想到當時的手續較爲繁瑣，我在一旁自然也成爲了瑞芬的半個秘書，幫忙做一些瑣碎的事。是爲第五次。第六次是香港金門同鄉會組織鄉親到金門參加金門日，人數多達78人，浩浩荡荡乘上兩大部旅遊車，參加者有些是非金門籍的朋友，但都對金門都留下了美好深刻的印象。由於團員多數年紀偏大，造成事故頻生，幸虧沒什麼大礙。一位八十余歲的老太太由非親非故的熱心女子陪同和照顧，也來參加金門遊。

　　沒料到第二天背腰生了一圈黑蛇，看了醫生，爲防出事，提前離金；一位七十余歲的鄉親跌了兩次跤，第二次跌個臉青鼻腫，連眼鏡都碎成幾十塊碎片。還有一位團員的母親在印尼去世，提早離金奔喪。經廈門時，一位團員忘了帶證件又跑回香港取。……第七次，也就是2012 年11 月的這一次，本來想乘我們到福建之際組團，但也許時間太短，醞釀宣傳不夠，過於匆忙，成行的只有9人。只好推遲到明年五月間再組大一些的團回鄉。

　　不管什麼理由，前後到故園七次，證明了與故園那種無法離棄的親密關係。金門故園，真像是一位母親，呼喚著她的兒女要常回家看看。與第一次回鄉有點心悸不同，如今到金門，感覺已經是那麼熟悉而溫馨了！

一直很喜歡故園的乾淨和安寧

　　假如有人問，金門有什麼好玩的？我還真說不出來。既沒有夜生活，也沒有現代化的大型商場，地方就是那麼巴掌大；有什麼好玩呢？說不出12345，但來過的海外鄉親如著魔般地回不厭，至少就是喜歡金門那種乾淨和寧靜的感覺吧。一下船，踏上金門的土地就渾身舒服起來。汽車行駛在公路上，半天不見另一輛，從不需要擔心塞車；公路兩側都是綠油油的

樹木，看不到一張垃圾廢紙躺在路邊或被風兒卷向天空，抬頭望，天高雲白。

新近的一次，省政府的楊小姐帶我們走到復國墩，海邊高高搭起的彎彎曲曲木長橋一直延伸到大海，我們有點驚艷之感。這麼好的無敵海景，旅行團竟然捨棄，沒帶鄉親來遊覽，究竟是什麼原因？一路在想，走上木板高架橋，走著走著，忽然看到殘缺損壞的幾塊木板，猛然有所頓悟，可能是考慮安全的緣故而沒有開放吧。但這兒有巨型灘石，有人垂釣，海中有島，海灘有橋，海風送爽，只要將木板橋修理好，不失爲可以評上 80 分的海景呀。爲記得這景點的名字，將復國墩的一塊說明文字拍攝下來，讀到好幾句文采十足的文字，如：「……生銹戰車的履帶上都攀附滿了牽牛花……」，感覺眞好。我覺得世界各地景點名勝的說明或介紹都該請文士來撰寫，效果可以事半功倍。

我們白天到水頭區找人，汽車一路開入，路面乾淨得叫我不是「驚喜」而幾乎是「驚駭」了。一直想不明白爲什麼金門會保持的那麼好。民宿的一磚一石，好像都清洗過，整齊堆疊；偶然從兩棟古厝的縫隙窺看過去，想在地上找找一絲半點的污穢髒物都不可得。究竟金門是否有清潔工？爲什麼七度回鄉，都不見他們的半個面影？是否人人都是清潔天使？自覺性已經高到提前進入人類的 2033 年？因此，我在香港和海外極力推銷金門時，常常用「金門非常清潔乾淨安靜」來形容，並邊說邊豎起大拇指。如果還不足于令對方佩服，我會進一步說，金門可以這麼形容：「她是城市中的農村、農村中的城市」。

金門，眞是中國所有小城小鎮中的異數！完全和我見過的六十年代的中國農村印象相反！金門是我這大半生所到過的中國人的小鎮最清潔乾淨的地方。過去見到的小鎮都是垃圾成堆，滿地廢物、骯髒不堪

的，單是尿味沖天的廁所就足以把一個人的旅遊雅興消減得乾乾淨淨；過去到過、住過不知道多少次農村！給我的印象永遠是那樣貧窮落後。但落後貧窮不要緊，哪個地方未曾落後貧窮過？金門在早期也落後貧窮過啊，否則不會有那麼多金門人出洋落番；但如今的金門渾身沐浴過一般，一石一木都纖塵未染，太不可思議了！

　　也許很多朋友會奇怪，我一到金門，除了拍老屋、古厝外，就是拍地面。往往在緊張的觀覽中，我那剛買的價錢不菲的照相機會如有神助似的「得」一聲，相蓋迅速打開，催著我非要趕快多拍幾張不可。拍地面，拍大面積的地面，甚至拍民宿的廁所，為了它們驚人的乾淨。這不是什麼荒唐。到一個地方，廁所、環境衛生的髒、亂，往往足於敗壞對一個城市的印象。以前有人不喜到大陸旅遊，原因僅是因廁所太髒；很多年前，有的還開玩笑地說，大陸廁所容易找，很遠就可以憑其臭味尋找到了！城市，真像一個人，美不美麗還在其次，最重要的是乾淨清潔整齊，何況金門還不止如此，金門也很美。不要小看街道的清潔、廁所的乾淨，往往就是我們對一個小鎮小城的印象。一鍋湯只要跌落一粒鼠屎，湯還能喝嗎？

　　很少在夜晚欣賞金門。曾經一度午夜文友帶我們到遊藝瓊林。幾個文友在天井飲茶吃點心，甚至喝點酒，頗有「對影成三人」的味道。藝術家盧先生說，我給你們拍一張照，照到放茶杯的小檯，也可照到天上的月亮。雖然後來沒有看照出來的效果如何，但足見金門人也是以能見到高而漆黑的夜天自豪的。這兒說「漆黑」並不是廢話，我們在香港生活四十多年，由於地面上燈光太強的關係，反射到夜天，夜天的顏色不是漆黑的，而是粉紅色的。

　　在金門，人與月的關係保持了「古早」般親密，記得印尼華人作家協會的文友來金門時，就很為金門這種天人合一的關係讚歎，下榻於慢慢民

宿的文友，初到那天，疲倦的身軀還沒恢復過來，一見到民宿外的「五腳基」的桌椅，上面是那麼皎潔的夜色，倦意一掃而去。馬上放下行李放鬆身子坐在椅子上，在月亮的參與和陪同下和同行者談天說地。印尼華人中層狀況的，雖然屋宇多半也有前院後園，但風吹草動之下也會膽戰心驚，哪裡敢放鬆心情飲茶喝酒推心置腹？排華的陰影始終存於心間，哪裡能像金門那樣，可以如此大膽地「夜不閉戶」啊。是的，香港更不必說了，高牆阻隔，戶戶老死不相往來，哪裡會如金門這樣慷慨地從夜天灑下水銀般的月華啊。人，在故園，和大自然是如此地融合、和諧與親密。

有一次，傍晚時分，回到珠山的慢慢民宿，看看天色在將暗未暗之際，正是攝影的大好良機。我抓起相機，從慢慢民宿走出門來，對準民宿前的池水拍了好幾張。夜色漸漸發暗。寧靜的金門如有神引，將我的魂兒從民宿吸引出來，我像一個沒有人察覺的幽魂，在滿是暗暗月色的珠山小巷裏逛蕩。每一處都那麼吸引著我。珠山的夜，是那樣靜寧，不見一個人影。在夜色裏，池水裏倒影著那些富有魅力的和風格的建築物式樣。是如此清晰。隔不遠的路燈，照射著平時行人走的路，雖然沒人，卻倍添了金門夜的可愛和溫馨，那感覺不像是在地球上的一個村落，而是世外桃源裏的一個小村鎮。

我像是一個迷失的孩子，抓著相機，這兒拍拍，那裏照照，興趣未曾稍減。老厝院子裏從齊胸高的圍牆探出的不知名的植物，在夜色和屋瓦的襯托下好美，叫人魂牽神銷。家家戶戶都亮著燈光，所有角落都是靜悄悄的。我在周圍走了一圈，又回到了慢慢民宿。在昏黃的燈中，民宿是一片叫人升起溫暖感覺的老厝氛圍，和大酒店的豪華而冰冷顯然形成兩個極端。這兒已經住過多次，和民宿女主人已經是好朋友，然而這一夜，我又從很多不同的角度拍了許多張照片。

是的，我們也很喜歡故園的民宿和人情。

金門的民宿文化，充滿濃濃的人情味，也成為我們遊子引以為傲、向未曾回過金門的人推銷金門的第二大内容和理由。

照我看，金門的古厝變身為民宿，是一項很正確的大策略。第一次住在慢漫民宿，我好奇心大起，訪問了民宿的主持人楊小姐，寫下了一篇感想，在《金門日報》發表了。後來我把那篇散文收進我的散文集中，再後來，民宿主持人把我的書放在民宿客廳的書架上，和許多她購買和收集的圖書放在一起，也和那本我很喜歡的繪本《我家開民宿》放在一起。民宿文化吸引我，只因它和許多地方的民宿不同。首先是，金門的民宿變身于古厝，酒瓶裝新酒，外觀充滿了金門半個世紀甚至百年的建築物特色，但其内裏卻富有現代的氣息，像慢慢民宿的幾個房間，洗手間的馬桶就有冷暖設備和自動沖洗系統。

在金門老屋子風格的外貌下，室内許多佈置都很西化，例如書架、牆上據名畫複製的油畫等等。其次是那在一般大城市大酒店很難有的溫暖的「家」的感覺。第一次進入民宿住，負責接待的跟我們說「民宿内可以吃的東西都可以吃」，給我非常深的印象。最近的一次，老闆娘遠在臺北，請來的臨時打理的女青年知道我們喜歡喝咖啡，就沖了一大壺，還端到房裏來，她還好幾次問我們要不要咖啡。要是在大酒店就不可能那樣。印象最深的是，有一天，民宿提供的早餐我們吃不完，那些包子啊、番薯粥啊……，我們要求值日的小姐中午再替我們熱一下，我們出外順便再買些蚵爹回來一道再吃。

中午，她一切照我們的意見做。大酒店哪有這樣體貼？最後是金門的民宿，充滿了大自然氣息，和香港、内地不少地方不同，香港的民宿叫賓館，其實都設在高樓大廈裏面，由劏房改裝而成，和大多數酒店一樣，都

是封閉的。但金門的民宿，那些由古厝改裝的，大都有天井（閩南話：五角基），白天可以看到太陽、雲彩、天色，晚上可以看到黑天、月亮、夜色，這種人和天的親密關係，令我們知道天冷天熱，下雨時出外就可以預先備傘。

金門的濃郁人情也是一種教我們到金門欲罷不能的重要因素。文化局長知道寫作人回鄉，總會送些剛出版的書；想見見縣長，不是太困難的一件事；熟悉的鄉親會請我們吃飯；告訴我們那裏有新的景點，甚至親自帶隊遊覽。最重要的是探訪一些朋友後，他們總會送些禮物，最有代表性的是送金門的貢糖，一大包一大包的。人情之濃也許是小地方的特徵，人情之濃也大大彌補了地方之小的不足。新近的一次回鄉，朋友送貢糖送了很多，我們行李大包小包的差點都帶不走。

人情濃郁和民宿風情令金門的清潔乾淨與安寧幽美添上了更重的色彩，構成我們七次回鄉的重要兩個原因，當然還有其他的引人魅力。

飄泊過海的蚵嗲

　　有一次我們在印尼第二大城市泗水探親渡假，突然小姨子阿香（瑞芬的妹妹），請我們吃一種叫 OTE OTE（印尼文發音爲蚵嗲、蚵嗲）。當時因爲在不經意中，吃的時候，最初感覺到那餡兒和金門的小食「蚵嗲」非常相似，後來才突然發現其發音居然也和金門話（閩南話）「蚵嗲」極其相近，只不過印尼的叫法有點印尼語的腔調而已。

　　這一次的發現，實在令我感到很震驚。

　　金門大半個世紀，都是戰地，1991 年前封閉，不准隨便進入，一百多年來，變遷就很大。上溯到清末民初，我們的祖輩曾經在這裏生息，父輩則在二、三十年代因爲不堪金門家鄉生活貧困，就大膽拎著一個破皮箱闖蕩南洋謀生。有一些被騙、賣了豬仔、累死老死在礦山；有一些做成了生

意，衣錦還鄉還建築了各式各樣的洋樓，成爲今天金門一大景觀、富有特色的建築群。在頻繁的出洋落番、回鄉的過程中，南洋客帶來了南洋的美食文化決不出奇。不妨到一些展示南洋美食文化的洋樓去看，就會看到一些娘惹製作的新、馬、印菜餚也被出洋客帶回金門家鄉。

但，這看來不太可能是主流，反而大批的閩粵破產農民、小商、青年的「落番」，帶去了大量的中華傳統文化，在異域傳承發揚、開花結果，包括風俗習慣、處世人情、語言美食。蚵嗲應爲其中之一。我的推測理由，一是印尼雖然也出蚵仔，但不多，而金門不但產蚵仔，而且以蚵仔聞名；二是名稱，印尼語中那個「O」音，正是金門話裏的「蚵」。蚵嗲小食從金門傳出去，那是順理成章的事。只是，我們在印尼泗水吃的 OTE、OTE，其餡已經有些變化了。

印尼的 OTE OTE，其內餡採用了豆芽、四季豆、紅蘿蔔、蝦、豬肉碎，蚵仔。葷味略重；金門的蚵爹一樣用麵粉包料油炸，餡用了豆芽、蘿蔔絲、芹菜、蔥、蒜和蚵仔。較爲健康。它們的命運處境也不太相同。印尼的 OTE OTE 在許多賣糕點食品的華人食店可以買到，在金門，因爲地方小，人口只有七萬，賣蚵嗲較出名的只剩碩果尚存的一家，即金城鎮貞節牌坊附近的「蚵嗲之家」，在金門政府編印的美食地圖上標第 32 號。這是最感動我們的地方——一個那麼小的食鋪，居然上了地圖！遊客拿在手裏，還不趨之若驚嗎？一個小鋪猶是如此，其他景點、名勝、建築等等，其保護、重視的程度，更是不必多說了！早年下番的金門人很多，政府非得兩年一度辦「世界金門日」不可，讓金門人齊聚金門，慎終追遠，認祖歸宗。蚵嗲，成爲大受歡迎的美食。

金門的蚵嗲吃過好幾次。一次是社會局的李文堆課長買給我們嘗嘗，一次是香港金門同鄉會理事長許秀青女士請了五十幾位團員，一次

87

我們帶兒媳來買。幾次來買，我們都拍了照。女主廚的手勢非常快，如何盛餡，如何澆麵粉漿，如果不連拍，一眨眼蚵嗲已在油鍋裏炸了。女主廚掌握火候非常老到，蚵嗲沒有一個炸焦的，她們用快火。大鍋裏至少十幾個在興奮地浮沉。炸好的蚵嗲裝在小紙袋裏，遞給排隊輪候的人。一觸及，猶如燙手山芋那麼燙，一隻一隻蚵嗲呈厚型大蚌形狀。外皮不見如何冒煙，一旦咬第一口，才發覺外溫內燙，那些菜冒著白煙，鬆脆可口，雖是只有少許蚵仔、少許蝦肉，但吃起來卻如有不少肉的感覺，即使有些您未必喜歡的菜也變得很美味，頓覺得一隻似乎不夠，三隻都不怕。她們賣台幣25元一隻。站在一側看，常想起金門縣政府在美食地圖上標上第32號的做法，他們對小食攤的尊重和保護程度，是我生平第一次見識；對小鋪已是如此，難怪對寫作人夫婦如我們者，竟然由一位社會局的李課長陪我們還請吃點心！

　　我不敢、也沒必要比較金門的蚵嗲和印尼的OTE OTE滋味的孰好孰差，畢竟他們是同宗，正如同父異母的兄弟姐妹一樣，散落在世界各地，膚色、模樣、語言、習慣等等，都會有差異，但都不宜歧視。我想到這一類味道跟春卷有點相似的小食，跟我們前輩的出洋落番一樣，充滿了曲折的經歷和有趣的故事。從2004年開始，我們回金門前後已經九次了。這一次經過在金門美食地圖上標上第32號的蚵嗲之家，忽然聯想起漂泊世界各地的華人，他們不但在海外闖蕩出一片新天，紮下根來，而且散播了中華優秀文化，其中尤其是美食，影響巨大和深遠。

　　飄泊的蚵嗲，你好！一路辛苦了！

2013年8月20日初稿　9月4日二稿

香草庭園的預約午餐

　　酒店、飛機票要預早訂，有時遇到假期，要預得更早，怕有人滿之患。去金門多次，嘗過兩三次金門香草庭園的預約午餐，齒頰留香，夢縈魂繞，念念不忘。主人家鄭中美、翁麗燕夫婦是接受過臺北著名雜誌《天下雜誌》「金門款款行」專輯多人訪問的一對人物，可見在金門頗有影響。他們說：「金門人很熱情，我的解讀是：這裏很偏僻，不只小孩會人來瘋，平日很少人來，所以大人也會人來瘋！」2013 年 8 月 13 日去金門前好幾天，瑞芬就越洋打長途電話向香草庭園老闆娘鄭太太預訂六個人的午餐。距離我們去吃的時間，約莫有一個星期之久。開餐廳而開到要越洋預定的地步，究竟是怎麼回事？有的人推理：生意肯定好得不得了！恰恰相反。

　　讓我們詳細道來。

　　原來，香草庭院的午餐只是聊備一格，鄭夫婦主要還是以開民宿為主。他們屬下的民宿就在住家附近。午餐嘛，一般是要預定，而且人數不能太多。以三、四位到五、六位為佳。多年前印尼華文作協游金門，二十多名，還是好說歹說他們才肯接受。他們不想給自己太大壓力，做得太疲累。我想到這有點像我寫稿的轉型，從業餘寫多個專欄的八十年代到目前的編輯兼寫稿自由人，寫，純粹已變成興趣。預定的午餐地點就設在他們的住家裏。真正的長檯可以坐四個到六個人。人較多時其他人就分散坐在沙發上、擺在客廳的單椅、四方檯邊。

　　我們曾經與印尼華文作協文友們、香港金門同鄉會許秀青理事長、金門作家協會陳延宗會長來這兒，也就和主人熟絡了。香草庭園地點在金門古寧頭，最好乘計程車，車子需要開進村莊，雖然偏僻，但名聞遐

遍，的士司機都不陌生。庭園前是茂盛的、令人「驚心動魄」的大荷花湖，只是看一眼，都會感到大自然的神奇。這些荷花們，彷彿知道世上值得來走一遭，所有荷花葉都連夜兼程，擠得一個大湖的邊沿都要爆裂了，那麼青碧那麼勃發那麼精神，彷彿聽到他們在迅速拔高成長的聲音。這個時候，沒有相機您會後悔萬分；這個時候，毒辣的烈陽也擋不住留影人的興奮。

主人家的屋子設計情調也浪漫、清幽而古雅，充滿了濃厚的藝術氣氛。外面有籬笆小院。鐵籬笆外就是荷葉大湖。牆上掛滿了裝飾品，最多的是大大小小的花瓶、圓缸、貝殼、花草、盆栽、木頭椅、牆畫、曬乾的稻穗、麻繩、木板椅子、自製的相框、各種裝飾品、遇水會縮小的松樹果、蓮蓬幹……庭內堆滿了鑽飾的物品。將住宅打造成一座令人驚歎的藝術博物館。我們就在這樣的藝術之家吃一頓午餐，怎可能不到處拍照。

鄭氏夫婦和女兒、女婿、小外孫住在一起。女婿上班不在。小孫子約三四歲，不怕生，和我們玩在一起，烏溜溜的大眼睛很機靈，乖乖地讓我們拍照。鄭夫人翁麗燕女士已經和瑞芬熟絡，知道我們是辣椒夫婦，特送了特別辣的一罐私家自製辣椒給瑞芬。那個中午，他們一家都在為我們六個人的午餐忙碌。

連鋪底的餐紙也設計得很美，我特地拍攝下來。

先送上的是一小碗蓮子湯，而接下來的是一人一盤的飯，純粹是西餐的格式，但盤上散發的味道是中式的溫情，剔除了西餐的濃汁，保持了原汁原味。蔬菜為主，葷的一反歐美人士喜歡的牛肉，而用了豬肉充任，最奇特的是，其賣相完全像牛肉，還切成片，吃起來卻是豬肉的味道。有豬肉的香軟而無牛肉的堅韌，豬肉做到這樣的境界，我們相信一定繼承了鄭家祖家三代的真傳，非常私密。迄今我們只知道基本上是用鹵的制法，至

於用了那些料調味就不得而知了。主人家送上來時，每盤飯的賣相都很好，我們留意到其對色香味的講究。

　　顏色有青、綠、白、黃、橙、紫、肉色五六種；食物連飯共十種。半圓形的白飯居中，猶如香港的半圓天文館，上面撒了一些醬色的汁，而像我們這樣的城市佬未必叫得上名字的「八菜一葷」好似對皇宮帝王膜拜的臣民圍繞在他周圍，在動筷的一剎那，我們彷彿聽到了他們在齊喊：「萬歲萬歲萬萬歲！」我們的肚子也在齊鳴呼應：「民以食為天！民以食為天！民以食為天！」紅蘿蔔、小玉蜀黍和大椒形的瓜排成隊，守在城門口。在我們要求之下，無論湯、蔬菜、豬肉都做得比較清淡。別看那幾片豬肉，好像很少，有經驗的主人似乎早就計算好，讓您吃個八、九分飽，真是非常健康、環保的一次午餐，最大的特點是，沒有一點兒油膩感覺。因為那些蔬菜幾乎都是水煮或清蒸的。奇怪的是我們吃完有無限的滿足感，也許是因為清淡不油膩，也許是因為那特別的肉，或者是因為受到主人的一份尊重，將一盤飯打造成一盤精心製作的藝術品？

　　以西瓜為餐後水果。香草庭園的午餐就劃上了句號。

　　這樣的一次預約午餐，味道那麼清淡，卻已經走進我們香港的夢中，每次到金門前總會想起它，於是次次都有了那按電話鍵預約的手。

2013 年 9 月 8 日初稿　9 月 9 日二稿

貢糖菜刀一條根

　　旅遊，最怕被強迫購物，寶貴如金的旅遊時間無端浪費在預定的「購物陷阱」中。記得多年前遊台灣，在一些城市，我們就被「關門打狗」。那是賣貔貅的店吧，團友一個一個被帶進店鋪之後，店員就把房間門一拉，乖乖的團友就不好意思逃遁了。兩三個店員圍住一位團友，鼓動三寸不爛之舌、口沫橫飛地推銷。此種情形，以「關門打狗」或「甕中捉鱉」喻之，都不爲過。不買很尷尬呀！買，讓店鋪和導遊高興一下，一個貔貅又不便宜。當然，想做不挨棍棒的狗和被捉去屠宰的鱉，會被困得極爲難受。縱然您勝利了，沒有被人家砍得一頭血，往後的幾日行程，就要領受導遊因爲少賺了傭金而給你看的好臉色了。

　　短期內兩次來到金門，都是内子瑞芬領的隊。她受委託組團，與有關的旅行社一起設計行程，我就成爲一位純文字秘書，間中提供一些意見。想到金門遊只有三天兩夜，每一分鐘都是那麼珍貴，浪費不得，我說：購物環節不要太多，時間也不要拖得太長，影響了其他參觀遊覽的節目。她也覺得有道理，就跟安排行程的旅行社說了。最初旅行社同意取消一些環節，但很快改變了主意，主要原因是，金門以高梁酒聞名台灣和中國大陸，除高梁酒之外，足以代表金門物產品牌的東西就是「貢糖、菜刀、一條根」了。

　　旅遊旅遊，無非是對旅遊地人文風物的一次「快速瞭解」，風者，風景和風俗也；物者，物產和物品也。導遊說，這三樣，都和金門的歷史有關，不參觀一下很可惜。她說，不買也沒關係，保證絕對沒有壓力。因爲旅行社帶團到一個購物點，他們已有一定的獎賞。旅遊社的坦白我們很受落，也就同意了他們的安排。想一想，假如香港的旅遊社也能和遊客商量溝通，遊客因不購物而遭虐待的悲劇就不會發生了。

在三天兩夜的金門遊中，出乎意料之外，「貢糖、菜刀、一條根」的項目大受歡迎。完全看不到團友抗拒的情緒，踏上第一個第二個景點，團友就興致勃勃地問什麼時候帶他們去買手信？一些景點附近的店鋪攤檔，常常吸引他們進入去逛，問有沒有「一條根」賣了。可見，名氣響，不需要強迫，人家也會主動去找。

終於帶我們到賣貢糖的老店鋪了。「貢糖」其實就是花生糖，在香港、澳門我們都見過、買過、吃過，但在金門，賣貢糖的一邊是廠房，可透過玻璃觀賞員工製作貢糖的流程；另一邊，就是做生意的鋪面，賣著各種味道的貢糖。除了花生糖，這類店鋪，還賣腐乳、麵線、佐粥的小魚、紫菜、牛肉乾……包裝美觀大方高貴。最值得讚賞的地方有三：一是鋪面櫃檯上將各種不同味道的貢糖放於紙盒上一列排開，讓顧客試吃；二是不用開「介紹會」或「推銷會」，也確實沒人強迫，沒有壓力，買不買悉聽尊意；三是服務周到。買到一定數額，他們開單打包寫姓名，不要你一路將東西帶在途中成累贅，而是將您離金的飛機或輪船的航班打聽得清清楚楚，一直到在金門的最後一天，直接送貨送到碼頭或飛機場上。這等五星級服務，大概只有小小的金門才能辦到吧。這樣的貢糖，已不是僅僅貢糖那麼簡單了。誰不願欣賞那樣的美食和接受那麼周到的服務呢？

在鋼刀老店，實地的現場操作，讓我們看得暗暗駭然。鋪面後面，有兩個師傅在製作鋼刀。成堆如山的砲彈廢殼，火光熊熊的兩座高爐，令人觸目心驚地呈現在我們眼前；兩個師傅一面和遊客談天，一面將鋼片夾進火爐內燃燒，變軟了再敲打，再燒再敲打，經過幾道程式，最後把半成品夾給我們看。廢棄已久的彈殼片，有的已生鏽，有的已看不出原形，有的已變形扭曲……那麼厚的鋼殼，經過慘烈的戰爭撞擊、丟扔、爆炸，竟能變成另一形狀，實在難於想像。而廢物利用，如今又變

成大大小小、形狀不同的、刀鋒尖銳鋒利的、日常生活中實用的菜刀，無論如何，都可以視爲一種對無情戰爭的幽默或無言的抗議。如今不止這些專門店有菜刀售賣而已，連金城老街的店鋪，也可見到菜刀的出售。像這樣的菜刀，需者自然會選購，不需要推銷。我們小小一個團，居然也共買了九把。

一條根是一種植物，其治療腰酸背痛的藥效，聽說也有一段傳說。那是金門阿兵哥在行軍時腰酸背痛偶然使用上，發現其藥效，於是大量製作成成品。包括一大片的外貼用的膏藥、外搽用的藥膏等等。同團的團友都是五十開外、六十餘歲的文人、文員，常常伏案勞作。腰酸背痛成了「家常便飯」，臉不改色地大手購買，已是意料中事。可惜的是，該一條根店鋪沒有掌握應該掌握的資訊，又是開會介紹又是一對一或二對一地過度熱情推銷，反而不如貢糖店和鋼刀店那樣瀟灑營業了。印尼華人遊客愛買手信、愛吃東西；印尼來的這批都是五、六十歲的寫作華人，上了年紀，多多少少身體都會這兒痛、那裡酸的。何況也早透露資訊給導遊，讓遊客在沒有壓力的情況下買下非買不可的一條根，金門的旅遊業將好上加好，取得更大的成功和聲譽！

只要改掉一條根商店營業員的「過分熱情」推銷，抱著與貢糖店和鋼刀店一樣的瀟灑態度，金門的特色手信和物產標誌——「貢糖鋼刀一條根」的形象便完美無缺了。不要讓人像想起貔貅店一般膽戰心驚，而是一旦想起便湧起好感，那麼金門的旅遊業便會因它們而錦上添花了。一個是吃的或送的（貢糖），一個是用的（鋼刀），一個是治療的（一條根），集飲食、日常生活和身體健康爲一體，金門爲遊客所提供的東西好特殊，推銷細節如果更注意，化有形爲無形，那就進入最高的境界矣。

2011 年 1 月 3 日定稿

小女子獻身家國敞篷門

　　2011 年 5 月 17 日，我們在金門島，即將再度告別令人不捨的金門，慢慢民宿的老闆娘楊婉苓小姐非常熱情，特地把從臺北飛回金門島的班機提早一班，為的是能夠多點時間和我們見面飯敘，因為我們跟著四十幾人的大團，只在金門住一夜，當日就要經廈門飛回香港了。我們急著見婉苓，也是因為帶來了三本《為何我們再次相遇》要給她，上次我寫的《夜住慢慢民宿》一文，除了在《金門日報》刊登外，我還收進這本最新的散文集中；按照去年的許諾，我答允送三本樣書給婉苓，讓她擺在她的慢慢民宿客廳的書架上，供住客閱讀。

　　楊小姐回家不久就趕到浯江飯店，約我與瑞芬、金門作家協會會長兼《金門文藝》總編輯陳延宗出外午餐。這一餐很有特色，也極富風味。

　　但收穫更大的是竟然見識了金門島的「特約茶室展示館」，瞭解了臺灣金門戰事地區過去不為外人道的一頁辛酸歷史隱秘。事後，我也很欽佩金門島當局，並不特意掩蓋或淹沒曾經有過的這段歷史，而是撕開讓後人看。事前，氣度不凡、嬌雅的婉苓並沒有明確告訴我們下午她要帶我們上哪兒。從飯館出來，車子開了一段路，就在金湖鎮小徑村瓊徑路旁泊住，下車，抬頭，便見到「特約茶室展示館」幾個大字，心中驚然一驚！要不是去年我到金門的長春書店，店主兼作家陳長慶送我一本《特約茶室》，我還以為真是什麼必須預先約定的喝茶室哩！原來「特約茶室」是另有所指。當年的「特約茶室」，或在營區內，或在營區附近，隨駐軍而設立，居然就是「軍中樂園」的別稱！位於小徑的這個特約茶室，就是當時眾多茶室中唯一保留下來的，經過裝修改建，盡力還原當年的風貌，作為國民黨的一頁「軍人別傳」。茶室內的軍妓通稱「侍應生」，「茶室」其實就是娼館。陳長慶曾經收集資料、詳細考證，書

寫和出版了一本厚厚的《特約茶室》，當時，我沒翻開來看，僅讀封面，還以爲好似香港人在寫香港的《茶餐廳》一樣。回酒店後，我再細讀，才嚇了一跳！茶室，竟然是「鳳樓」的另種稱呼！

整個展示館佔地很大，全是白色的庭院式建築，呈現四方形，院內有花圃和步行道，進入大門後，沿著右邊的房間慢慢觀看，就可看到當年臺灣軍妓制度的文字説明和展示，後方則並列著四個房間，重現當時侍應生房間的佈局和對象，左側爲咖啡廳。最妙的是草坪上擺著一些漆白色的雕花圓桌和椅子，午後的陽光不熱不冷地透過小樹的枝椏間隙灑下來，坐上去，叫人感到暖暖的、懶懶的。

走進展示房間，見到牆上掛著一些女子油畫像。風格有點像時下一些流行小説的封面女子，都畫得很完美，幾乎不食人間煙火般的不真實。油畫的風格完全不寫實，除了太完美，俗氣中竟也有一點古時青樓的古典意味。讀著牆上的文字介紹，不禁感歎萬分。想起了日本帝國侵華年代，日軍爲了解決生理的需要，就強迫中國女性去做「慰安婦」，成爲嚴重的侵犯人權的行爲，幾十年後，揭露出這一頁不堪的歷史，那種殘暴、那種強迫行爲，都成了一種恥辱！受害的中國女性，今天都已成垂垂老婦矣。「特約茶室」的個案，卻頗爲特別，「服務」的是「同胞」、「自己人」——即「保護」金門、臺灣老百姓的老兵，她們都是心甘情願、沒有怨言的。從介紹文字那種感歎、無奈的敘述口氣，顯露微微的同情和欽佩之情。在展示室，當我們看到半途，正想轉入當年「茶室」的「示範單位」參觀時，突然，楊小姐叫我們看一對紅紙黑字的對聯，貼在一個門框兩側，揮寫的是：

小女子獻身家國敞篷門　　大丈夫拼命沙場磨長槍

橫幅是：捨身報國

　　這一幅對聯，字、詞算是運用得很工整，必是出諸哪一位才子手筆吧？妙在渲染前線的戰地硝煙氛圍之外，也喻義雙關，暗指男女一夜情之事。「特約茶室」這類特殊事物的產生，不正是國共「大戰爭」引發那種金門島的男女「小戰爭」嗎？原來，1949年國民黨軍大潰退到大陸以外的島嶼，在大小金門、大擔小擔等諸島嶼就駐守了約五萬餘名的老兵。戰事緊張，來不及準備，他們多數住在民居、老厝、祠堂、廟宇或主人下了南洋的「洋樓」空屋，與島上男女居民混居，日夕相處，戰爭的枯燥、戰地的無情，與女性的曲線、溫柔和關懷，形成了鮮明的對照；炮聲和女性的嬌聲軟語也有很大的反差，阿兵哥難免心思思、身癢癢起來，甚至發生過強暴事件。澎湖「開風氣之先」，辦了首家「軍中樂園」，頗獲歡迎，經臺灣國防部總政治作戰部的批准，獲准試辦，裡面為「大丈夫」服務的「侍應生」則向全臺灣的風化區招募，大抵來自私人娼寮、妓院、酒吧……那些姐妹，嚴守私隱，輾轉來到戰區，彼此不問身世遭遇、不問家庭背景，從一個「戰區」來到另一個「戰區」重操故業，辛酸痛苦自知，畢竟是心甘情願，為「家國『獻』身」。

　　1951年，在金門的朱子祠附近，就設立了第一家「軍中樂園」，大約在1958年至1961年，「軍中樂園」就改名成「特約茶室」。一個「樂」字，軍人從女性身上「尋歡作樂」的色彩太濃、而一個「約」字，男女平等的意味就突出得多了。到特約茶室的阿兵哥，被規定不能帶武器，在茶室不能談軍事和公務，不能攜帶武器，「每張娛樂票限定30分鐘」、「違反規定或滋事者移送軍法論處」等等；而「侍應生」也有種種約束，如：不得接待非軍人；不得洩密；不得擅自離室；不得在外接客或違反地區善良風俗；每星期一（後改為星期四）必須接受軍醫戰位抹片檢查；每三個月抽血檢查，如果呈陽性反應，必須停業接受治療。等等。請留意「特約茶室」名稱雅致之外，這條文又用了一個新的富有創意的代名詞「戰位」！

爲軍人服務的「侍應生」解決了從大陸撤退來台的數十萬軍人的「人性」問題，難怪揮寫對聯的才子認爲她們有功，是「獻身家國」。新兵與老兵是不同的，新兵他們不是職業兵，服完兵役或打完仗就回家去；新兵也許未有家眷牽掛，未經人道，不知妻子的可愛，他們的希望不在營地而在社會；那些老兵不然，遠離了妻兒，家鄉音訊完全斷絕，除了手中長槍，兩手空空，一無所有，前途茫茫，苦悶之下，茶室臥躺著的女子軀體，就成了慰藉他們寂寞心靈的快樂天堂。戰地不是和尚廟，沒有女人怎麼行啊。因此，展示館是以肯定的語氣，讚賞道：「……成立特約茶室，不只是提高士氣，也是穩定軍心。」……

我們一邊走一邊細讀牆上的文字，有點不滿足之感，好似展示的物件、資料不夠豐富，但也很難怪，這一頁不足爲外人道的歷史隱秘，太多東西曝光也不方便。我們終於走到「示範房間」了。不難想像當時條件的簡陋：牆上掛著一面橢圓形的鏡子，廁所、小櫃、椅子、小櫃上放置著一個梳洗、淨身的面盆、熱水壺，牆角還放著一個令人注目的馬桶。再有，就是擔當「大角色」的單人床了。物件都不太重要了，物件都是死的，最重要的是躺在床上的那個女人，是活的。這一切，不失爲金門版的《望鄉》！

「特約茶室」從 1951 年始，一直營業了幾十年，到 1989 年，因爲在「立院」反對「軍妓」的呼聲壓力下，終於在 1990 年 11 月 30 日，結束了長達 40 年代歷史的特殊事物！

遙想連翩中，我、芬和婉苓走出展示館。走到大門左側的咖啡室。叫我們感動萬分的是，老闆洪篤欽先生已在那裏等候我們。原來，他是婉苓的同學，租了這兒，開了一間很雅致舒適的「咖啡、音樂、書」三結合的咖啡室。他今天剛好休息，是楊小姐打電話給他，「特約」他來，爲我們開門沖咖啡的。我問婉苓，洪先生的「金門花園」咖啡室有設午

餐晚餐服務的嗎？「吃飯要特約。」楊小姐答道。我們覺得好特別，一時想到了「在特約茶室的咖啡室吃飯要特約」這樣特別的句子，哈哈！見到咖啡室擺了不少書，設計也很富創意與情調，我們拍了好多照片。我們決定等洪老闆擴大了他的咖啡室和書店時，再來探他。

走出咖啡室，外面陽光明媚，特約茶室展示館描述「侍應生」的一段文字久久在腦中盤繞，佛之不去，彷彿剛剛做了一場「戰地春夢」——

在那裏的姐妹們，她們既不是逼良為娼，也不是在為誰而戰的號召下欣然前往，也沒有像大都會的勞軍團，在歡迎歡送的掌聲中，風光的驚鴻一瞥。她們是無聲無息的來去，在那火線上，隨時隨地會葬身在炮火中。生前沒人知道，死後軍籍也沒有名字，她們與大家是同甘苦共生死的。

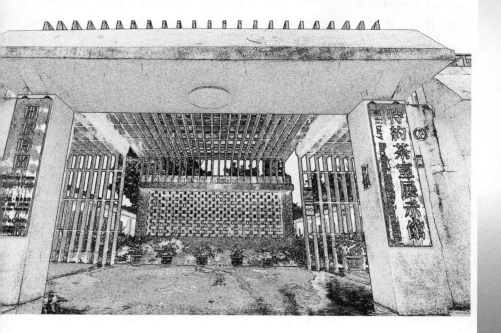

金門組曲

短短海程，長長時空

從前我們只能站在廈門的某處海邊，從望遠鏡遠遠觀望故鄉；而今乘上輪船，半個多小時就可以踏上故鄉的碼頭，撫摸故鄉每一寸土地。三十分鐘水程就可到達的小島，我們曾經從臺北繞飛了一個大半圈才來到，我們也為此尋尋覓覓了半個多世紀，才踏上這新開闢的水路啊。

嘩嘩的水花向後快速掠過，八、九十年前，我們的父輩，闖蕩南洋，浪花是否也是如是奔放；天空，該不會是像今天那麼晴朗。但八九十年前，月空的明月，兩岸該還是一樣的吧？

從三兩故鄉子弟整隊列的家族遊，從回鄉看看到老家百回不厭，匯成浩浩蕩蕩的回鄉大軍，故鄉，像極了磁性越來越強大的大磁鐵，我們便是那一抹一抹的鐵屑。

消失的祖屋

童年起就從父親口中的細細描繪中，看到了祖屋甲政第的漂亮模樣，無論如何，在告別世界之前都要跨越萬里雲空，將你瞻仰一次，哪怕向你投去的，僅是匆匆忙忙的一瞥，也算此生已了無遺憾。

終於站在寫有「甲政第」三字的門匾下，心潮澎湃，思索良久；爬上凳椅，細細觀察橫樑上的乾坤，竟然還刻有「宣統貳年」的字樣；慢慢觀看牆上每一塊磚、每一扇窗、細細撫摸每一幅浮雕，嗅聞每一方空氣，遙想當年這兒繁盛的情景，而今屋內冷清，屋瓦破敗，黃氏子孫開枝散葉，竟都在海外。

再來的時候，祖屋，像是被一陣怪風吹失，矗立在眼前的已是幾層樓高的現代樓宇，美麗古老的祖屋影子已消失殆盡。沒有人再問，這兒，年代究有多久？問的是，這兒，一尺土地是多少錢？再來的時候，我們抓住一塊殘缺的牆石，將它緊緊貼在我們的臉頰上，用我們的體溫暖熱他的冰冷孤寂。

沒有了祖屋的土地，是否仍是我們後人的故鄉？

沒有祖屋蔭庇的子孫，是否還有臉面經常回鄉？

走進坑道

每一次故鄉遊，都有參觀坑道的安排；每一次走進坑道，都叫人黯然神傷，回顧歷史；每一次走進坑道，就像是走進深深的歷史隧道。上世紀的恩怨，那麼長那麼深。每一條坑道，都像是烙刻在我們心上的一條深深的大傷痕。

遙想在艱難的四十年代歲月裏，我們在南洋的深山老林躲進阿答屋下，空中是炸彈的轟炸和炮火的橫飛，生命分分鐘都會失去；在二十一世紀的現代城市，我們走進地下，趕時間趕地鐵，路面是繁忙的景象，路虎張開了血盆大口，伺機吞噬每一條生命。

金門島地下啊，坑道交錯縱橫，維繫了一條條寶貴的生命，見證了可惡的戰爭，為歷史留下了人與人殘殺而造就的避難所。

走進坑道，就像走入中國人的一頁歷史，兩邊的石牆都密密嵌滿了一個個骷髏頭，空洞的深凹的眼眶，張望著我們，每一雙都寫滿了血和恨兩字。

心，禁不住悸動和難受起來。滿心的希望，地球上從此不再有任何坑道，那也是對地球肉體的傷害吧。

慢節奏的民宿

古厝，靜靜地座落在湖邊，不發一絲聲響；古厝，在秋風中，飄拂著門框的紅色對聯，彷彿一雙歡迎遊子回鄉的手，正在向飄泊在外的我們揮揚。

那一次我們在夜裏歇息於民宿，村莊靜靜、樹林靜靜，只有夜幕上的星星眨著眼對我們微笑，嵌在古老地磚裏的小燈，照耀著主人家幫我們提行李的熱情的手。牢記著女主人說的：「這屋子裏的點心，您們都可以取來吃。」猶如溫暖的春風，家的感覺剎時湧上心頭。

喜歡在一天疲倦的旅遊之後，與同行者坐在天井乘涼、談天說地；喜歡在清涼的早晨慢慢品嘗民宿提供的早點，喜歡深夜無事坐著，望高高夜天上的星星，每一顆都彷彿向我們微笑眨眼；城市的酒店，抬頭看到的是堂皇華麗的燈；這兒的民宿看到的是高高的月亮和星星；大都會的賓館，

狹窄緊閉如密不透風的罐頭，這兒的民宿，夜裏敞開著大門，草叢裏的蟲鳴聲伴著我們夜裏甜蜜的夢，一夢到天明。

幽靜的林務所

　　濃霧鎖林木，午後的林務所一片靜寧，悄悄地沒一絲人聲。整齊圓滑的石子裝飾著招牌的周圍，每一顆都晶瑩碧透，好似雨水清洗過。廁所前的靠背長椅，精緻雅美，一切都好似放大了的積木玩具，愛得忍不住地攝入數碼機的鏡頭。

　　纖塵未染的地面，彷彿未經人間煙火的污染，乾淨得好想將來就在此終老。聞一聞過濾過的空氣，生命力必然也比城裏更綿長。

　　緊靠密排的單車供人借用，完全不要一分錢租金；騎上單車，就如騎上了回憶之馬，滑向歲月的童年，天眞無邪的風景一幅幅地在眼前掠過、倒去。這兒沒有汽車的噪音，飛滑的單車猶如在溜冰場上神速滑行，只有微風在耳旁輕輕拂過，呼呼的聲音似乎是：「你們要經常回鄉看看。」

　　那怕多少年後，我們一定還會重來，好想在這裏建一間小小的度假屋。

好美的民俗村

　　忘不了那十八棟古厝，村前的大石門牌，圍起了金門建築物的經典，多次遊覽，竟都不知厭倦；忘不了青青的草地、整齊排列著的老樹，色彩總是配搭得雅致柔和得宜；忘不了古厝與古厝之間，彩色的遮陽傘下，善良質樸的老鄉，製作了一碟碟美味的蚵仔煎、一碗碗香噴噴的蚵仔米線……自然純樸，卻好像天意安排，總是構成鮮明的永恆圖畫，成為攝影和寫生的好素材。

　　　一步步深入古厝村落，一陣陣驚異。左看是直線，右看是橫線，整齊得分毫不差；仰看、俯視，前觀、後望，都構成了不可多得的建築美，每一方磚瓦，都參透了工匠的智慧，每一個屋頂的翹角，都含有深意，每一幅浮雕，都仍散發著當年建造者的汗水氣息。

　　什麼是「深、縱」，什麼是「橫、直」，輕輕地在十八棟古厝隨便一站，便可領悟無數。紅磚、綠瓦、藍天、青草、彩傘、黃門……歲月慷慨地恩賜了巨大的立體圖畫，造就了那麼精彩的天使之村。

小徑特約茶室

　　以為茶室裏可以喝茶，不意茶室引我們走進一頁神秘的歲月。

　　四四方方的院落，草地綠，椅兒白，陽光斜斜地照射。當年排隊用鈔票兒買快樂的情景不再，鶯聲燕語也早就銷聲匿跡在歷史的角落，徒留一個個展示房間；牆上的文字以抒情的和憐憫的語調敘述不太久遠的故事，「小女子獻身家國敵篷們．大丈夫拼命沙場磨長槍」的雙關義對聯教人低迴回味，久久不忍離去，彷彿，透過殘破的門布簾隙縫處，還看到肉體的顫動。

戰爭，衍生特殊的生意；戰爭，讓柔軟溫暖的身體慰勞著粗壯而分分鐘將被子彈洞穿的身體，多麼地神奇；一張床，那麼窄，卻將它的經濟價值和快樂價值發揮得淋漓盡致。

慢慢觀看，輕輕攝影，一張張簡陋的床赫然出現眼前，還有小小梳粧檯、臉盆、以及早就消失在銷售市場的舊式熱水瓶……想像著曾經在此營生、服務十萬大軍的小女子，如今可有平安的晚年？

欽佩設計者，敢於揭示，勇於承擔，留下了差點被人們遺忘的一頁。

快樂的貢糖

沒有勢利的嘴臉，沒有斤斤計較的盤算；多少次進門，店員展開了一張張笑臉、用親切的鄉音招呼我們，連躺在盤碟裏的貢糖們也歡悅起舞，帶著甜蜜的誘惑歡迎我們的來到和嘗試。貢糖們以不同的衣裝，不同的美味，讓我們一口口試，一口口吃，快樂的貢糖啊，也讓我們滿肚子的高興。

縱然不想購買，無拘無束的「試吃」壯舉，像是打下了刺激的一針，刺激遊子們強烈的購買慾。一聲聲熱情的交談，一句句貼心的回答，然後是一包包的裝箱，一箱箱的堆疊，次日就送到了碼頭。不需要整日纏身，不需要讓身體負重。

快樂的貢糖啊，與我們相擁抱，跳一支快樂購買貢糖之舞。

鄧麗君紀念館

望著她那甜蜜的笑容，彷彿就聽到她那嬌柔甜蜜的歌音。很少見到她在舞臺上聲嘶力竭，也很少看到她的歇斯底里。早期的她多麼淳樸可

愛，像是鄰家的小妹；華人世界的歌迷與她的變化一起成長；在地球有華人的地方，都迴旋著她那獨一無二的輕盈歌聲。

曾經是多少中老年人的精神情人，嬌嗲溫柔的歌詞演繹也不知撫慰了多少暴戾狂躁的心；清邁的最後告別，歌迷都含淚獻花，宣告了一個音樂時代的終結。

多少遺物的陳列，多少照片的懸掛，室內，她的悅耳歌曲，彷彿劃破遙遠的時空傳來，滿屋，都是她微笑著的黑白彩色照，好似她還在陪伴著我們。

總愛在我們的日常生活裏留幾張她的唱碟，看看她，聽聽她，所有的煩惱和壓力，都會隨風而逝。今日，也就多拍幾張合照吧，曾經，我們來看過她。

文學還鄉

跨山越海，終於在長達六十年飄泊無定的生涯中回到故鄉，只為一本書；尋尋覓覓多少年之後，懷著忐忑不安、完全生疏的心情，從七百萬人口的現代化城市香港回到了僅是七萬人口的金門故鄉，只為了故鄉對我的愛。

我對故鄉是那麼情怯，故鄉卻是從沒忘記過我；我對故鄉完全是一張白紙，故鄉的專家卻是能將我的一舉一動生動地記錄和描述，早就用白紙黑字的文字見證一個海外金門遊子——小小的我的存在。

文字維繫了我和故鄉的感情，文字的恒久鑄就了我們和故鄉的血肉聯繫。《失落的珍珠》終於讓我們拾起一長串失落故鄉的珍珠，故鄉老家回不厭，終於一瀉不可收拾，故鄉，面容越來越在腦海裏漸漸清晰起來。

文學啊，引領我還鄉；文學啊，也囑咐我用它來回饋和描述故鄉。

浯江速寫

初來的心悸

　　那一次，飛越萬里晴空，從香港飛到臺北，飛機轉了一大圈，降落金門。沒有料到飄泊大半生，竟還能得睹故鄉面容；歲月如水流逝，天邊殘陽已斜下，走下機艙，步履已沒有年輕人的快捷，心兒，卻湧滿了難耐的激情，不亞於少壯。

　　故鄉的面目何等陌生；故鄉，也以陌生的眼光望著海外的子孫。

　　初來金門，停駐於臺北，是同鄉人引領我見識一個又一個文友；在金門那塊土地上，也是鄉親駕著車載我們觀賞一處一處金門的寶地。初來的心悸，像是暗戀一個女子，忽然有日被她有意無意間點破，讓我措手不及；生怕遭冷落，失望而回。然浯洲彌漫著鄉親人情的灼熱空氣，擊退了我的心悸和不安。

　　初來那一年，天氣乍暖還寒，春花初開。我們細細撫摸過祖屋蒼涼的容顏，墊高腳跟，攀爬，拍下屋樑上的雕花和字刻，一晃八年；而今，祖屋已消失於無形；我們心悸於貪婪的巨獸，一夜之間竟可以消滅我們所有的記憶和希望。

　　懷念初來的心悸感覺，竟一直延續到今天。

浯島的夜空

住在大城市太久了，禁錮在密封的鋼骨水泥森林裏，看不到新鮮的太陽；夜裏，粉紅色的夜空竟感染於地面上密集的燈飾，難望夜空上清潔的月亮和星星。浯州的夜空不然，那麼高遠，那麼黝黑，那麼令人愛戀。

當汽車奔馳於沒有聲響的故鄉夜馬路時，兩側儘是樹林和呼呼的風聲，夜空，漆黑如墨，潔淨晶亮似黑色地氈，一顆顆星兒就是綴嵌其上的鑽石，隱隱發光。

哪怕是在民宿的天井，抬頭也就可以觀賞高而遠的夜空。屋瓦、彎月、小星星們和小檯上的茶杯、貢糖、點心構成故鄉令人懷念的永恆圖畫。不分地上天上人間，天人合一，草叢的蟲兒們一夜無眠，一唱到天明；我們對影成五人，也是邊品茶邊聊天，一談不知夜深，一談到天明。

大自然啊，眷顧著故鄉，給予美麗的夜空、戰後的靜寧；夜裏，富有節奏的輕微鼾聲一直響到天明，門兒不須閉，就讓鼾聲和蟲鳴交融啊。

金廈兩岸碼頭

也許沒有一處碼頭，如此地人性化，推疊著大件小件行李的小推車，竟可以「闖關」，過了一關又一關，一直到那個接近輪船的斜坡，竟還有輪船、碼頭的職員協助拉著您一把，推著車一下，那是在廈門的碼頭；也許也沒有哪一個碼頭，如此鬧哄哄的，好似就要沸騰到天上去。送佛送到西，送親送到碼頭，嘰嘰喳喳，殷殷囑咐要經常回家看看！回家看看！情不捨，意綿綿，那是在金門島碼頭。

依然難忘第一次乘船，好奇地看到大箱小箱行李擠滿了船艙，密密麻麻的鄉親坐滿了座位，整艘船幾乎沒有了空椅子。船窗外嘩嘩響個不停的海浪衝擊著船底的聲音迄今未曾消失，連海洋也歡呼不已。

馬夫淚

我知道從前在故鄉，那塊石頭是沒有的。很久以前就在南洋見證了一個老前輩的呼籲和努力，呼應著我們初次回鄉的激情。一直到他記錄的血淚歷史，從記載方形文字的平面書變成了浮凸立體的可以雕字的石頭，印刷化成了雕刻；然後，又從馬夫石變成了馬夫和馬兒的動人雕像，而兩度變遷，又從碼頭移到了海邊。

從前我不知道也不相信，一個手無縛雞之力的文人，竟能將弱弱的呼籲變成如假包換的實踐；更無法評估，文字究竟會產生幾許力量？兩千多年的歷史書頁，無不寫著「殺頭」二字。我讀過老鄉親的勇敢書寫，那個苦難年代的一幕幕情景依然清晰如昨，也曾在書中為之呼為之鼓，而後毅然簽下個人小名。

終於與他合影於馬石前；那文人返鄉的一次，個人的呼籲終於化為團體的合影，小溪的涓涓水滴，終於融進了金門歷史的大海洋。

橘黃色之戀

初到民宿，有著初見新鮮事物的驚喜，也許我夢寐以求的建造旅館的志願，就是如此這般的吧。古厝的傳統氣息注入了現代風；當金門的經典建築遇到了義大利設計師的橘黃色色彩，溫暖感覺一剎那如水蕩漾，滿溢我們全身。

喜歡那女主人典雅的談吐，也寫得一手優美的文字，不像業主，更似才女；她在漫漫民宿慢慢訴說，那橘黃色之戀如何形成；喜歡聆聽她的設想和設計，一切都是那麼細緻與精緻。喜歡在清晨，一杯豆漿在手，一本《我家開民宿》繪本在膝蓋上慢慢展開，領略小朋友以純真的口氣，引領您進入民宿的知識和氛圍；喜歡那不起眼的留言簿，記錄著

來自臺灣大小城鎮的住客的住宿感想，有一次竟然在紙上邂逅了熟悉的朋友；喜歡那一套六張的明信片，藝術攝影配上詩人的詩情描述，化解了商業氣息太強的宣傳。

洋樓的滄桑

都說保育，是的，要是沒有了關注的眼睛，也就沒有「歷史」；沒有了歷史長河中條條溪水的匯合、顆顆石頭的襯托，也就沒有了今天美麗的景致。

衣錦還鄉之前，恐怕已沒有人知曉，南洋的土地，灑下了多少年輕而辛勤的汗水？建起洋樓之後，也很少人知道，爲什麼人去樓空、人面已渺？樓內的故事已在歷史的角落裏沉澱，樓外的傳說又究竟有幾眞幾假？總之在傳說之後，往往就化爲牆上的幾行說明；玻璃櫃內，蠟制的南洋糕點飯肴還是栩栩如生色彩鮮豔，想當年，飯廳裏一定熱鬧溫馨，高朋滿座，歡聲笑語，而今大堂空寂，人聲已渺，嘰嘰喳喳都是海外遊子們和參觀客的驚歎和好奇。

走出那些留存的經典洋樓，想起了祖先們的奮鬥歷史，每一塊磚，都經汗水的摻透；每一方窗口，依稀還能見到留在洋樓裏親人的守候，倚窗的人兒，總是面向海洋。每一座洋樓的歷史之外，都是一部部厚厚的血淚文學大書。

熱情的金門酒

雖然不是嗜好者，卻無法拒絕金門酒的熱情和誘惑；雖然不像南洋的咖啡，每日都要飲上一杯，總是忘不了對金門酒的內心喜愛。

總是成爲每一場飯局、聚餐的主要角色，金門主人的所有好客熱情都

融合在一杯晶瑩的液體裏，啜上一口，渾身滾燙滾燙，「喝！喝！再添一點！再添一點！」鄉親的歡迎——常回家看看！也都已濃縮在小小酒杯裏。

雖然不是酒鬼，卻愛上了對金門酒的收藏。每年不同的包裝，堪稱藝術品，擺在玻璃櫃裏，有太高的觀賞價值。金門也以此高粱酒為傲，充實了全縣的福利。

總愛在賣酒店舖裏慢慢觀賞，慢慢品味每一瓶酒的出世年月，是否這裏的文人藝術家，都有著李白的遺傳基因，酒，天分，造就了那麼深厚的、多彩的文化？

堅韌忠厚的老書店

每一次，老朋友都要車我們到復興路，看望風雨中的老書店，也看望勤奮如一日的店主兼老作家。每一次，他都熱情地迎接我們，又在門口與我們揮手送別。

每一次，都有他新作的贈與；選購什麼書，都沒有一次計錢；好佩服書店的屹立不倒，風雨戰火中沒有拉上門；好欣賞店主的癡情不悔，寫啊寫啊著作等身。

忘不了他那本《特約茶室》，在我們回鄉的團友中引起了轟動，他依然簽下大名分文不收。回家展讀，激動難眠，翻身而起，揮筆記下點點感觸。

忘不了書架上已蒙上厚厚塵埃的書，他依然不肯丟棄處理；讓人想起了他對文學的數十年如一日的熱愛和深情。忘不了好友對他的描述，

雪雪白髮下是充滿文學智慧的腦袋，為戰勝病魔，他爭分奪秒，寫下一部又一部擲地有聲的傑作。

走過書店，始終忘不了一個巨大的身影……

世界金門日

如果不是一百多年來的窮困，焉有那麼多子孫飄洋過海，到東南亞各國尋找活路？如果不是為了生存，延續故鄉的種子，不會有二十世紀金門日的壯舉。

如果依然是炮聲轟轟，也就沒有海外金門子弟匯成的回鄉巨流。

那怕是稍有瑕疵，我們都可以原諒；那怕是出現招呼上的不足，我們也都可以理解，開枝散葉之後的歸根太不容易啊。

當一袋又一袋的厚禮送上門來，我們完全感受到了故鄉的心意。

故鄉情意，那怕睽違了半世紀，還是濃厚如酒，暖了我們的心。

來自世界各地的同鄉人啊，這一天都湧向故鄉，像是一泓廣闊美麗的海洋，灼熱的太陽，閃閃發光，射暖我們一顆顆激動含淚的心．。

金門老家回不厭

　　2004 年前因爲文學之緣，和瑞芬結伴還鄉一次，那是春季將盡的 4 月；當年年底，又因金門建縣九十周年，又與老伴再度攜手飛赴金門島。也許，對於故鄉，永遠是感恩的、欽佩的、與上一代的緬懷分不開的。文字，也使我們這些海外金門子弟和老家的聯繫更爲緊密。那一年，金門故鄉爲我出了一本小説集《失落的珍珠》，成了我一百多本單行本中裝潢得較爲特別的一本；我對老家的回饋，也算「豐盛」，寫下了好幾篇散文，包括《我那金門島的祖屋》、《我不知道故鄉原來這樣美》、《重逢，在寧靜的酒鄉》、《仙洲之旅日記》等，總字數已近四萬字。此生何曾爲一個海島傾注那麼深的眞情。

　　六年前的回鄉印象，像烙刻在心版上，不容易抹去。期盼有一天，能夠一家大小再度回家，實地感受一下祖父輩生息、拼搏以及南渡重洋創一條生路、開枝散葉的情景和氛圍，不需要像我們需等了幾乎六十年才回去的悲情。

　　難忘故鄉濃濃的文化氛圍，彷彿輕輕嗅聞，都可以在空氣中嗅到化不開的文化香氣。「金門學」累積了那麼深厚的功夫和資料；《金門文藝》濃烈的文學色彩就不亞於香港任何一本文學雜誌；也很少有哪一個中國人的縣城，願意爲她海外筆耕有成的成群金門子弟出叢書。小小一個金門島，舉辦美術展、攝影展，都有叫人歎爲觀止的水準和成就，總是那麼叫人驚喜。如果我們聯想到金門全島不到十萬人口，就有那樣的實力、氣氛，那就不能不叫人覺得香港的商業氣息畢竟太濃厚了。就説文藝雜誌吧，金門人口不到十萬，就有一本《金門文藝》，如果按比例，香港七百萬人口，如果文學氛圍好，豈不是可以擁有（出版）七、八十本文學刊物嗎？實際上，香港現在只有五份文學雜誌，還都是受當局資助的。

難忘金門故鄉上上下下主人對海外遊子的貼心關懷。2004 年 4 月，乃因故鄉爲我出書，我和老伴結伴返鄉，也想順道看一看在故鄉名氣很大的、被當爲古跡的祖屋。在故鄉受到好幾位文人雅士的熱烈歡迎和款待。人抵達金門島的土地，才知道我們的祖屋有個「甲政第」的特別名字，在島上很著名。幾次我們到祖屋探望，都有感興趣的寫作人一起前往觀察。原來，我們這些「甲政第」子孫的名字和命運，是和祖屋的命運緊緊聯繫在一起的。最叫人感動的是，我們並非文壇大人物，更不是什麼大企業家或商界老闆，只不過是金門籍的香港小小作者，一到島上，就像一塊大石投入湖水中，蕩開一圈又一圈的連漪，一些關心海外金門籍寫作人的作家都很快知道了。難忘我們那次對金門的「處女返鄉」，竟也驚動了縣長，離金前他要見我們，不知怎的，那一次，能一下子冒出了那麼多不同報社的記者，好幾家報紙都當了頭條報導，我們可說是佔了百年祖屋的光。

難忘遊覽參觀一個又一個的地道、坑道、地洞。將這麼多打仗殘留下來的痕跡讓人當旅程重要景點參觀，在我素來的旅遊日記中是未曾有過的經驗。鑽入這樣的坑道，感覺不會很好；那會叫我們想起中國人過去了的不堪歷史。走進這樣不同的、各種各樣的大大小小的隧道，就好像走進中國人長長的歷史，遠的，至少一百年，近的，也有六十幾年，期間充滿了炮火、硝煙和仇恨。我們曾經從福建廈門大學那一帶往這兒遙望，如今，又從這兒向大陸那一大塊土地觀察，心情真是一時百感交集，一時又突然

一片空白，空白上只有「感慨」兩個字，感慨于同是中國人打中國人的歷史，也早該結束了。幸虧，世事不會如一潭死水，總會起變化；要不然，我們哪會那麼順利地又在秋季裏、天高氣爽的時節第三次回到家鄉走走看看。

到金門，我喜歡那種乾淨的、寧靜的感覺。汽車在島上行駛大半日，空氣新鮮原始，花香、菜味和海腥氣一陣陣迎面撲來，竟然可以見不到一輛車子、一個人影，尤其是在農村、郊區公路行駛時，感覺就很特別，「塞車」簡直是一件不可能的事，這詞兒似乎已可從金門詞典裏刪除。陳延宗先生開車帶我們到一些歷史悠久的古宅區看朋友，那些小路、巷子就乾淨得難見一星半點垃圾。最奇怪的是家家戶戶，安靜排列，靜寂得毫無一聲半音的人聲。並非一種死氣，我們依然感覺到她的活力和生氣，有時門簾兒輕輕晃動，有半個人影在屋內閃了閃，可是沒人出來探頭探腦察看，不像以前我們到中國閩粵一帶農村探親訪友，小孩子一見到就飛快地奔相走告。

金門沒有夜生活，晚上吃過飯後，就要在屋裏呆了。一如早年的巴厘島。難能可貴的是，治安特好，守監獄的閒得沒事幹。乘車大小一律不要錢。近年整個臺灣快樂城市票選，金門居然居於榜首，被選為「最快樂的城市」。一個娛樂的東西不多的島嶼，能夠在開放後（1991年前是戰事禁區）吸引臺灣整島的人趨之若鶩、湧向金門旅遊，而金門背井離鄉的祖父輩衍生的海外子孫，大大地興起了回鄉熱和尋根熱，三番五次地到金門，從不厭倦，證明著仙洲（金門別稱）充滿了一種難於抗拒的魅力。身為金門子孫實在感到無比自豪！

2010 年 9 月 7 日

金門老家回不厭（朗誦詞）

橫跨半個多世紀的浩瀚海洋
穿越五十年漫長歲月的遙望
我們，終於踏上金門的碼頭
看到了故鄉親切美麗的臉龐

故鄉　金門
金門　故鄉
從前　我們只能從廈門望見金門的樹梢和炊煙
如今　我們可以從金門看到廈門的燈火和公園

金門老家回不厭
曾經在戰火中傷痕累累的古厝　村莊
如今滿臉含笑，向著我們伸開了臂膀
民宿裡的溫暖和夜天上的星星
一起伴著我們甜蜜入夢
連夢也散發著花的芬芳

淳樸的民俗村　典雅的番仔樓
在夕陽餘暉裡留下了古樸的身影
一棟棟建築物
一串串長長的故事
哪裡有海水　陽光
那裡就有金門人的足跡　鄉音
金門老家回不厭
故鄉　一旦呼喚
成千上萬的遊子就匯成洪流回鄉　回鄉

金門老家回不厭
夢裡瀰漫著後浦小鎮蚵仔煎的香氣
貞節牌坊前的蚵爹，永遠是那樣美味
吃不完的金門美食
說不完的故園

金門　乾淨
金門　美麗
金門　寧靜
分不清是花園小鎮　還是現代鄉村
歷史的恩怨　早已在風中消失
戰爭的淚水　也已化為昨夜的夢魘
如今的金門是候鳥的天堂
也是金門人的　世外桃源

金門老家回不厭
綿長的歷史故事寫在每一個小巷的門牆
俯首看　湖碧　沙白
抬頭望　雲淨　天藍
高粱酒的芬芳　飄散在小鎮的空中
溫馨的鄉情花　開在每一個認識和不認識的金門人臉上

沒有一個地方
從寫滿苦難　變得那樣風情萬種
沒有一個地方啊　處處都有花和草木的清香
金門老家回不厭啊
鼓鼓的行囊裡　裝著滿滿的親情和鄉情
一箱箱的貢糖　一瓶瓶高粱酒都是用愛心包裝

金門　你是和平的使者

金門　你是炎黃子孫的最後一個戰場

讓所有的大砲小炮子彈導彈和仇恨都一起進入博物館

故鄉　一世世　一代代　永不再戰

讓我們常常都回老家看看

讓我們手牽手　肩搭肩

結伴還鄉

金門老家回不厭

夜住慢漫民宿

捧一盆肆意潑放的九重葛如果還不足以表達我的感情
那麼就邀秋日午後的金黃暖陽列隊歡迎吧
旅人請進　慢慢慢慢　請進
莫要驚醒沉睡久遠的磚牆簷影

　　這是翁翁先生在爲慢漫民宿一套六張明信片中的一張書寫的詩句，緊緊地吸引著我，足于形容金門金城鎮珠山慢漫民宿的安靜環境氣氛和表達對客居者的歡愉心情。

　　早就聽過慢漫民宿的大名，朋友住得很舒服，還有的說它「豪華」，也從慢漫民宿主人楊小姐的網頁上瞭解了一些有關這類民宿的大慨，爲主人的文藝氣質與優雅文字所吸引，但沒有親自接觸，實在無法想像它是什麼樣子。「民宿」這類詞兒，在香港和中國大陸都沒聽過，也許是太孤陋寡聞了，心中始終充滿了神秘和好奇。如果不是我們的許會長介紹，怕也很難和它結緣吧。從廈門乘船抵達金門，僅是 45 分鐘而已，但這水路的開放，化了不止 45 年！我們太遲出發，到達金門的水頭碼頭時已是午後，旅遊車載團友們先去遊覽，到慢漫民宿時已是晚上八時許，烏燈黑火的，只知道進入了村莊，但已看不清景物背景。團友被分成三棟老厝居住。我們拉著行李，慢慢走向那有些斜度的路道，不需太多的轉彎，我們就到了。

　　借著地上那些朦朦朧朧的燈光，終於看到民宿的外觀似乎和我金門的祖屋沒什麼不同，原來「民宿」的概念就是「家庭式賓館」。香港其實也很多，不過，最大的不同是，香港式民宿都設在高樓大廈裏面，幾乎每間房間都小到猶如鴿子籠，睡床之外已沒有什麼任何轉圜之地；這慢漫民宿呢，房間之大，比諸大城市的大酒店有過之而無不及，香港一些酒店的房

間小了它的一半，每晚的租金也要七、八百港元。最叫我們欣賞的是室內的燈光，柔和明亮，遠勝大酒店一百倍啊。現代化的酒店設備雖然先進，但那燈光暗到不利於讀書寫字，看什麼都不清楚。最令人驚喜的是，這兒帶了電腦可以上網，完全不必另外付費用，也不需要擔心付了費之後電腦又出故障。太妙了。洗手間小窄了一點，但設有自動沖洗和暖屁股的坐式便缸，彌補了空間窄小的不足。新陳代謝的生理為這種高級的服務所吸引，坐了上去，果然那感覺完全不同凡響。但目前由楊主人經營的民宿，暫時只有五間房間具有這種高級設備。洗手間外牆邊有一個木樓梯通往二樓，我爬上去看，嘩，好大，兩套褥墊鋪在地板上，一如日式的榻榻米。也有冷氣設備哩。

我們興奮地要求楊主人帶我們去參觀團友住的兩個地方，也都有很明亮的燈光、優雅舒適的設計、現代化的設備以及溫暖的感覺。完全有別於大酒店那種整齊空蕩的冰冷。回到我們住的民宿，心中的欽佩更是步步升級起來。民宿其實完全建在閩南所謂的「老厝」內，是「舊房子」的改裝，即舊瓶裝新酒。主人楊小姐在外國留過學，在先生的支持下和義大利設計師的幫助下，將「祖屋」式的老房子進行了改造的大工程，委實改頭換面得有了新氣氛。

當然，設計、佈置、裝飾也很重要。這間老屋，一如其他金門舊宅，分前廳、天井、後座三落。前廳擺一張長方形檯，供投宿者吃早餐，中天井也有一張長桌，讓人夜晚乘涼、賞月或聊天，當然，也可在此吃早餐。屋外是一大片空地，也擺有座椅，讓人夜裏乘涼。楊主人說，凡是你們見到的，用的，吃得，都可用都可吃。聽了嚇了一跳，很不習慣，真有如天籟之音。在以往住過的酒店，何曾有過這種待遇或優惠？一小包餅乾都要計錢且特別地貴。我們見到不少梨啊香蕉啊餅乾啊……一時就大快朵頤起來。

大客廳擺有沙發，最叫人欣賞的是那一列列雖不太高，但長長的矮矮的書架，排列著非常多的唱碟和各種各樣的書籍，其中以文學圖書占了相當的比率。顯見楊主人的嗜好和品味。學法律的她，能有志於「民宿事業」，真不簡單啊。

我慢慢地將架上的書一本一本抽出來翻閱，覺得一種奇妙的感覺湧上心頭，不期然又想起了翁翁先生在另一張明信片上的描述：「慢慢的流光慢慢享用　慢慢的心事慢慢編織　慢慢的閒情慢慢翻閱　慢慢的悠雅慢慢品嘗……」，是的，我們在此翻的不是族譜，而是二十一世紀出版的書；牆上，我們讀的不是百年老聯，而是巴黎艾菲鐵塔的西洋油畫。每一個角落都處心積慮，而用心良苦的安排都充滿深意，古老大宅的重壓和深沉感自然一掃而去。我抽出一本精裝的繪本《我家開民宿》，慢慢把它讀完，加深了對金門「民宿文化」的瞭解。原來，金門的民宿總共近四十間。而我們的團友，就被安排在三棟不同的、但都在附近的老厝。

「你們的『慢漫』兩個字，到底哪一個字在前？」我和老伴約了主人楊小姐進到我們房裏談談話，我們興致勃勃的問她；她笑起來答道：「慢漫，慢慢的『慢』在前，浪漫的『漫』在後，所以就命名為『慢慢的浪漫』。」我們好想瞭解金門縣政府、老厝和經營者三者之間的關係到底是怎樣的？她做了詳細的解答。原來，在總管理方面，民宿老厝都屬於金門縣國家公園管理的，產權屬於老厝原主人，他們或者是族人早年下南洋，房子空了出來；或者其他方面的原因，願意將老厝出租，於是就由金門國家公園、產權持有者和經營者三方面協商，經營者投標，中標者乃根據其企劃書的可行性、完善即優劣作出取捨，其中價錢只是占百分之十。我們才明白，這些變身為民宿的老厝並非楊小姐的，她是經營者，需要上繳租金。當年她在她做生意的先生的支持下，辦起了這民宿事業，先生勸她不要有壓力，慢慢地經營，不要著急，不打廣告，只靠口碑。

　　由於在外國讀過書，楊小姐也還年輕，因此將現代化生活的元素注入傳統古老的老厝的理念非常強，把合理、簡潔和優雅的西風巧妙融合進中式的保守、對稱和沉重，無疑是一種巨大的挑戰，也取得了很大的成功。從牆上的西洋油畫到七彩的豔麗檯燈，從坐下去不想起身的按鈕式馬桶到播放輕音樂的音響組合，從牆上紅磚色的暖色到落地長列的矮書架……無不顯出楊主人獨特的、與人不同的高雅品味。最妙的是房門仍是舊日兩扇式的，門中間依然保留了兩個對稱的大鐵圓環，一個大鎖頭掛在環上。令人聯想到主人家心思的細密。再瞭解下去，方知政府的修葺只是外觀的，內部除了大結構上不能動之外，經營者卻允許重新設計和改造，遇到舊牆太腐朽，就非要動大手術不可。我問楊主人，除了從網上可以瞭解慢漫民宿的情況，可有文字方面的資料？她說文字簡介倒沒有，但印有明信片，並很快贈送了我們一套。這那是什麼普通明信片，而是攝影沙龍和絕妙好詩結合得天衣無縫的藝術品呀！

　　早晨的珠山多麼安靜，從遠處看慢漫民宿，看不出內裏乾坤，也不會有人曉得內部已進行了「大革命」。告別時候，從遊覽車視窗，我們看到楊小姐靜靜地佇立在民宿路口，在晨風中向我們揮手致意和告別，心中好生感動。兩個清晨兩個夜晚的慢漫民宿小住，我們感受了典雅、悠靜和慢節奏，彷彿時光在此凝住，不禁叫我又想起了翁翁在另一張明信片上寫的、形容慢漫民宿的詩句，感覺就是那麼奇特：

說忍不住懷想起荒山瘦水紅瓦朱簷

古典就靜悄悄橫陳在桂花漫舞的晚秋廳堂

夜有眸子澄澈水樣

你打古典款款走來

第二輯　遇見祖屋

甲政第的悲情

沒有了父母親的家不成家。
沒有了祖屋的島嶼是否還是我的故鄉？

也許冥冥之中，已有天意在暗示，2004 年 4 月我和妻子受到金門老厝的感召，首次回故鄉看看老屋，像在湖水中投入了石頭，泛起了一圈圈漣漪。「甲政第的後人」回到金門、黃氏子孫來看祖屋……金門甚至台灣多家報紙都以顯著位置、大塊篇幅報導我們這次的返鄉活動。我於是明白了，並非因爲我們是什麼大人物而引起注意，而是祖屋「甲政第」名氣太響，「甲政第」以其深沉厚重和莊嚴美麗蔭庇了她的子孫。

回港，激情難耐，寫下了《祖屋，我們終於來探望您》！

在 2004 年之前的近 60 年間，自始至終，甲政第我們沒來探過，當然更沒住過；只因聽得太多的傳說，從母親口中又聽得太多祖屋的故事，姑表姐表妹安娜和安妮幾次來港與我們相見，都說起祖屋的滄桑和殘破……爲祖屋沒有黃氏子孫來關注而著急。祖屋，太負盛名而吸引了未曾瞻仰她的尊容的下一代；祖屋，也因爲歷史的風風雨雨太過悠久而變得格外沉重！儘管早就知道有一場事關祖屋前途的謀算計策在進行中，我們還是禁不住祖屋的巨大魅力而決定前往看望她；也許，正是有著某些預感，生怕日後再也看不到她，我們更鐵了心，要去金門走一趟。

那是 2004 年 4 月，正是乍暖還寒、出暖花開的季節，從《金門文藝》陳延宗那兒知道金門縣政府文化局將爲我出書（列爲金門叢書）的消息，更加速了我們回金門一趟的決心。那時，我們是先從香港飛臺北，

再從臺北轉飛金門的，可以說繞了一大圈。在臺北受到楊樹清、隱地、林煥彰等作家朋友和表弟的熱情接待；在金門受到延宗老總和姑表姐妹、表哥的周到安排。更難忘的是臨走前幾個小時，本來就要靜悄悄地走，不帶一朵雲彩，不出一絲聲響，那料到有人通知，（前）縣長要見我們。現在回想，也許，我是寫作人的關係，但更重要的是，「甲政第」的名氣太大，而她的黃氏海外子孫很少「正式」回鄉來看她吧！這個通知和接見實在叫我們感到太意外、太驚奇了！迄今，仍忘不了當時那場面的隆重：一定是縣政府裡管旅遊的部門通知了管媒體和新聞的部門，只看到一時間在大堂擠滿了「長短火」齊備的人，整個接見大廳人頭湧湧，圍滿了台灣各大報採訪新聞的記者。攝影機鎂光不斷閃光，我們與（前）縣長拍照、互送禮物，話題圍繞祖屋「甲政第」，當時安妮表姐也在場；我們獻書之外，還簡單地向縣政府表達了「甲政第」能得到修復的願望……時間很趕，結束後，我們徑直乘車往飛機場奔。

在臺北轉幾，還未回到香港，我們就讀到不少採訪該日接見的報導，才明白「甲政第」在金門的歷史建築地位非同凡響，視窗吹喇叭，名（鳴）聲在外。幾乎所有新聞和報導、特寫都是以祖屋「甲政第」爲中心！我既驚喜於金門人對歷史建築、歷史文化遺產的保育意識非常強，作爲黃氏家族，也爲我們的祖先早年的創業、奮鬥終於有成而光榮自豪。餘生也晚，對祖父黃成眞一生事蹟所知極少，愧於姓黃！我一邊收集報導的資料，一邊爲故鄉人們對我們祖屋的熟悉和敬仰感到不可思議。

讀報導，他們是那裡弄來的資料呢？對於甲政第的歷史、建築風格、建築特色，竟是那樣耳熟能詳、倒背如流，比我們更清楚啊！其中最叫我們神往的是有一篇文章，不但對甲政第的建築美學特徵作了專業的描述，而且對甲政第的前景做了浪漫的設計，大意是，若干年後，經修復後的甲政第，將串聯朱子柯、將軍第、模範街、總兵署……等一系列富有歷史價

值的建築物一道，構成了金門的一條重要的「歷史文化遺產旅遊線」，為金門增加旅遊資源——吸引觀光人潮的「金城之旅」，那時甲政第既可讓人參觀、作為海內外作家休憩、創作的「基地」，還可列出文字介紹，說明這個祖屋衍生的後人中，出過兩位有影響的作家。總之，像今天，水頭的一些洋樓或一些建築歷史較早、建得較美的老厝吧！諸如此類的美好構思，意義已遠超個人之外。個人總是十分渺小的，在歷史的長河中，總要歸於塵土；但歷史文化遺產，卻可以產生金錢無法估計的精神力量，可以教育我們的下一代。

美好的設想歸於美好的設想，回來，我們遭到重重的一擊！責備之詞鋪天蓋地，不知怎麼搞的，最叫我們啼笑皆非的是，我們「獻書」變成了「獻屋」，有人叫我們不要插手有關甲政第事宜……我一面為自己澄清謠言，一面感到憤慨，就在 2004 年 10 月我寫的一篇《祖屋，我終於來探望你》（又名《我那金門島的祖屋》）中，埋下了伏筆，表達了我對祖屋前途命運的不安：「……我想到祖屋大體完整之下也有媒體稱其『有傾倒之虞』——下次不知何時再來？會否一陣大風吹過，神話般消失……？」

果真，甲政第如今已消失得無影無蹤了！

2009 年 8 月我作為香港教育院《老師，你觸動我的心靈》徵文比賽的評判，跟十餘位勝出的學生到臺北、花蓮等地旅遊，在臺北見到楊樹清，他問我對祖屋慘遭剷除摧毀的感受如何？我不過為一介手無縛雞之力的書生，我能說什麼呢？當時他一句對甲政第被推倒的、足於撼動人心的「這是金門有史以來對文化遺產的最粗暴的行動」之評價，迄今仍每天響在耳際。香港幾個不明真相的鄉親，更誤會祖屋的產權在我這樣一個小卒手上，當面怒斥我為何對甲政第殘忍「下手」！叫我一時口塞。

老實説，祖屋死亡之後，我和老伴已有好幾年沒有臉面返鄉。五、六年前，我們被祖屋蔭庇，臉上有光，回鄉，人逢皆讚「你們那祖屋很漂亮」，甲政第彷彿成了我們的一種身份象徵，一種奮發有成的證明；住在金門島的鄉親，問我們是誰時，不需要説起自己的名字，只要提提甲政第，大家都肅然起敬，幾乎到了要脱帽的地步。今天，祖屋已從地平線消失，我們有好幾年羞於還鄉。外間不會理睬我們的祖屋是如何被肢解和謀殺的，反正你是黃氏家族一分子，手上也沾上幾滴甲政第的鮮血！

　　忘不了當年首次看望祖屋那激動的心情，那年我們撫摸祖屋蒼老卻還是硬實的肌體，細緻地欣賞她的每一塊磚石，每一方出色的雕花，還爬高，認真地拍攝刻印在屋樑上的祖屋落成年份（宣統二年），最驚喜的是無意間發現腳下的石板縫中居然冒出了翠綠的芽兒！忘不了妻子瑞芬説的一句話，她説她好想帶一點甲政第的泥土或磚塊回家，做做紀念。她的預感為什麼那麼強！

　　忘不了我們多次到祖屋看望，有一次在莒光街漫步，如有神引似的，竟然又走到了祖屋所在地！我忘不了那時有好幾位鄉親，知道我們來看祖屋，也背了照相機，跟我們來到甲政第。我們當時在祖屋前的幾張留影，如今成了絕響，顯得那麼彌足珍貴！聽説我們這一祖屋，不屬於金門國家公園管理的範圍，要不然，縱然不夠格作為歷史文化遺產，至少改裝成「甲政第民宿」，也是很好的構思啊！

　　像是一場浩劫，甲政第從金門地平線上消失了！
　　祖屋的宏偉氣派，不復再現；祖屋的神秘故事，不再引人！

　　回金門島的光榮感也消失殆盡！祖屋，不毀在戰火硝煙，也不死在海嘯地震，竟亡在人為，死在一種與文化價值觀儼然尖鋭對立的短淺金錢觀；

死在現代商業社會的文化遺產販賣中。在歷史老人的記憶中，它必然是一場惡夢，黃氏家族一次不堪回首的共同的不愉快記憶。

2010年11月9日，像六年前第一次回鄉探望祖屋由金門作家協會會長陳延宗陪同一樣，也由延宗兄載我們到祖屋那條莒光路路口，我們看到，158巷的原甲政第所在地已被一棟約六層高的洋樓所取代。棕白色的牆身，令人感覺到鋼骨水泥的硬冷無情，那些被肢解的老厝的零石碎片，零散地殘留幾塊在馬路邊。這洋樓背後的一頁歷史，會在漫漫的歲月裡沉澱，被人遺忘。想到此，我趕緊對著高樓拍了幾張照片，否則，以後連祖屋的遺址，我們都不知道在哪裡了！

沒有了父母親的家不是家。

消失了祖屋的金門是否還是我的原鄉？

我們只能仰望金門的遼闊蒼穹，對著記憶裡的祖屋悲情，無聲地嘆息，欲哭無淚。

注：「甲政第」源於荷蘭文 Luitenant（今作 Letnan, 中譯「雷珍蘭」，乃是被委任的管理華僑事務的具體官銜）。「甲政第」三字巧妙將音譯和意涵結合，體現了屋主出色的文字天份。

2010 年 11 月 15 日

我不知道故鄉原來這樣美
—第一次還鄉

我不知道故鄉原來這樣美！早知道早一點與老伴結伴還鄉。

我一百多種著作的作者簡介上，都明確無誤地寫著：「祖籍福建金門」。父親出生於金門，十七歲自金門出洋到印尼，開枝散葉，生下了我們。據說家鄉還有一間黃氏大家族的老屋。但我小時候很少從父親口中聽到有關那間老屋的情景，幾十年來腦子都是一片空白。在父親對金門的描述中，最清楚、最深刻的印象是這麼一句：「你有一對姑表姐和表妹住在金門。」除此之外，只是說到在家鄉吃番薯，大便不用紙揩而是用竹片子刮之類。我對故鄉再也沒有任何其他感性的認識了！

金門，於是對於我來說，成為一個多麼模糊又多麼遙遠的地方！我不相信此生還有機會還鄉，而且還有那麼深刻的感受！因為父親自年輕時候下南洋，在印尼掙扎拚搏，長達四十餘年，可說已經飄葉縈根。1973年他在印尼走完他的人生路，葬於雅嘉達的納納斯基園。每一次，我們從香港到印尼，一定到他所在的墓園燒香拜祭。為此我還寫了一篇《永恆的寂寞》紀念。我出生於印尼，在印尼度過十五年，印尼，成了我童少年的難忘記憶，印尼，更也是父親流汗、躺下安息的地方，在某種意義上來說，印尼算是第二故鄉了。如此一來，金門，更變得遠上加遠。

我從不相信，此生還有機會還鄉。15年的印尼，12年的中國大陸，22年的香港，人就像一片落葉一樣，隨風飄泊。我從不知道哪裡是真正的故鄉？金門，是父親兒時的記憶；而我兒時的記憶卻是在印尼。記得有一年，我在闊別幾十年後，回到雅嘉達，朋友駕車載我遊車河。她問我要不要回家看看？我搖搖頭婉謝了。在《回家》那篇極短篇中，我說我最怕觸

景傷情……沒有父母親在的家不算家！那個位於格魯骨的家，不知還在不在？縱然仍在也已人面全非了吧！幾次回印尼，我一直沒敢去看看，最怕喚起兒時的回憶而讓心頭流血！從母親口中知道，在金門的祖父去世時，父親曾經回金門奔喪。然而父親 1973 年在印尼去世時，身邊只有母親，我們滯留香港而不克奔喪。想一想，一部華僑離鄉背井的歷史，也堪稱中華民族的苦難史吧！

金門，於是變得那麼遙遠，那似乎只是父親兒時的記憶，祖父生活的地方，地圖上的一個名字。最爲諷刺的是，從 1960 年至 1963 年，我一直就在父親年輕時候讀書的廈門集美中學就讀，多少次就在廈門胡裏山遙看一水之隔的金門，但腦海中沒有任何概念。很長一段時期，我沒讀過有關金門的任何一字一句的資料。社會極度封閉，人也變得麻木起來。

八十年代，去金門要憑證明。儘管我人已來到香港，但終日思索的是：要在新的環境中立足。於是在人海中拚搏掙扎，一晃三十年過去了。千禧年，我們決定舉家去台灣旅行，方式是參加旅行團。辦理簽證時被提問一大堆問題，尤其是工作的履歷；還被要去了種種證明。這使我的情緒非常沮喪。所幸還是批准了。聽說只要第一次簽證順利，以後就容易得多了！

那一次跟團將台灣島從北到南遊了一遍。依然和故鄉緣慳一面！

歲月已過了大半世紀。人人都在說尋根，我不知道還能不能在有生之年去尋？也許，我們就跟很多人一樣，做爲黃氏家族開枝散葉的一片落葉、一朵小花，成爲永不回頭的不孝子孫。走著的是父親的不歸路。

突然有一天，我收到一封信。那是素未謀面的陳延宗兄，他把一個文學計劃告訴我。不久，我就收到「金門文學」第一輯。裝幀十分精美的書用很大方美觀的硬盒裝住，翻一翻，一種濃鬱的文學氣息撲面而來。陳延宗兄還把一本《浯島足音》寄給我，裡面赫然收有我一篇小文章。僅是看到這些就使我心頭激動不已，故鄉的人居然知道我，故鄉出版的書內居然也收有我的作品，哪怕那僅是一篇小文章！

　　我沒見過故鄉的眞面目。又遇工作不太忙碌，我就和妻了說：回鄉看看吧！她是我姨表妹，她母親我叫「阿姨」，也是金門人；妻平時講著一口比我還地道的金門話，她也很有興趣還鄉。

　　回鄉的腳步，於是加緊和加快。是文學在召喚！是故鄉的文學吸引著我。跟我這幾十年北上南下，到印尼，到馬來西亞、泰國、新加坡、菲律賓、中國的集美、廣州、汕頭、中山、上海、南昌、泉州……一樣，無不都是與文學有關。此番決定回金門，眞眞正正是「文學回原鄉」。樹清兄說得好：文學太有魅力，太有凝聚力啦！

　　我不知道故鄉原來這樣美。

　　浯江、浯島、酒鄉、仙洲……一連串如幻似夢的名字，令我僅是傾聽已足醉。當然，首先是那濃濃的鄉情和人情。未到家鄉，僅是在臺北作為旅途驛站的一日，就由楊樹清和林煥彰兩位安排，見到了慕名已久的爾雅督印人，著名作家隱地，參觀了幼獅；當晚，著名報告文學作家、金門鄉親楊樹清還在建國南路的老店蜀魚館召集了許多從事文學藝術創作、史料研究的金門同鄉聚餐，如畫壇大畫家李錫奇、《幼獅文藝》主編吳鈞堯、金門縣紀錄片文化協會理事長董振良、國史館的董群廉、鄭希平、陳勝宗、李福井、翁銘隆等等；在金門，鄉親陳延宗也是非常熱情，可說全天候相陪。

參加旅行團最後一天，本來說好在國家公園，由陳兄來接我們，可是我們在酒廠參觀時他已來接我們了，在金門縣青年活動中心邀約了金門寫作協會的一群寫作朋友來餐敘。有金門縣寫作協會理事長溫仕忠、陳為學校長、陳秀竹、陳榮昌、陳義誠、顏炳洳、蕭永奇、吳秀嬌、洪春柳、陳則錞等等。書香酒香融成一爐香。此行，楊樹清成了我們的「活字典」，陳延宗則全天候陪伴，不是這兩位鄉親，我的收穫不可能如此豐富。我打電話給延宗兄：「謝謝您介紹楊樹清先生給我們認識，你介紹得沒錯！」延宗兄在電話中則說：「我知道你東瑞，也是樹清介紹的。他是一群鄉親中最為熱心的！」回想還鄉前，延宗在電郵中告訴我，在臺北有個楊樹清，十分熱心，並把他家的電話和手提電話告訴了我。我問：「我想在臺北見見文友，想打電話給楊樹清，但我不認識他，會不會太突然？」「不會！他知道你。我知道你也是他介紹的！」我大膽打過去，楊樹清對我如同老友般親切，把我早年著作書名如背書般唸出來，尤其那篇《表妹自海峽那邊來》……真教我驚異萬分！

而今，我讀楊樹清的文章，他至少在三本書中提到「南洋地帶原籍金門的作家」（其中都提到我），那是《酒鄉之歌》中他寫的《在島嶼的邊緣發聲──金門文學地圖》、《金門詩酒文化節全紀錄》中的《原鄉與異鄉──南洋的金門籍作家》以及他所著《消失的戰地》中有關的章節。並非是因為他提到我才令我對他好感，而是他重視、珍惜海外金門籍作家的鄉親感情令我萬分感動，萬分激動。我原以為，此生默默地寫書，出一百多種書也不過如是，從不奢望哪一個地方來認同和肯定；而今，以寫報告文學著名的楊樹清的書中，竟出現那麼多我的資料，實在很出乎我的意料之外。這種將我當金門原鄉子孫的感情，我認為是很美的，活了大半輩子，我在香港沒感受過，在異鄉印尼也沒感受過。在印尼，一些文友將我當協助他們印華文學復甦的「保姆」來感激，也引起另一些人的非議；在故鄉，大家把我當自己人來關愛。這種特殊的同鄉感情和文情，三十多年了，就在金門第一次感受到！

我真的不知道人與人可以這樣親切，人與人之間的心可以這麼接近。最震撼的是臨上飛機——只剩最後一個鐘頭了——突然被通知縣長要接見！一個縣的縣長，有多少事要做！據說連老百姓的紅白二事都要參加，也常常要見一些海外回鄉的鄉親！在我幾十年的觀念和印象中，「長官」都是官僚，都高高在上，離平民很遠。我是那麼內向、低調。我戰戰兢兢地隨一大群人進入縣政府，才知許多報館的記者已在場等候。我害怕、厭惡談政治；李縣長則只談金門出了不少人才、年底「金門日」活動等事。氣氛、規格很高，那種場面使我受寵若驚和不習慣。李炷烽縣長還送我們上車。實在太令人難忘了！如果不回故鄉金門，我真的不知道人際關係、官民之間已發生了那樣天翻地覆的變化！第二天報上報導，很奇怪有關我個人簡歷部分竟是那麼詳盡，回臺北，才知是楊樹清一獲消息，就用第一速度傳真給那些記者了！

　　我從未曾料到，不是在金門出生的我，今日回鄉，泛起那麼一大圈一大圈的漣漪，引起了一連串不大不小的驚動！一直到回港，仍餘波盪漾！

　　我不知道故鄉原來這樣美。

　　為了這是「第一次」回鄉，我們要多看一些景點，多走一些地方，不要辜負故鄉的美麗。朋友、臺北的親戚建議最好參加臺北的旅行團，這樣包了吃、住、行，花費而且可以省些。然後，多留一天，看看老屋，見見鄉親、文友、探望姑表姐姑表妹……不是挺好嗎？

　　從臺北飛金門的團友居然多達四十幾人。我如今才知道，臺北到金門的飛機一天有十幾二十班次。金門儼然成了旅遊勝地！原來，台灣本土的人，對金門竟也有一份神往。這令我想到印尼人、印尼華人心目中的最佳本國旅遊勝地峇厘島，也是終年遊客不斷的。峇厘島被稱為詩之島、「最後的天堂」，金門島則被稱為汕洲、酒鄉。

　　兩天的跟團旅遊，150 平方公里的金門島輪廓、形態漸漸在我腦海中定影。多個世紀來，我極少接觸金門的相關資料。雖然它在廈門對岸不遠，只有 45 分鐘的水程；從香港飛臺北，再從臺北飛金門，加起來也不過 3 個小時，但該是憑著甚麼機緣，讓我來一趟故鄉呢？當年在集美中學讀高中，假日常到廈門，這一岸的宣傳是「那邊的人民生活在水深火熱之中」，那一岸的宣傳則是「那邊的人民生活在饑寒交迫中」，這邊要「解放」，那邊要「反攻」……我們的思維因局勢而僵化而禁錮。我不敢想像金門，那種生疏竟至趨麻木。

　　這次跟團，其目的，於是也並非僅止於「以最廉宜的費用遊最多的地方」了，還包含有方便我從整體上，從宏觀上，在最短的時間上對金門有個大感受、大印象。從飛機場出來就上旅遊車，車子在很寧靜的林間柏油路行駛，大半天不太見到人影。無論是到古寧頭，還是雙鯉濕地生態館，還是參觀翟山坑道、民俗文化村、濱海公園區……整個金門給人一種寧靜、乾淨的感覺。

135

最使我驚訝的是無論鄉村、市區，馬路都修得很好，也許十幾年前被作爲戰地的關係，這兒已沒有「市區」和「鄉村」的分別，整個金門交通正是四通八達。如果不是留下那麼多「戰史館」和「坑道」，從外觀來看，誰也不會料到半個世紀前、五十年代末這兒是炮火激烈的戰場吧！那麼平靜，那麼乾淨，事後我閉起眼睛回想，在自成一島、幽美安靜方面，它竟有一點印尼峇厘島的「仙氣」。但峇厘島夾雜著印度教的氣息和西洋氣息，近年漸漸受到污染，其風氣已沒從前純樸，唯處處見到的是繪畫和木雕藝術；金門島已有一千六百年的歷史，古意濃鬱，高梁酒的芬芳滿溢全島，連文化節也以詩、高梁酒招徠。

　　在彷彿還拂盪著昔日舊氣息的莒光街漫步，我又感到跟六十至七十年代仍未改革開放的泉州相似。大家都說金門很乾淨。我們留意了一下，眞的，看不到垃圾堆積如山的情景，甚至街上也少見被丟擲的煙頭。我們在小金門參觀，忘了是哪個景點？老伴想找洗手間，可能一時想到「公廁」從來就是「臭不可聞」的代名詞，打消了念頭；可不知怎麼的，最後還是進去了。跑出來時大讚；「哇，好乾淨！」這一點，在爲金門的總體印象打分時也許佔了很大的比例分吧！

　　我不知道故鄉這麼好。這樣安靜，沒有噪音，在馬路上走著，好像也嗅不到灰塵的氣息。看不到多少車輛。陳延宗兄載我們，車子飛快，從沒有塞車之慮。從這兒到那兒，一下子就到了。朋友說，金門戶籍的人，搭公車不必錢。這眞教我太驚奇了。放眼市區，樓宇不很高。楊樹清告訴我很多有關金門的小故事，其中我印象最深的是，他說「金門的監牢只能住四個罪犯」，不管是眞的，還是開玩笑，但它在反襯金門治安好，幾乎沒有壞人是十分生動的。在香港，在印尼，每走一步都是錢；在酒店，甚麼都要給小費，但在金門，人情純樸，凡事不那麼商業化。

　　一到晚上，人們早早回家休息，沒有如同其他城市燈紅酒綠的夜生活。我真喜歡這樣簡單的金門，這樣純樸的金門。簡單就是美，純樸就是美。我希望故鄉永遠不要受外來的污染，永遠成為人間的一片淨土。除了酒，貢糖，希望再開發一、兩種特產吧。私以為，如果要吸引台灣島和海外的遊客，把金門的旅遊業向前推動一大步，單靠多處的坑道、戰史館等等是遠遠不夠的，畢竟那與「戰爭」有關，已與今日的金門親切平和的氛圍不太相襯；我欣賞和喜歡十八棟古厝羅列成一大村落，儼然成為非常有價值的、充滿古趣的民俗文化村──我想金門處處古意，處處古厝，歷史建築儼然成為金門的一大景觀，這方面可以成為金門旅遊業的優勢。不是仍有不少值得發掘和維修的文化遺跡嗎？我喜歡延宗兄帶我們去緬懷和漫步的舊金門城，那樣簡樸而有特色的舊日房舍和街道，不是也可供大城市來的人參觀嗎？

我不知道故鄉原來這樣美。

我從來不知道故鄉這樣靜寧！多次在街頭漫步、張望，靜得半日都不見幾個人影。上午11時光景，我們和陳則錞小姐在莒光路走著，兩側都是賣貢糖和高粱酒的，但就不見有人光顧。我們的心不禁緊縮起來，不知他們是怎樣維持和營生的？如果旅行團將團員淨往一兩間大的店鋪帶，他們的生意就太有限了。金門麵線廠、貢糖廠推銷手法比較自然、純樸和巧妙，話不必說太多，讓你試一碗，讓你吃飽，買不買都不強迫，結果大家都心甘情願，明知道旅行社拿傭金也沒關係。不像中國大陸和台灣一些賣珍珠、中藥的或茶葉、靈芝的，幾個圍攻一名遊客，非把他「搾乾」不可！

寧靜是故鄉特有的美。我從來不敢設想，150平方公里，住五萬人，那種稀疏達到甚麼樣的程度？香港是現代化大城市，九龍的旺角人口密度最高，最熱鬧的時段在人行道上走，常常非常擠迫，穿不過密密的人牆。有的詩人形容好似傾倒了一窩螞蟻，或者，蛋黃流出了蛋殼！和金門真有天地之別。

真的，我多次想到「鬧區」看看，但走來走去，就走不到和看不到鬧區。原來，金門似乎就沒有「鬧區」！或者說，金門的「鬧區」不夠「鬧」。最鬧的區也不大見人影吧！但最奇特的是這麼安靜的地方卻出了一大批文學藝術人才。不要說4月18日那天陳延宗先生帶我們到縣文化中心參觀金門美術家聯展，發現有畫作、書法、攝影，真是藝術家薈萃，人才濟濟，叫我們驚訝萬分；就說我們還鄉之前，我們就收到陳延宗先生囑出版社寄來的一套非常精美，裝盒成套的「金門文學叢刊」第一輯，內容水準之高，令人嘆為觀止！十位作者之中，乘這次路經臺北、還鄉金門，我們就見到了楊樹清、黃克全、吳鈞堯，在金門見到了陳長慶。縱然在香港，時至今日，也仍未見到裝潢、包裝得那麼好的文學套裝書！據說還將出版第二輯。

在臺北期間，楊樹清號召力、凝聚力夠強，4 月 15 日在蜀魚館的晚宴大部分是金門籍作家、畫家、攝影家，其中就有名聞國際的大藝術家李錫奇！4 月 18 日中午，陳延宗在金門青年文化中心邀了金門寫作協會的朋友午宴，在座的也大部分是金門人。據楊樹清在《在島嶼的邊緣發聲——金門文學地圖》中引用的統計：「《金門日報》鄉訊版。1993 年人力資源調查系，統計出 1949 以後金門旅台作家人數 29 位，113 種個人著作出版，金門本島僅 14 位，32 種著作；如放眼南洋地帶的金門作家則達 26 位，98 種個人著作出版……」不管這個統計準確不準確，應距事實不會太遠，時至今日，又已十餘年過去了，著作數目當已不止此數了！難怪金門縣李炷烽縣長為金門出了這麼多人才而驚喜而高興！金門這片土地為擁有這麼富有才華的金門人而驕傲，我們這些金門的子孫為有這麼美麗、詩情畫意的金門而光榮！走筆至此，我們還蠻懷念這次還鄉一路的鄉情，一路的酒香、書香，滿籃的收穫，僅是帶回的書籍就多達 30 餘種，重達 30 公斤！

我不知道故鄉原來這樣美。

不悔此行，不枉此行。金門已不僅是祖父的原鄉，父親的記憶，我們這一代的夢幻；金門，是那麼真實，接近，也是我們道一代人的。也許，下次我們還會帶我們的一雙子女再度還鄉，讓他們做一次尋根之旅，親炙故鄉的溫暖和美麗。

2004 年 4 月 29 日

重逢，在寧靜的酒鄉

——《表妹自海峽那邊來》續篇

1

我跟文家姐妹同一個祖父。不同的只是，我的祖父，她們叫「外祖父」。

於是誰也會猜測到我們之間的那種姑表關係。我的父親，她們稱「舅舅」；她們的母親，我稱姑姑。我的父親跟她們的母親，正是一對哥妹。然而，表妹三歲喪母，我從沒見過在金門的姑姑，阿娜阿妮也從沒見過十七歲就離開金門下南洋的舅舅，即我父親。阿娜則有著少許印象。

阿妮從金門到臺北到紐約。

阿娜一直在臺北工作，臺北金門兩頭有家，臺北金門來來去去。

我們兄弟姐妹呢，在印尼出生，到中國大陸讀書，然後來到香港。

老一輩的，死別，像我的父親和他的妹妹，即阿娜阿妮的母親。

我們第二代，生離，像我們和阿娜阿妮姐妹。

我們一直在不同的地方生活。上一代既然這樣大海大洋重隔，下一代當然更是陌生，更是老死不相往來。

如果世界各國不開放，如果海峽兩岸仍處於嚴重敵對狀態，也許我們同在地球上生存，可是始終無法見面，這也不奇怪。

但我們見過面。

1981 年，我還記得，那時阿妮一家赴美途經香港，她懷中抱著一個，手上牽著一個。

我印象很深，那時我們不知彼此年紀的大小，於是互問出生年月，結果是我大她幾個月，她該稱我「表哥」，我應稱她「表妹」！之後幾年，我們又在香港見到跟團旅行的阿娜姐。

如果以 1981 年第一次見阿妮算起，迄今又 23 年過去了。23 年，不正好是一代年輕人成長的歲月嗎？

說起來也許難於令人相信，那一次見面之後，我們又幾乎失去了聯絡！驀然回首，那段歲月正是我們身體健康如日中天、在人生路上拚搏的青壯年時期。我們在各自的戰場上舊鬥流汗。歲月就這樣一晃 23 年！

2

這第二次的見面，不在香港，是在美麗的、寧靜的酒鄉──我們朝思暮想的故鄉金門。鄉親陳延宗設想得非常周到。他恐在金沙太遠，就找了在金城鎮的一家咖啡館安排我們見面。

在那燈色黯淡的咖啡室。我們驚喜地癡望著兩張酷似父親年輕時候的臉。內子瑞芬見到阿娜姐，幾乎驚叫起來：「阿娜姐，你跟我們的叔阿很像！」

「是嗎？」她大概自己沒有那種感覺吧？

我們稱父親為「叔阿」，叫母親則是「阿母」。這應該是閩南的習慣吧？

記得二十三年前，首次見阿妮表妹，我們也有那種感覺；而今阿妮臉龐稍微圓了些，反倒是表姐更像了。那膚色，那神情，那臉上的眉目五官，真是太像了。我們藏有父親年輕時候的照片，他確是長得一表人才，堪稱「帥哥」，他常告訴我們，他的妹妹長得很美，美得不得了。我們見到姑表姐、姑表妹就可證明父親說的話一點也不假。那美麗的兩張臉一定遺傳自她們的母親。雖然她們一個已六十餘，一個也已五十幾，但看得出年輕時的風韻，一定是遺傳自上一代。只是我們都遺傳了我們父母輩皮膚的黝黑。這種黑銅色皮膚永遠使人想到了健康和開朗吧。

　　我看到阿妮右前額一小撮灰白頭髮，遙想重逢時我們年紀已不輕，不禁感慨萬千。她問我有多少白髮，我笑答，如果不染，大概有三分之二是白的吧？我們、子女都承繼了父親的「白髮」，這又是不折不扣的另一種遺產。

　　一會，阿朗表哥騎著摩托車來了。「文革」使他不良於行，但他居然還能騎摩托車！我在香港見過他多次。見到他傷過的手。──文化大革命的悲情又像一股寒氣在襲人。他是那場大浩劫大動亂的受苦者啊。

　　咖啡館燈色依然昏暗，館內好靜。

　　只有我們，似乎有著說不完的話題，反而不知從何說起？帶來的書，一路分贈文友，已剩不多。幸好早已寫好阿娜、阿妮和阿朗表哥的名字，每人也有兩本。

　　說起祖父，說起兩個祖母，說起四十年代的前塵往事，我彷彿在聽著古老而遙遠的故事，簡直沒有置喙的餘地。如果不是這一雙姑表姐妹和她們的姑姑在祖屋守著，恐怕祖屋會因大家族的離散而衰破殘敗得更厲害吧！

言談中，不知怎麼談起，阿娜姐是在印尼出生，阿朗哥則是在緬甸出生，而阿妮妹則是四川重慶出生。啊，聽得我整個人都呆了。如果面前擺著一張世界地圖或亞洲地圖，我們不是可以劃出一條好古怪的拋物線或扁扁的圈線嗎？這其中的因由，閉著眼睛，都能夠猜測得出是「戰亂」兩個字！赴金門前，與阿娜姐通電話，她說，知道我要去好高興，希望我將來能把她一家的苦難寫出來。可惜，還鄉僅是數日，行色匆匆，連故事的起頭都還未開始，我們人已回來了。

期盼有一天，我們再度還鄉，在阿娜姐那幽靜的家中，能夠傾聽她對往事的訴說。我覺得她們一家的遭遇，真夠傳奇性了。

3

4 月 18 日下午，在延宗兄的安排下，我們到阿娜大姐的家小坐。金門國家公園管理處保育研究課、亦是女作家的陳秀竹亦一起來。阿妮喜歡咖啡，也很會煲咖啡，真叫人料想不到，原來她跟我一樣也是「好此道者」。難怪皮膚都因咖啡烏而黑。

不知怎的，我提到楊樹清送我的那本《酒鄉之歌》中，收有我寫與她第一次見面的《表妹自海峽那邊來》，不知她看過沒有？

阿妮搖搖頭，說：「我沒看過。」我於是從小公事包中取出樹清兄送我的《酒鄉之歌》，翻到一百九四頁我那篇文章給她看，阿妮看了一眼，又再肯定地說：「我沒讀過。」

我好生驚訝。沒讀過嗎？是這樣嗎？真的？

「文章已發表 23 年了，很久了。」我說：「阿妮，你是甚麼時候到香港的？」

「1981 年。」妮妹說。

「嗯！這篇文章是妳來香港之後不久就寫的，應該也是 1981 年。那麼已經發表了 23 年了。我還以為寄過給你看！」

時光迅速倒流。

慢慢地我記起了。當時的情景漸漸清晰起來。那個時節 1981 年，中國史無前例的文化大革命剛剛結束不久。1966 至 1976 年史稱「十年動亂」，許多人還談虎色變，心有餘悸。許多人寫文章，仍下筆謹慎，心有顧忌。我至今已忘了《表妹自海峽那邊來》首次在哪家發表？沒錯的話是在不怎麼起眼的小報《香港夜報》吧！儘管我已盡力把政治淡化，但我記得寫這篇文章時，仍是顧慮重重。猶記得我一個舅父，那年代在內地教書，他不知是否在印尼收到過在台灣哥哥所寄的書函？他交代了，結果被批鬥，被戴高帽遊街示眾……。

我還記得僅是文章題目就擬得頗為辛苦。阿妮如是七十年代初移居美國，那麼她 30 歲前的日子都是在台灣和金門度過的；我在中國大陸的廈門集美大約僅 11 年的光景，1972 年才移居香港。

如果我們是從紐約，從印尼來到香港見面，也就沒有「兩岸、海峽」的問題！不是嗎？

如果從版圖來看，「海峽」是指大陸和台灣那片海峽。金門島與廈門一衣帶水，緊緊相連。又何來海峽？可見題目中的「海峽」在我意念中充滿了驚喜和震撼性。我們姑表妹表哥的不易見面，除了日侵的戰亂，還有內戰和制度。1981 年，金門仍是戰地，還未開放；那時候，在金門有親戚，也要淡化；我們這類在中國大陸讀過書的人，要到台灣旅遊，到金門探親，談何容易？

可是，我到底沒有跟阿妮細說，為甚麼《表妹自海峽那邊來》沒寄給她看。

遐思如縷中，阿妮突然說：

「書你只有一本，借我影印，明天還你！」

不久我們上車，要去看祖屋。阿妮在車子內把那篇已發表23年的文章匆匆讀完了。在她讀中，我心情有些許不安和緊張。23年前的文筆，無論如何，談不上成熟，處處顯出幼稚和生澀。

「表哥，你很厲害！」

阿妮在延宗兄車子的後座，突然爆出了這麼一句話。嚇了我一大跳。

幾乎20年來，我一直沒有重讀該篇散文，那些文字靜靜地印在紙上，然後書本合起來，插入書架中，也已有10幾年了！後來我回浯江酒店，趁睡覺之前，將它由頭到尾再認真詳細地重讀了一遍，才驚訝於23年前，儘管我的筆觸是那樣青澀，然而也許那次見面印象很深，我竟然可以記錄得那麼詳細。可見我們的筆是很重要的，契機更不可以失。很多事情，如果我們不用筆記錄下來，它很快就隨風而逝，隨著歲月的流逝而灰飛煙滅。

為甚麼寫好的《表妹自海峽那邊來》沒寄給阿妮看？這次好似沒跟她說。

然而，在回臺北後，有這麼一段對白。

4

暮色蒼茫，華燈初上。

臺北的夜色漸漸濃了起來。在這乍暖還寒的季節，我、瑞芬、楊樹清等人，從翁銘隆的「新視紀整合行銷傳播有限公司」走出來。年青有為、那麼年輕就創下驕人事業的老闆翁銘隆幫我提著很沉很沉，有二十多公斤的一袋書。

楊樹清跟我並列而走。

我們要到就在附近的翁銘隆的家小坐。

「知道阿妮回金門嗎？」樹清問。

「知道。」

「她看過你寫的那篇文章嗎？」

「沒有。發表 23 年了，她沒看過。這次《酒鄉之歌》本來她要借去影印，後來你答應想辦法送我一本，我就把陳長慶送我的那本送給了她。在金門的飛機場給她，她很高興！」

「真是那麼巧合，她人也回到金門！」

「還有，把它收入書中的主編——楊樹清兄，你人也在此！」我笑著說。

「那篇文章最早收在《旅情》中？」樹清問。

「嗯！湖南出的。湖南正是您父親的故鄉。我來之前，在書架上找《旅情》，沒找到。回香港後，我會再找找看，找到給你寄一本。」

「你這次是 58 年首次回鄉，真是太震撼了！」

我在想著《表妹自海峽那邊來》的故事，其中有著太多的傷感，太多的悲情。

　　我告訴楊先生：記得那個年代，我跟安妮她們第一次見面感覺上還是比較拘束，我後來寫成文章，也一直不敢寄給她看，生怕她不喜歡和不高興。因為那篇文章雖然已把政治淡化，但不管怎麼說，都是從我個人角度來寫的，不知內容有沒有不妥，不知是否算暴露了甚麼私隱？文章我沒有寫出人物真實姓名而用了化名。

　　這些思慮，如潮水湧出，時光一下子倒流起來。可是一直到第二次（即這次）見阿妮，我還誤以為她讀過哩！

　　於是我很感慨地嘆道：「講來一切都很有緣！這次回鄉，我第二次見到阿娜阿妮，第一次知道我的文章收進《酒鄉之歌》，阿妮則是第一次讀到；我還見到了第一次把它收進台灣出版的書中的楊樹清。」

　　楊樹清兄笑起來：「文學的力量很大，有很大的凝聚力。東瑞，你這次還鄉，就是因為家鄉的文學在召喚你！你應該寫續篇，把對原鄉和異鄉的感情寫出來……」

　　這是後話——我從金門、臺北回香港的日期是 2004 年 4 月 20 日。回港的第二天，我又在家中、公司的書架翻找，看一看中國湖南版的《旅悄》是否還有且不止一本。結果真的找到兩本。真是讓我喜出望外。為了紀念，我當即用航郵，寄給關心它的人——阿妮和楊樹清各一本。我還把一本厚達 640 頁的《流金季節——印華文學之旅》寄給樹清兄。因為他是報告文學作家，常要搜集資料；且他對海外金門籍作家的宣傳、評介不遺餘力。《流金季節》一書中被評介的金門籍作家至少有：黃東平、李金昌、莎萍、白羽等。

心中有個疑惑一直未能破解：《表妹自海峽那邊來》究竟從哪兒轉載？它在我的書中，似乎只出現過一次，收在我的散文集《旅情》中。但《旅情》是中國大陸版（湖南出版），1986年出的。早就絕版了。《酒鄉之歌》收入時，在末尾有注明選自《旅情》，但括號內說是「香港」版。這究竟是怎麼回事？

5

在金門，阿朗表哥沉默寡言。

他在金門已有十年光景，必然已經習慣了。幾次見他，他都騎著摩托車，行動比較艱難，在他堅強的意志面前都不值一提了。我還記得他送過給我他編的字典。我想，在故鄉這麼寧靜的地方，他會生活得比過去愉快吧。精神、心情、人生都不會像過去那麼沉重！晚上阿娜姐和阿妮妹邀大家吃飯，他來了。我們離開金門，他還趕到飛機場送行。

好似在吃晚飯的時候，談起《表妹自海峽那邊來》，阿朗哥說：「我推薦給福建的《金門鄉訊》發表，我寄給許文辛，當時還寫了介紹你的一段文字。」

我忽然記起了！是曾有這麼回事！每日都在忙忙碌碌、形形役役，家中、公司書報亂得可以，許多珍貴的記憶遺失了，失而復得；不少快要塵封的東西突然出土，叫人百感交集！我記起了，是有這麼回事！可是今日再找這麼一份我曾收到過的報紙，恐怕也很難了！

一篇文章，先是在香港發表，然後飛向湖南，飛向福州、廈門，飛向金門，除了文字本來就有跨時空的力量之外，還在於有心人的推薦，至少它牽涉到這麼多人；已故的《香港夜報》副刊主編、作家蕭銅、湖南文藝出版社的編審弘征、金門鄉訊的編者許文辛先生、表哥阿朗、報告文學作家楊樹清等等……。

6

20餘年之久,與阿娜、阿妮重逢在故鄉,於我來説,並非人生的小插曲而已,而是時代的一種必然。世界開放了,封閉的門終於開啓了,朋友、親戚互相地充滿了諒解,見面才變得可能,相逢也才變得有意義。

這其中,鄉親,鄉緣,變成了超越一切的元素,那是一種極大的、凝聚的力量。過去,我不知道這其中的可愛和奧妙。

人與人因此接近、親切起來。

親戚也變得心有默契,心靈相通起來。

在金門,乍暖還寒的季節。有時,白天有濃濃的霧,遠景都在一片朦朧中;有時,暮靄佈滿了林間,一切都瞧得不大清楚。

4月18日探看祖屋之後,在延宗兄駕車陪送之下,阿娜阿妮表姐妹陪我們到金剛寺祭拜黃氏歷代祖先的牌位。焚香膜拜,只見阿妮妹口中唸唸有詞,希望祖先保佑來拜祭的我們。19日一早,依然由她倆陪同,我們去到郊區的納骨塔。金碧輝煌的放置骨灰的方格一列排開,「愛二」自298號至315號就放置了黃氏祖先18人的骨灰。我們一一合掌低首祭拜。想起了一百多年來,我們的祖先就生活在這一片多霧多靄、寧靜美麗的地方,因爲早年家鄉實在太窮,下一代就開始離鄉背井,飄泊天涯,大部分人客死異鄉,無法再向故鄉回眸,一生一世不再歸,像我的父親。也在一刹那間,我忽然對華人遍佈全世界有了頓悟。這其中,充滿了太多無奈和悲情!所幸,父親一生一世所關愛的一雙外甥女阿娜阿妮,我們終於還是見面了!

走出納骨塔，我和瑞芬到阿娜阿妮的姑姑墓上拜祭。

就是這位可愛的、可敬的老人，和姑表姐妹，爲黃氏家族看守那祖屋，不然它會破敗得更快！

在一望無際的眾多墳墓中，我們看到了簇新的、剛立的小墓碑，還有老人一張慈祥的照片，嵌在上方。下款鐫刻著不孝女阿妮的名字。終生不嫁的老人並不寂寞，有義女阿妮的孝順，好人必也會一路平安吧！

我們還鄉中的重要目的之一———祭祖，至此，暫時劃上一個句號。

當然，我們盼望將來還有機會踏上衍生我們這些子孫的祖先生活的土地，向他們獻花祭拜。沒有他們，就沒有我們這一群子孫。

7

忘不了那兩張酷似父親的臉，忘不了那酷似父親熱情品性的熱情和親切。

遙想瀟灑、熱情的父親，如果不要走得那麼早，我們早些日子見面———就在 1971 年吧！那時，父親一定會把她倆當著親生女兒，用手扭扭她倆的臉頰，正如父親生前也一直很疼愛我母親的外甥女瑞芬一樣，他也喜歡在她小時候扭她的臉蛋。

謝謝那三瓶高粱酒。我一直覺得，重逢不易，充滿悲情也充滿歡喜。這一次重逢在寧靜的酒鄉，已成爲我們很難忘卻的生命記憶。

2004 年 5 月 1 日

表妹自海峽那邊來

突然接到一封信。

信封貼著香港郵票，發信地址卻是台灣金門！

十分詫異，趕緊拆開了。信是寫給母親的，落款署名，外甥女溫婭妮。她稱母親為舅母！

歲月迅速倒退，回憶之花驀然在我眼前閃出光亮。啊，我記起了，我是有過這樣一個從來沒有見過面的表妹！兒時，父親在南洋就經常提起她，給她寫信。

表妹的信語氣誠懇，感情真摯。她說她有今天，全是她的舅舅——我的父親栽培她的結果。她此時才驚悉父親在 1973 年去世，為一直沒見過面而悲傷。

讀到這兒，我心裡難過極了。父親生前是疼愛她的，我那從沒見過面的姑姑在婭妮三歲時就過世，父親在南洋苦苦掙扎，賺錢不多，但一直惦記著這位過早失去母愛的小外甥女，不斷寄錢接濟她讀書，一直到她在台灣大學畢業。

父親不但對她這樣，對我一個堂兄也親如己出。堂兄一家生活很苦，伯父在日軍登陸南洋前就病死了。我其他伯父中願管「閒事」的人不多，父親就把他收留。送他回中國大陸讀到大學畢業。如今已娶妻生子，一家五口人。他經常懷念死去的父親。在信中敘述父親生前對他的恩情。

可憐父親在彌留之際，沒一個兒女能守候服侍於身旁，甚至趕不及去奔喪！如今姑表妹溫婭妮把感恩之情轉托在家母身上，無論如何要路過香港探望「舅母」，並和我們一群姑表兄姐相認。還問「方便不方便」？

我當即回了一封信，表示喜出望外，要她趕快來，並用長途電話通知抵港日期。

我還寄了張「全家福」去。終於得到了她的回音。

那天，在啓德機場。我很早就在接人的大廳等候。瞧清楚了飛機航班及抵港時間，媽也跟我來了。

表妹說她一行五人：她和妹夫還有三個孩子。最小的一個才十五個月大，出閘時將抱在懷中。

這是相認時一個可憑的標誌。然而從來未見過面，她又沒寄相片來，會不會錯過呢？於是問母親表妹長得怎麼樣，比如高矮、膚色、有甚麼特徵？

「比較黑，身材也不高。長相有點像你在南洋的一個堂姐……」母親在一旁細述著，慢慢範圍縮小，我腦中已活動著婭妮的形像！……我終於看到閘口處，出現大大小小的五個人在遲疑和徘徊著。其中有一個外貌身材和母親所描述的十分吻合的少婦，推著一個嬰孩小車。我趕快擠開人牆，衝到前面，她也幾乎在同一刹那瞧見了，向我揮手。我向她做手勢指示她從那條走道走下來……。

一見我母親，婭妮就擁抱她，激動地哭了。我在一旁抓住行李小推車

幫幫忙，一面和妹夫握手，接著和婭妮握手，又陌生又親切的一種感情湧上心頭。想著父親生前是疼她的——也正是父親這種惑人的親情的又韌又長的細線，使我們姑表兄妹遙隔天涯，今日來相認，見面——要不是父親，我們難免和許多人一樣，縱是親兄妹，也已形同陌路了！

在等計程車處，她問我生肖是甚麼，哪一月出生？彼此相問，才知道我們同歲。我大她幾個月。她該是我的姑表妹。

婭妮表妹身材確不高。大大的眼睛，嘴巴、鼻子、下巴似我父親。尤其那一身深棕色的膚色，和父親一模一樣。「外甥打燈籠，照舅」。外甥總和舅舅有緣，此言得之。母親早告訴我，姑姑生前就是村裡有數的大美人；而婭妮自嘲地稱，到過許多地方旅遊，很多人都以為她是菲律賓姑娘。也許，認真扮起來，連馬科斯總統也要被騙過吧。表妹是屬於「黑甜妞」那一型。

本來想接到寒舍小住的，飲食起居，談舊懷往，相敘感情等都比較方便。只是家居實在小得不像話，怎容納得五個人？我們就代她找了油麻地彌敦道的一間酒店。

傍晚，姐姐，還有我妻兒都來酒店和她相認見面。

表妹很熱情。表哥長、表嫂短地談著。有時說國語，有時講我們家鄉話——金門話。金門話屬於閩南話，整個台灣都說這種話——婭妮說得當然十分純正了，不像我們這些半生不熟的「番仔」，說的是閩南話、國語和番話相混滲的「混」話。表妹感情也豐富，見到我大姐，又談起我父親——「疼愛她的舅父」。說父親以前怎樣寫信教導她，怎樣鼓勵她好好讀書，怎樣寄錢給她……在父親去世的前幾年即一九七一年，她

還收到父親的信，父親說希望她能來新加坡一趟見見面，不然來日無多了。不知怎的，新加坡她真去了一趟，而父親卻沒能成行，可能是生意放不開；更沒有想到一語成讖，父親過一個年就去世了。

說著說著婭妮表妹眼睛紅了，又沁出了眼淚。激動的聲音中我聽到她這麼一句：「對於一個外甥女，許多做舅父的照顧不到，做不到，而我這個舅父都做到了！做到了！」

沉默。哭聲中我也看到大姐流著淚。婭妮從皮包裡取了紙巾給大姐揩淚！——我的心沉重極了。彷彿又看到父親活著，他坐在一張寫字台邊，頭髮全白了。他在寫各種信：商業的信，給兒女們、外甥、侄兒們……的信。幾十年來一場又一場的戰爭，我們這個大家族崩潰了：大部分親戚誰也顧不了誰。而父親總惦記和關懷著他兄弟姐妹中不幸的一群。他把大愛賜予那些喪失雙親溫暖的下一代。我那個堂哥八、九年來信中總悲傷地懷念他。眼前這位表妹從出生之後一直沒見過父親，然而卻一直活在她心裡，36年過去了，她還從海峽彼岸特來探望她的舅母。她還始終為自己不能「反哺」而慚愧，表示如果我母親願意，她願接她去。不管是不是能辦到，她的誠懇是令人感動的。

「表哥，你是寫文章的，應該把舅父這種深厚的親情寫出來……」表妹說。在此我並非為父親歌功頌德，我倒是想得更遠。我覺得中國人的可敬也正在這裡，他們有傳統的家庭、家庭觀念，有一套尊老撫幼的美德，有著最濃厚的親情。這種好的傳統，世世代代相傳，為外國人所羨慕，所驚嘆。不是麼？當年大概是父親眼見外甥女婭妮幼年喪母，又失蹤了父親，兄妹之情使他不忍見婭妮受苦，他就盡力在經濟上盡自己一份責任，使婭妮學業有成。父親的精神也使我產生了今後和表妹密切聯繫的迫切願望。沉思中，我看到小兒此時跟表妹的六歲小女兒玩得正歡。我不禁感慨：山

水重洋的阻隔，無論如何，是隔不斷親情的啊！

　　從表妹婭妮信裡和她談的情況中知道：七十年代初期，她就嫁到美國紐約去，迄今有十年了。妹夫是臺北去的留美生。如今兩人都工作，妹夫在聯邦政府任職，婭妮則在紐約市政府屬下的機構工作。十年來，他們已有了兩個女兒、一個兒子。生活過得還不錯。

　　在美國政府部門工作，女性不管生第幾個孩子，都可以請三年之長的產假。請假期間停薪留職，是以婭妮表妹這次得以乘產假之便，到金門探望自小撫養她的一個姑姑。住上幾個月，在同鄉中輾轉打聽到她的舅母在香港，寫了一封信，取得了我們的回音，才取道香港，於是有了今日的相見。

　　父親在二、三十年代曾在陳嘉庚創辦的集美中學讀書，大約沒讀完，很早就拎個破藤箱直闖南洋。期間，除了祖母去世回過金門一趟外，不曾回去過。但家鄉的音訊一定不曾斷絕，後來當他獲知他親妹妹生下婭妮不幾年便去世時，就一直在關心小外甥女。當我想父親和姑姑，生前相聚無多，而我們和姑表妹也直到兒女成群時才見面，不禁萬分感慨。世上為甚麼離多聚少，人間的悲歡離合，又為甚麼無處不在呢？這原因究竟是甚麼？究竟是甚麼？

　　表妹告訴了我們許多家鄉的情況。她告訴我們祖父留下的那幢大房子還在，住著她姑姑。她每月都寄些錢，給家裡祭拜祖宗。她勸我母親無論如何要回去走一次，看一看也好。不然常有些覬覦之徒在暗中盤算「下一步動作」。如果舅母回去小住幾日，等於告訴那些人，這個屋的主人回來了，休要有非份之念……。

「我們如果回金門，可住在這屋裡麼？」我問。

「真的『番仔』！當然行啦，自己的家呀。」婭妮笑著說，她奇怪我為甚麼會這樣問。

唉，有甚麼奇怪呢？我對家鄉太陌生了。我父親年青時代就下南洋謀生活，我們做子女的從來不知道家鄉金門是甚麼樣子。祖父死去幾十年啦，姑姑也早不在了，唯一的婭妮表妹和她的一個姐姐婭娜，是我們至親人。婭娜目前在臺北某醫院工作。要不是她倆還在惦記著我們，千方百計想取得聯繫，恐怕和家鄉從此不會有聯繫了。

然而，儘管三十多年來我不大提起家鄉，遇到同事或朋友問籍貫，我總是含含糊糊地說福建，再問下去，就說廈門——反正都是「門」。在可怕的歲月裡，籍貫有時也會闖禍的。父親是天涯淪落人，又生下我們這幾個異鄉斷腸「仔」，我們事實上和家鄉不發生任何聯繫了。但，在我內心深處，在我筆下，在我小說裡，時時出現故鄉的字眼。

這一次婭妮表妹來港之前，問要家鄉甚麼東西？我說帶幾本金門地方誌及有關風物人情的書籍給我吧。她沒有來得及找書，卻帶來金門酒廠出的特產「益壽酒」和牛肉乾。

表妹還有她的心事：她父親和一個哥哥自家鄉出走到大陸，失去了聯繫，不知是否還在人間？……

表妹在港住三天就返美。機場上我跟她說：我會和妻兒到美國探她，到臺北見婭娜，回家鄉金門小住。這一天一定會很快到來。不會忘記：不管世事發生甚麼變化，我們是親姑表兄妹。

放天燈許願

到臺灣新北，最不能忘記的就是放天燈。

在電視劇裏看過放天燈，很是好奇，無數漂亮的天燈飄浮在天際，非常壯觀。但不知道它們爲什麼會飛到天上？

在臺灣新北平溪菁桐小鎮，安排了這樣一個節目，我們就非常驚喜和期待。原來平溪的菁桐是個古鎮，不僅有老街，還有舊式火車站。我們走進去，就感到一種舊年代的味道撲面而來，興趣盎然。老街不知年代有多少久遠？一家賣工藝品的乾脆將店鋪命名爲菁桐文物博物館，最初我們還信以爲眞。外面有搞笑的塑像、長椅和郵筒。車站外的籬笆上還掛滿了不少許願的竹簽和木簽，整齊地懸掛在一列。還有就是賣雜貨的、水果、工藝品的店鋪。

其中就有一家店鋪非常漂亮，全店擺滿了大大小小的五顏六色的天燈。小的自然都是工藝品和擺設品，最大的就是大天燈，大小體積好像一個大水桶，製作功夫猶如糊風箏，薄紙一律都是紅色的，一個個掛著，供我們一會兒發放。一個家庭或一對夫妻共同擁有一個，我們全團只有二十幾人，分成八、九組，天燈不需要太多，了不起就是八、九個，都讓旅行社包下來了。之前，導遊已經交代了我們放天燈需要做的事情，就是在天燈的四面紅紙上寫上許願語句。由於是首次參加這類活動，一時間有點手忙腳亂起來。主要是祝願語事前沒有擬好。我和老伴各握了大頭筆，慢慢思考慢慢地寫。

我們祝願兒女一切都好，他們兩家大小都健康平安、家庭幸福、工作順利、萬事如意，寫完，輪到祝福自己了，這倒不難，畢竟平時就有了腹稿，而且次序早就擺好了，是決不可顛倒的！

第一項毫無疑問是祝福自己「身體健康」。如果沒有健康的體魄，拼了老命、不眠不休、完全不考慮勞逸結合地寫作，一旦把身體弄垮了、病了，你再有豐富的素材、特別的天分，試問，你還有什麼本錢完成你的寫作大計？許多文友見到我出版了138種書，大多數人認爲我是「專業作家」，要不然可能是24小時不眠不休的敲鍵怪物，心疼我，我很感激，但也誤會我甚深。其實，身邊人最爲瞭解，我與被想像的不同，凡夫俗子一名，煮咖啡、跑銀行、拖地板、洗碗碟、晾衣服、迭衣服、與孫女玩等等，樣樣都做。兩人如有什麼感冒咳嗽，都是第一時間上醫院診治。我不但當身體是生活的本錢，而且是寫作的本錢。

　　第二項是祝福自己「家庭幸福」，每一個家庭成員都平安健康、家和萬事興。重視家庭、家庭第一，實在沒什麼不對，完全是應該的。那個和你組織家庭的人，就是與你一生結緣的人；穩定的家庭，是促成社會穩定、族群和諧的重要因素，我們的社會畢竟是由一個個家庭單位組織成的。如果你和家人的關係處理不好，設問你有好心情寫作嗎？如果你對家庭成員缺乏關懷，對家庭沒有奉獻，她們對你的寫作會做出支持嗎？家庭是我們文人的大後方，除非沒有組織家庭，那就另當別論。

　　第三項是祝福自己工作順利。我們在香港，專業寫作和靠稿費謀生的人是極少數。多數文人憑微薄的稿費或版稅收入，那是養不活自己的。如果有個本職工作最好，有一定的收入，業餘才來寫，把寫作當著一種興趣和愛好。我的正式職業不是作家而是編輯，在工作和創作發生矛盾時，創作要放在一邊。在香港，社會很現實。許多與文字文化有關的機構，聘請的是校對、編輯，就沒有誰請作家。除非社會極端重視作家，一本書的版稅吃不完，否則，一份穩定的工作是很需要的。

　　最後，才是祝福自己創作有成。能寫多少就多少，不要勉強自己，也

不要有壓力。首先把健康搞好，唯有好的身體，才可能具有大本錢；唯有關心家庭，才可能得到她們支持；唯有把本職工作做好了，生活資源才得到保證。

　　把祝福語寫上，自己的和家人的都有了。天燈店裏的老闆和家人，就帶著天燈，帶我們和團友走到前面的菁桐火車站，走下月臺，站在鐵軌上。我們看到不少人的天燈都飛上天際了。輪到我們的，只見老闆娘用打火機點燃了天燈裏的蠟燭，風又正好處在強勁時刻，叫我們準備好手機，老闆娘的十一、二歲的孩子正好在場，我們把手機給他，瑞芬對他說麻煩替我們錄影，他很醒目，不但爲我們拍照，還拍攝了全過程。我們發現，天燈裏燃放的蠟燭，火焰有向上的引力，再借助風勢，天燈很快就向高空飄飛上去了，原來如此。多年來的疑惑也豁然開解了。

　　我們在放天燈時，也祝福了所有親友文友身體健康、家庭幸福、工作順利，創作豐收，萬事如意！

　　放天燈眞好，將祝福放到天際，蒼天接受，大地作證。

第三輯　文學還鄉

到金門領獎

從香港到金門領獎，舟車勞頓、路途遙遠，只爲了一個許諾。還在「第13屆浯島文學獎」12月揭曉的4個月前，我對瑞芬說，金門這個獎很難拿，得安慰獎我們也去金門領獎吧！我都不怕醜，我們順便去散心度假吧！

實際上這個「浯島文學獎」沒有什麼「安慰獎」，比賽只分散文組和長篇小說組兩組。長篇小說組設首獎一個，優等獎兩個。在寫作路上不斷地寫、寫、寫，我出書出了135種，做過香港和海內外文學評審百餘次，大多數同輩的文友早就不參加什麼比賽了，怕有損身份，而且無法面對落選。我是被金門一位資深作家、相親鼓勵，大膽嘗試參加。第13屆的「浯島文學獎」的首獎獎金高達50萬台幣（13屆以前只有3萬台幣）、優等獎也有20萬台幣獎金。獎金高，這還不是太主要的參賽原因。主要是，我金門有間近百年的著名祖屋「甲政第」在2006年夷爲平地，曾經轟動金門，可以以它爲素材，在長篇小說裡「重建」起來。

這很有意義，工程也浩大。即使沒有獎金，而能結集成書，那也是好的。反正寫好，我就算多了一部文學作品。參賽長篇要求十萬字或以上，這是給我一次練筆的機會，也可以算是一種有意寫「百萬字三部曲」的熱身操練。

好久沒有寫長篇了，一旦著筆（敲鍵），才知道不容易。小說定下以我們的祖屋為主角，但近乎一百年的歷史，留下來的資料實在很少，我不可能寫一部經過調查、事事有據的報告文學，只能是虛構和想像佔吃重成份的歷史小說。以祖屋的建立到消失為線索，帶起華人的落番、海外的拼搏，那是很有意義的。我把內容大意寫出來，也作為目標：「長篇《風雨甲政第》以『學者眼中的建築經典作品』、金門百年老宅『甲政第』的興衰滄桑為中心，書寫了以傑出僑領黃誠禎為代表的華人飄泊的悲歡，雖然只有十一萬餘字，然開枝散葉，情牽三代，描述了下番客在異邦他鄉的鄉情、愛情、親情、生活和拼搏，更涉及了百年中國的苦難連綿與兩岸半世紀來對峙守望的悲情，場面博大、生活氣息濃鬱，人物鮮活、文學筆觸如行雲流水，富有金門故園鄉土和南洋婆羅洲異鄉色彩。極具象徵性和代表性的甲政第從興建到歷經風風雨雨而消逝於地平線上，也反映了華人『落番』『出洋』的辛酸無奈的一頁歷史，餘韻裊裊，發人深省。小說採取了寫實與虛構、紀實與想像、意識流動與象徵、敘述與描寫、金門與印尼兩地情景交錯、細節與大事編年互補、電影畫面嫁接等等多種技巧手法推展情節，乃作者的一次創作新嘗試。」我從 2016 年 2 月底開始寫，一直寫到 6 月中到北歐俄國旅遊為止。我改了一次，10 月 2 日我就將 11 萬字的長篇寄到金門縣文化局了。

從七十年代初開始爬格子，就不斷參賽，大大小小的文學獎拿過 17次，大部分看得開、放得下，稿件寄出去後，也就不當一回事了。得不得都沒關係，就當很認真地寫了一篇文章吧。唯一例外的等待是 1991 那次

和這一次，1991年那次我寫了篇四千字的散文《山魂》去參加香港中文文學創作獎（代表香港最高水準的比賽）的大賽，寫中我就志在必得，心中吶喊「我一定要拿冠軍」，當時我被機構以莫須有罪名炒魷魚，心情跌入低谷，我要給自己一點鼓勵，證明自己還不至於是廢物。我幾乎天天等啊等，真的等到了揭曉，而且真的如願，奪得了冠軍。領獎當日，評判之一陳耀南教授告訴我，你的散文《山魂》我們五個評審都沒有爭議給了冠軍。這一次的「浯島文學獎」我也一直在等12月的揭曉消息。緊張的原因沒人想到是出於我的自卑心理，我只參加過香港、中國大陸的文學賽事，台灣金門我是首次。金門才子才女多，台灣文學水準不遜色於中國大陸。能獲那怕第二獎，對我也是一種認同和肯定，那就是中國大陸、港、台我都拿過獎了，這確實比獎金還重要。

12月1日，已經有朋友在微信將傳聞隱約透露，接著文化局黃副局長也打電話正式告知瑞芬，由瑞芬轉告我獲獎，12月2日，《金門日報》正式公佈了長篇小說頭獎懸空（從缺），優等獎由我和另一位參賽者獲得。這個結果我感到很意外。我只是獲優等獎已經很滿足了，畢竟台灣和金門島的文學水準很高。頭獎從缺，阿Q地說，那是某種意義的雙冠軍之一了。

頒獎儀式在12月17日舉行，我很早寫好了獲獎感言。我們15日飛經廈門再搭小輪到金門，住在法蘭克民宿。17日上午金門縣文化局黃副局長開車來接我們到文化局。頒獎儀式在大堂舉行，認識了也獲得優等獎的周志強。評審吳均堯等評審從臺北趕來。從新聞報導我才知道，初審和終審總共六個人，都是台灣著名教授和作家，長篇競爭激烈，並不存在對海外參賽者「照顧」或「要求降低」的情形，我心裡更加舒服一些了。金門文友來道賀的很多，儀式簡單隆重。先是好大一張獎金支票20萬，由副縣長吳成典頒發給我，接著是獎座，最後是獎

狀，功夫做得很足，體現了舉辦者對得獎者的尊重。接著就讓我念讀得獎感言了。很喜歡那種有得獎者頭像的海報，結束後主辦者還送我們做紀念。

我留意評審的意見，有肯定也有批評：「這是一篇家族史，一部歷史小說，如作者所說，把學者眼中的建築作品、金門百年老宅「甲政第」的興衰滄桑具體呈現。結構完整，文筆老練，雖是以傳統表現手法平鋪直述，且有小說的深入刻劃與跌宕描寫，引人入勝。可惜為兼顧格局，對於子弟部分延續太多，模糊了焦點，同時幾位主角人物過於完美，也減損可信度。」這意見很重要，可以供我寫下一步長篇時做參考。

由於那幾天氣溫只有七、八度，我麻痺大意，穿得太少，拉肚子拉了多次，直至 19 日到廈門度假 3 天，才又生龍活虎起來。

金門是我祖籍的故鄉，到金門領獎真是令人難忘的、富有意義的一次經歷。

2017 年 1 月 20 日

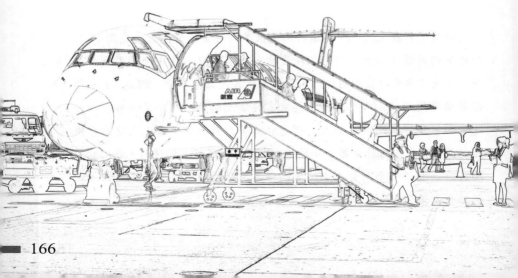

「浯島文學獎」獲獎感言

　　今天站在這裏心情有點激動，因為這是故鄉第一次頒獎給我。一百多年前我們的先人在此休養生息、出洋繁根、歷經艱辛、回歸故里又開枝散葉，一個多世紀後，沒有想到，故鄉為我出書，還頒了這個獎給我，令我感到萬分驚喜！

　　感謝金門縣文化局舉辦這個比賽，讓我乘這個機會寫下了有關祖屋「甲政第」的 11 萬字長篇小說；感謝金門著名作家楊樹清先生大力鼓勵我參加，之前我讀過臺灣、金門的文學作品，水準那麼高，我對自己完全缺乏信心，要不是他的鼓勵我早就放棄了。是楊先生的兩句話給了我信心，他說，東瑞，你的祖屋雖然消失了，但你可以讓它在你的文字裏復活；東瑞，你行！正是他這兩句話，消除了我的文學自卑，給了我勇氣和信心，下了決心試一試。今天借這個機會衷心感謝他。

　　我對百年祖屋的消失一直感到惋惜，我也很想在大膽嘗試中，對我們的祖輩的生活做一番較深入的探索，回顧我們先人生活的艱辛，為我們黃家子孫的百年祖屋寫個文學色彩的小傳，但是在我千方百計收集資料、將力所能及的資料都收集後，發現資料是那麼少，我猶豫了。不過，我又想到了我在南洋有生活十幾年的體驗，到金門前後也多達 15 次，至少我熟悉故事現場，於是我開始邊記筆記邊敲鍵了。

　　從 2016 年 2 月底開始寫，每天從寫幾百字到最多三千字不等，一直寫到六月中，將初稿完成，在去歐洲旅遊前還列印一份，帶到飛機上校對和修改。謝謝我另一半瑞芬的支持和寬容，這一段時間她辛苦地主持家庭大局，家的內外大事小事她都一手承擔起來，令我這一個鍵上舞者沒有後顧之憂地順利完稿。

167

最後我要感謝初審和終審6位評審的辛苦審稿，評我和另一位參賽作者獲得優等獎，尤其要感謝評審給我這部歷史小說以一定的評價，鼓勵和加強了我的信心，更感動的是還非常中肯地指出了我小說裏的不足，令我今後寫長篇小說時可以改善和避免。

　　《風雨甲政第》能獲獎與否都值得一寫，畢竟甲政第名氣很大，它的消失也產生太大影響；文字上的重建需要較熟悉的人進行。獲獎值得高興，沒獲獎，它也算完成了我一直以來的心願。正如楊樹清先生說的，「更重要是，終於逼出，爲甲政第完成一部有歷史、土地、文學價值的長篇。」

　　我希望天以假年，給予我再寫幾部更大的長篇時間，讓我寫出我們幾代華僑華人百年來的汗水和血淚、悲歡和拼搏。謝謝大家！

2016 年 12 月 17 日

《風雨甲政第》出版後記

　　《風雨甲政第》的創作，是我的一次新嘗試。雖然我寫長篇不是首次，但卻是難度最大的一次。以往寫《出洋前後》、《鐵蹄人生》、《迷城》、《暗角》、《人海梟雌》、《再來的愛情》等等長篇，憑藉的是長期的生活閱歷和人生經驗，展開虛構和想像，大膽去寫；而《風雨甲政第》一書的「大主角」——我的祖屋「甲政第」卻是在金門真實存在近百年，其中幾個主要人物也確實真有其人然而我未曾見過，這是難度之一。《風雨甲政第》應「第十三屆浯島文學獎」而寫，該徵文比賽章程又規定要有「金門元素」，（舉凡人、史、事、物、時空背景等相關連結元素），內容至少達全文四分之一以上篇幅。這是難度之二。

　　第一個難度，甲政第近百年的滄桑變遷，留下來的歷史材料實在極少，口述歷史從未有過，有的，只是「甲政第」被剷除後的一些議論，我需要結合大量虛構；第二個難度，我的父母在金門出生，我們兄弟姐妹則全在印尼出世和成長，儘管我和瑞芬從 2004 年到 2016 年前後回過金門 15 次，「金門元素」對我而言畢竟還是一項大挑戰，我寫時必須多查資料，戰戰兢兢，小心謹慎。

　　寫作《風雨甲政第》前我反復考量了很久，終於還是分析了利弊，找到了信心。祖父曾經下番到印尼，我曾經在印尼生活過，熟悉那裡的風土人情、歷史地理；金門我們實地遊覽、考察過 15 次，比起我寫《出洋前後》的時候那是熟悉多了。何況，我寫的不是祖父的人物傳記或事關「甲政第」的報告文學，而是小說，是允許在真實基礎上虛構的歷史小說，許多背景放在數百年前或千年朝代的歷史小說就是在「大膽想像」和「真實細節」的結合下創作出來的。所謂「創作」就是「創造而作」的意思。

《風雨甲政第》為金門著名的建築經典甲政第留下故事。在我看來，我的甲政第百年來應該經歷過那樣的風風雨雨，迄今一百多年的歲月流逝了，那些歡笑和嘆息我寫的時候彷彿清晰如昨，側耳可聞。真實的甲政第從地平線消失了，但文學的甲政第已經以文字重建了起來，不論其得失如何，還是令我欣慰，畢竟它存在的意義就不凡，甲政第成了華僑拼搏奮鬥的象徵，文字可以比任何物質存在得更久！

　　《風雨甲政第》獲得「第十三屆浯島文學獎」長篇小說優等獎令我驚喜，感謝金門縣文化局提供了這麼好的創作和比賽的平台；也感激瑞芬讓我全力以赴創作和修訂，出書前我再次地認真審閱潤飾、改正錯字，河南省商城縣的李念秋老師也在百忙中協助校對，謹此一併致謝。

2017 年 1 月 6 日

又一次新的出發
——第十四屆浯江文學獎長篇小說獲獎感言

今天回到故鄉金門再度領獎，心情比去年得獎更加激動。在自己的家鄉兩度獲獎，自己也感到意外的驚喜。記得有一次看電視，瑞芬告訴我，這位女歌手以前拿過金獎，但沒有負擔，馬上放下，這一次不怕失敗，又一次參加比賽，結果又再次奪得金獎。她那種「未經嘗試不輕易言敗」的精神大大鼓舞了我。

我從小學就喜歡寫作，雖然到今天我的正職依然是編輯，業餘寫作寫了 45 年，出版了 138 種單行本，但對寫作還是保持著一股熱情，「不寫最累」成為我的精神標誌。上一部參賽長篇《風雨甲政第》評審們有所好評，也提了不少意見，這些意見令我受益匪淺，我真希望再寫一部，改正上一部長篇的不足；我也為自己不斷加油，寫一部反映上世紀兩岸因為貧窮、因為戰爭而親人長期隔閡造成的中國人的悲劇長篇，梳理金門島所受的半個多世紀的苦難以及我對金門的理解。這就是我這一次參賽作品《落番長歌》的寫作內容和動機。當然，《風雨甲政第》和《落番長歌》各只有 11 萬字，對長篇來說，不算太長。香港的朋友說，小小說你寫得夠多了，希望你寫長一點的長篇。長篇需要充足的時間，需要素材和體驗，更需要毅力，正好兩部參賽長篇給了我練筆的機會。我希望手中的筆不要生鏽，能繼續寫更長的長篇，為拼搏一個多世紀的幾代海外華人的歷史作見證。

感恩故鄉金門對海外子孫的召喚，感謝美麗島嶼對我創作心靈的滋潤和綠化。雖然我的祖屋已經成為紙面上的故事、鄉親們口中的美麗傳說以及黃氏後人心中永遠的痛，然如今整座金門島就是我的家園。從 2004 年到今年 13 年來我已經和瑞芬攜手回鄉 17 次了，金門老家總是

回不厭，整座金門島就是一個巨大的百寶箱，寶藏越掏越有；整座金門島的歷史遺跡和戰爭留痕都保護得很好，一草一木對我仍然有著無比的吸引力；整座金門島更是一所不可多得的天然展示館，無論多少次都看不完。我們的故園如此沉重而美麗，到世界很多地方，沒有一個地方如此充滿了魅力，讓我如此喜愛和眷戀，我為能書寫金門而獲得接受而高興。

感謝呂坤和局長的堅持舉辦，感謝縣政府文化局頒發浯島文學獎給我，感謝評審們的辛苦閱讀和評審，感謝文化局黃雅芬副局長、著名作家、燕南書院院長楊樹清、文化局吳玉雲鄉親和一群文友、鄉親對我參賽的鼓勵支持，感謝另一半瑞芬一如既往，承擔了大部分家庭內外的大小事務，讓我沒有後顧之憂地專心寫作。朋友及家人的鼓勵的確非常重要，增加了我的信心。

最後，我想說的是，浯島文學獎是金門島一張重要而自豪的文化名片，對於提高金門在海內外的聲譽影響巨大。我為不到十萬人口的故鄉有著這樣高水準的文學獎驕傲自豪，為自己能參與其過程而開心光榮，感恩陳福海縣長和文化局呂坤和局長薪火傳承，重視文學，我希望浯島文學獎永遠舉辦下去。

對於熱愛寫作的我來說，得獎不是終結，而是又一次新的出發。

謝謝大家。

《落番長歌》的設計和處理
——創作隨談

習慣了短篇、長篇的寫作，往往很難再適應小小說的書寫，正如寫慣了小小說的模式，幾乎無法再回到長篇的創作，除非經常交錯創作。這情形正如跑步一樣，一百米短跑畢竟和幾公里的馬拉松長跑完全是兩回事。寫長篇不像寫小小說需要將通篇的情節考慮好，但主要人物的遭遇、命運和性格需要大致設計好，雖然不能細微末節、毛髮芝麻無一遺漏，但一些重要畫面、關鍵的部分，需要重點描述或做詳略、剪裁功夫，這些都需要根據內容精心設計和處理。

《落番長歌》還未結集成書，大部分博友不易讀到這本書，徵求得主辦機構的允許，我在網路我博客選載了一部分。全書連尾聲（團圓）共十六章，我選了《成婚》《落難》《悲喜》《對立》《動亂》《相逢》和《團圓》有一定代表性的七章。如事前預計的，來閱讀的不會太多，畢竟博客不是一個適宜發表長篇小說的園地；但這些來閱讀的老師、朋友和讀者，雖然不多，有好幾位不但閱讀了，還寫了評論；不但寫了評論，還寫得很認眞，有的還提出了問題。如，霽月協助我校對《落番長歌》時閱讀過一次，選載時又不厭其煩地閱讀一次，而且很投入，評語寫得很認眞，富有感情和文采；雷澤風老師從中國文學的傳統價值觀寫出評語，以大陸內地讀者的視角看待此部長篇；人氣很高、也是我大學同班、如今旅居美國的馮兒從海外華人華僑「同是天涯淪落人」的角度、非常大共鳴地出發，發掘它的價值，認爲是「一部華僑現代史，血淚史」；許秀傑老師高度評價了小說的時代和社會意義，認爲它「也是一個時代的縮影，反映的是一個多世紀中華兒女拋家舍業的創業史」、也「是一部金門傳人的創業史」。大家對最後的大結局各各提出不同的看法，對於文學創作及其解讀的討論實在不無意義。

以《團圓》一章爲例，先引錄小月、雷澤風老師、馮兒和許秀傑老師的評論：

湖北著名才女小月（霽月）的評語是：「喜歡老師的終結安排：『命運弄人，巧女和妮娜始終沒有見面。』這種潛意識的讓富臨較爲難堪的見面，一直在她倆的照片、信件、贈禮等較爲空幻的場景中進行。我是怕她們真實的見面、並且生活在一起。富臨、巧女歷盡磨難，終於苦盡甘來，永久相聚定居在山埠，這應算是對巧女一生執著的守候給予的厚報吧！在那樣一個艱難的歲月，妮娜享受了富臨的青春和激情，巧女享受了富臨的溫情港灣及最終的相伴，亦算是各有所取。這也正應了人生的哲理，人一

生所能得到的總體與所付出的是平衡的。

老師溫情款款的文字，與小說的大結束深度契合。

《落番長歌》的大結局，讀來正能量滿滿，令人對生活充滿期待：那就是不論身處怎樣的困境，只要堅信愛（人）一直在，堅信陽光總會溫暖自己，最終自會贏來幸福。」

山東資深詩人、著名作家雷澤風老師的評語是：「大團圓喜劇結尾，符合咱中國人文藝創作的價值取向。東瑞老師是樂觀主義作家，一切向前看，不同于傷痕文學的牢騷和哀怨。唯感遺憾的是妮娜和巧女終沒有等到和平共處風雨同舟的日子。這也應了蘇東坡的一句詞：人有悲歡離合，月有陰晴圓缺，此事古難全。看起來天下十全十美的事情是不太多見的。」

旅居美國的文友、我的大學同班馮兒的評語是：「《落番長歌》，一部華僑現代史，血淚史，觸動人心，我們華僑子女讀來熟悉親切深有感觸。幾多悲歡離合，也讓我想起父輩經歷的艱辛悲苦。妮娜的不幸離世在『相逢』一節有埋下伏筆，我當時讀的時候還猜想會不會是福臨要出什麼問題，若是這樣那是悲劇；福臨和巧女幾十年後終於團圓，以喜劇結尾。 富臨建造的番仔屋，現在被租用作為『金門文物及老照片』展示館，很有意義！」

山東棗莊著名詩詞欣賞專家、作家許秀傑老師的評語是：「一個人的命運和世界風雲緊密相連，國家命運，個人命運，國恨家仇。一對苦命的人終於在幾十年後重新回到了金門。這是一部金門傳人的創業史，滿是血淚，滿是情義濃濃。

這也是一個時代的縮影，反映的是一個多世紀中華兒女拋家舍業的創業史，和柳青的《創業史》相似。您的小説題材更為廣泛，涉及範圍廣，是跨國跨時代的創業歷史，華僑的愛國情懷，華僑的艱難歷史反映出來了。那時候政治戒備森嚴，四十年後才能團圓，人生要經歷多少磨難，才終能團圓。這部作品，有您父輩下南洋創業的歷史，也是華夏兒女艱苦創業的折射，您把它濃縮在一個長篇小説裏面，有太多的曲折，太多的悲歡離合。再次相聚，還是羞澀和難為情，中華兒女樸實保守的心態刻畫的真實逼真。」

　　評語裏大都提到了富臨在南洋山埠的二室妮娜的離世。時間是巧女到山埠大團圓一個月前夕。妮娜的離世原因是車禍意外死亡。富臨為此，經受不住打擊，病倒入院一周。生活中的妮娜的死是意外，在小説中卻必然而無奈。她的死，或者説，她的始終無法與巧女共事一夫，早在前一章《相逢》埋下了伏筆，在描述她的心理活動時，有那麼幾句，非常重要：「妮娜笑道，説捨得那是騙你，但我是欠了巧女姐三十幾年的歲月，即使你回到金門和巧女姐姐住在一起到老，我也毫無怨言了！」小説中的時間表裏，妮娜與富臨相處的時間長達三十幾年，她此生已經無憾；再説，天妒紅顏，妮娜才貌雙全，品性兼優，溫柔可人，是普天下男人的夢中情人，許多美好的東西偏偏又是那麼短暫的；最後的無奈是，《落番長歌》受比賽的「規則」所限，稿件的起碼數字是10萬字，我怕太長評審沒有耐心讀下去，我寫到11萬字必須剎車。在這情況下，如果繼續寫妮娜和巧女相處一起的生活，那會拉得很長。這就是小月認為理所當然、似乎本該如此，而雷老師認為月有陰晴圓缺、凡事沒有完美的原因。

再說第十五章《相逢》，讀者幾乎眾口一聲讚美有關巧女即將在香港和丈夫見面前夕，在船上「夢游」了金門那一大段描寫。這也有幾個原因和作用。首先「比賽」規定了書稿需要有四分之一的金門元素；其次，這也是為了表現巧女對家鄉的熱愛和不捨，在夢遊裏回顧了在金門故鄉生活的歲月；其三，也是為了加強金門鄉土色彩，這些地方、景點我都很熟悉，我都去過，正好可以寫得美、寫得抒情一點。至於書中的情愛（性愛）描寫，全部約有四五場，事關幾對不同人物，即富臨和巧女、富臨和妮娜、福運和巧璿、聰元和小嫦，幾對男女都是聚少離多，這是共同的，不可能不涉及情事；但他們也都各自有著不同的遭遇，因此這些情愛描寫也就用了不同筆觸。我有意以不同的手法、筆觸來描述，視為自我挑戰。我已經寫了專文《「落番長歌」裏的情愛描寫》，不贅。

長篇小說的人物命運是跟著小說的發展邏輯走的，小說的情節則是看需要，不是可有可無的，而細節是寫得真實可信的唯一途徑和秘笈。

最後談到我的兩部長篇的結構，《風雨甲政第》和《落番長歌》相同的都是在編年的大框架下展開，特意將情節放在至少半個多世紀的大歷史下進行。不同的是結構的形式，《風雨》是一種「圓心結構」，主角黃誠禎和祖屋甲政第兩位一體，成為小說的圓心，其他人物都為著他和它旋轉，情節也在圓上旋轉，每一點都和圓心聯繫；《落番》是「毛線結構」，四對夫妻的故事猶如四條毛線交織、交錯行進，跨越時空。這和《紅樓夢》的「網狀結構」、《水滸傳》的「塊狀結構」、《三國演義》的「粘性結構」和《西遊記》的「線狀結構」都不同。好的結構，可以造成了讀者閱讀興味的加強，但最難也是結構；巧妙的結構，構成很難達致的美妙藝術，非常人能企及，我希望自己能為此而再不懈地努力，再寫出幾部氣魄渾宏、盪氣迴腸的長篇來。

長篇是怎樣寫成的

　　如果不是文友陳愴提醒，恐怕我還是避重就輕，遲遲不肯將寫長篇提到我創作的議事日程上來。我本來也不願意只是成為一種文體（比如小小說）的專業戶，獨沽一味始終是不夠豐富的。陳愴很看得起我，在香港，作家他看得上的沒幾個，劉以鬯、西西外，還有一個竟然就是東瑞。我有自知之明，當然不敢接受他的排位，但絕對欣賞和喜歡他對我的鼓勵和信心。與他結識七、八年，就看到他的奮發努力，寫了七、八部長篇，毅力可謂驚人。我還在等什麼呢？短篇已經寫了那麼多。長的不是沒有，《暗角》《迷城》《出洋前後》有點影響，但篇幅、架構和氣魄都不夠宏大。

　　按自己的人生閱歷，經過印尼、中國大陸和香港幾種截然不同社會的生活，對生命和社會是不乏體驗的。如果以此為脈絡，構思華人三代的傳承變奏，將華人闖天下、拼搏、開枝散葉的、充滿酸甜苦辣的血淚歷史寫成近百萬字的三部曲，那極有意義。這個大工程非好好籌劃和準備不可，一旦開始進行，就是一場不見硝煙的艱苦殲滅戰。事情要說多巧就有多巧，2016 年、2017 年兩年間都給了我練筆的機會。正好金門的十三屆、十四屆「浯島文學獎」開鑼。朋友鼓勵我參加，我就視為機會不可多得的「熱身操」。熱身而外，還可以參加比賽。

　　《風雨甲政第》完成於 2016 年 2 月至 5 月；《落番長歌》完成於 2017 年 2 月至 5 月。無獨有偶，都在春季。人說春天是孕育的季節，果不其然。甲政第是我金門祖屋的名稱，其沒有保留下來很多人感到惋惜，其被人為的剷除，轟動金門和海內外。前者臺灣文友說的一句「你可以在書中重建甲政第」，大大地啟發了我。書寫時我沒有寫提綱，只是設計人物和大致情節就寫下去，連擬定的章節名稱也很少改；初稿脫稿後，我也發現人物太多，不少只是走過場。在寫第二部《落番長歌》時，我有意改變，

只是設計了三對夫妻，擬定十五章的題目，章章都是兩個字組成，都非常整齊。最不可思議的是一直到最後，章名也沒改動。兩部書稿。涉及南洋生活部分是我優勢，但金門元素，不得有誤，完全只是十五次金門遊的體驗。最吃力的不是內容設計，而是年代和歷史大事，要查資料、記筆記。

為寫好這兩部長篇，那三個月中，我每天清晨 5 點多就起個早，用最好的精神狀態去寫，每次從 6 點多寫到 10 點多，寫好就在最後一行下面注明寫了多少字，記得最少是幾百字，最多的是三千多字，兩部長篇都敲鍵各敲了 A4 紙 110 張。寫好叫人複印 6 份呈交。老實說我沒有奪冠的野心或雄心，能榜上有名、叨陪末座已經很慶幸了。結果是兩次頭獎都從缺，入選優等獎，呵呵，阿 Q 地說也就是坐亞望冠了。得到獎金之外，我的書單裏多了兩位「優秀」子女，出版方面不需要傷腦筋，全由金門縣文化局負責結集成書了。此次連續得獎，意義重大。以前在金門文友眼中，東瑞是金門籍作家裏出書出得最多的，但是否寫得最好的？就不清楚了。如今，證明著，寫得多，也寫得不太差，嘿嘿。

最開心的是，兩本書都由主辦機構金門縣文化局出版得非常高檔，美觀大方。

金門出書記

幾乎每年都要來一次金門遊。香港金門同鄉會理事長許秀青視此為重要會務。自從瑞芬當選新一屆會長,重擔在肩,我這「會長的先生」更是義不容辭地支持她,就做她的「貼身機要秘書」吧!

「這一次你可以帶書回來了!」瑞芬對我說。

她說的是金門將為我出版的長篇小說《出洋前後》(金門版)。我半信半疑。這事的來龍去脈是這樣的:2013 年 4 月下旬,金門縣文化局郭哲銘課長給我來了電郵,說我寄給文化局李錫隆局長的《出洋前後》和《鐵蹄人生》副本收到了,文化局決定資助出版,要我先選一部,我挑了《出洋前後》;金門縣文化局不需要我出一分錢,但也不設稿費,出版後只送些樣書。這樣的條件對作者的我已經是意外的驚喜和絕對滿意!文學生存環境欠好,不獨金門為然。在中國大陸出書,情況大致也是如此。那些未見經傳的作者出書,更慘,要全資自己承擔,或者換另一種方式,購買三、五百本,費用相當於自費!因為要提供電子稿,時間又緊迫,我交給與我們合作已有二十幾年的打字編排公司,希望他們十萬火急地為我趕,書稿他們很快打好,因為我雜務纏身,公司連我、其他作者的書都要在上半年出版以迎接香港書展,我忙不過來,我請求在出版行業都富有經驗的校友丘安盛和外甥女鄭聚英協助校對,連我的經瑞芬審閱的後記,在 5 月初就全部一次過電郵給了金門縣文化局郭課長。從接到喜訊到交稿前後用了近十天。

郭課長接到後,來了電郵說,也許 6 月 23 日我們到金門時,已經可以見到書了!我算了一下,從交稿的 5 月初到 6 月 23 日,不到 50 天,那麼快就能見到書?我們是同行,嘗試過被作者窮追猛催的難受滋味。因此

將電子稿件電郵過去後，不想問他們出書的日子，生怕給他們太多壓力。還急什麼呢？能出金門版已經謝天謝地了！或況對方說的是「也許」的不肯定式。

　　6月23日我們按預定計劃，歷經千辛萬苦，抵達金門。第二天上午我們在旅遊車上，我坐在偏前的座位，女導遊正在講解，突然，她把電話交給我，說縣文化局有人找我，萬萬沒想到是金門縣文化局的郭課長，他以激動的聲音告訴我，《出洋前後》印好了，他剛剛拿到手！他問我晚上住在哪里、幾點在家，他要把樣書送來……我一一回答了。心中壓抑不住地歡喜！下午4時許，因為安排十幾位團友見縣長，我和瑞芬是其中兩位，我們先回民宿「愛玩客」換衣服，負責民宿的楊小姐說，白天有人送來兩箱書來，還說先送兩箱，不夠再說。我果然看到在屋子客廳一個角落，躺著那兩箱好大箱的書！我匆忙中打開取出幾本，帶上了，因為趕著換好衣服又要出門，沒時間詳細看，見縣長時我取了一本送他，謝謝縣長和文化局為我出了書。一直到晚餐回來，我才緊張興奮地開箱，試試搬動，好重好沉，每箱外面寫著「44本」。取出書看，啊，太美了，是近三百頁的簡易精裝本，作者照片用了我全家福，封面《出洋前後》四個字用了溫潤有力的正楷，顏色以淺藍色海洋為主色調，繪上了暗紋，不留意看，就看不到什麼，但細心研究，就會發現海洋中隱約著金門島地圖。內頁的設計也頗為典雅精緻，雙碼頁邊沿是小字書名，左上角有一隻小小船隻細線畫，單碼頁邊緣印上章節名稱。非常美！叫我激動的是居然不到兩個月就見到了書！而且出得那麼好！到了25日中午到省政府，我又取了一本送給候金寶秘書長。

　　28日有個晚宴，宴開二十來席。進門不久，遠遠看到金門縣文化局李錫隆局長站在其中一桌一側在向我們招手，招呼我們坐到他身邊，他有備而來，將裝了約五、六本樣書的一袋塑膠袋遞給我，我說白天課

長已經送兩箱到住處給我，他就囑咐我簽名送給同桌的幾位課長和嘉賓。我緊緊握住他的手，對他說：「非常感謝！非常滿意！非常高興！您們效率那麼高！出書速度那麼快呀！」他說：「了了你一番心願嘛！」

為了感謝和紀念，我們和局長拍了一張相片，李局長笑容燦爛。

我也很感謝通知我出書消息、與我聯絡、送書到住處的郭哲銘課長。他為人認真、謙虛、負責。滿腹學問，是一名年紀很輕、前途無可限量的才子。有一年，我們和印尼華文作家協會的文友到金門，郭課長向我們介紹金門，還放映金門的 DVD 給我們看，其中不少解說詞、朗誦詞就出諸郭課長之手。文辭寫得很美！太令我喜愛了！我也很喜歡金門的繪本，我表示了渴望閱讀的意願。沒想到回到香港後不久，就收到郭課長寄來了一大箱書給我，把我喜壞了！

距離上一本金門為我出版短篇小說集《失落的珍珠》，這是故鄉為我出版的第二本書。看來，也只有自己的故鄉金門如此盛待照顧我！

下一個願望是爭取出版第三本，將我所有寫金門的散文結集成書，希望夢想成真！我此人在文學上貪心不足，希望不斷寫作、不斷出書！

謝謝故鄉，讓我文學還鄉！

2013 年 6 月 30 日

《出洋前後》金門版後記

　　2013 年 4 月 22 日我接到郭哲銘先生的電郵，告知拙作《出洋前後》金門縣文化局決定贊助出版，我和瑞芬都激動難耐，尤其是我，更有種幾乎眼熱淚落的感覺。事情要從 2012 年 11 月我們到金門說起，那次李錫隆局長請我們餐敘，送我們兩本剛出版的金門籍作家的長篇，出得很美。後來，在見到李沃士縣長的時候，我表示很希望在金門再出一本書的願望，金門爲我出過短篇集《失落的珍珠》，出得很漂亮。李縣長問我有沒有長篇？我說新寫好的就沒有，但舊作就有。回香港後，我就將初版於 1979 年的長篇《出洋前後》和另一部《鐵蹄人生》影印本寄給了李錫隆局長。好幾個月過去了，面皮很薄的我始終不敢去問，但心想多數是沒有什麼希望了。沒料到好消息還是「降臨」。

　　《出洋前後》寫於 1976 年 8 月至 1977 年 6 月間，1977 年 10 月起至 1978 年 5 月止在香港《大公報》小說版連載，每天刊出約 1,000 字，七個月連載完畢。1979 年我試試交給香港南粵出版社，想不到獲得接納，出成單行本；那時香港的創作、出版環境沒像近年那麼艱難，我敢於毛遂自薦，也很僥倖獲得接納。1988 年我將書寄給四川文藝出版社

的一位編輯朋友段百玲女士，想不到該社願意爲我出大陸簡體字本。寫過著名《南行記》等著作的資深老作家艾蕪先生還爲之寫序。這一次，我抱著希望不大的心情寄到老家金門，金門縣文化局李錫隆局長回覆：縣文化局願意贊助出版，叫我感到意外的驚喜。

一部二十萬字的長篇小說，經歷了 34 年的歲月再版，算是我個人出版史的最大奇蹟，而且成了我在中國大陸、香港和台灣金門都出版過不同版本的唯一一本書。我寄到金門的書稿原先是《出洋前後》和《鐵蹄人生》，前一部是寫我們的父輩出洋「落番」的故事，後一部是寫南洋華僑和原住民抗日的題材。當問我先選一部、何者爲先？我毫不猶豫地選了《出洋前後》。事緣這一部就是寫我們的父輩從金門出洋到南洋謀生、一路歷經艱難困苦並成家紮根、開枝散葉的故事，能夠在故園出版，意義無疑非常重大。何況，香港版本、大陸版本早就絕版幾十年了！儘管小說加入了不少想像和虛構，但基本框架就是以我們的父輩漂泊海外爲主線的，甚至裡面的主要人物也隱約有我父母的影子。當然，初稿寫於我還是 32 歲的1977 年時候，金門那時還沒開放，我無法對故園直接接觸，故鄉部分缺乏感性認識，文字不無蒼白之處。論情節，它也很單純，沒有太多枝蔓和複雜的人事關係；論技巧，基本寫實，也沒有任何花巧之處。我想，如果現在來寫，一定不是這樣；只是這是舊作，就保留舊時面貌更好，最重要的是，中心是「落番」，這樣的題材永遠不會過時，會有其較長久的價值。

再說金門：我的父母親都是金門出生的。我一直到 2000 年後，最初幾年一直沒回過金門看看。促使我和妻瑞芬「故鄉行」的竟然是隨著「文學還鄉」的一件事，那就是第二輯的金門作家叢書（10 卷）中我那本《失落的珍珠》的出版，我決定偕妻回鄉走走，也看看祖屋「甲政第」。故園的幽靜環境、鄉親的熱情接待、濃厚的文化氣息都深深吸引和強烈感動著我們。我們也從對金門的陌生慢慢變得熟悉，從沒有感情變得不時懷念，

從無法為金門寫一個字，到每一次回鄉都有新的感受而漸漸地寫故鄉寫得越來越多，前前後後回金門竟也有七次八次了。

　　故鄉的美麗和魅力就是這樣地吸引著我們。最令我們感動和欣賞的是只有七萬人口的小小金門，被選為台灣「最快樂的城市」，其中的金城鎮還被選為全台灣十大旅遊風情小鎮之一，排行第五。縣政府在文化、出版所撥出的資源不算少，儘管艱難，但比較起香港、中國大陸一些地方，顯然是大手筆。只要能寫、有價值的書，遲早都會見天日。在金門，我也目睹了祖屋「甲政第」從興盛、衰敗到冷寂，消失於地平線的事實，與金門的整個保育方針不相襯。每當我們在一些出洋僑商遺下的番仔樓參觀遊覽、回想祖屋經歷的百年滄桑、以及還在前年從印尼帶父親骨灰回香港與母親骨灰團圓的種種經歷，頭腦油然會滋生為我們華族漂泊海外百年苦難的經歷寫三部曲或四部曲「巨構」的心願，為時代見證。只是老天是否肯予我時間？能力是否足夠？我沒把握；但我想，最有意義的事業，捨此豈有他哉？！

　　謝謝金門縣政府和李沃士縣長對我出書的關顧，謝謝文化局李錫隆局長賜序，謝謝郭哲銘先生為本書的出版耗費了很多心血。感謝故鄉對遊子的關愛，讓我實現最初的文學夢想。我還要謝謝幫我潤飾修訂新版後記的瑞芬、謝謝義助校對全書的丘安盛文友和鄭聚英外甥女，沒有她們，本書不會出得那麼順利；當然，日昇公司迅速打出電子稿的配合，也是功不可沒，一並在此致謝。

2013 年 4 月 23 日初稿
2013 年 4 月 28 日修訂

金門的書店

也許出於同行的關係，每到一個地方，對該地的書店，總懷一份好奇心。第一次回金門，是在 2004 年，《金門文藝》陳老總帶我們在金門到處逛，其中一個景點就是金門作家陳長慶開的書店——「長春書店」，就這樣認識了陳長慶先生。

他當時送我好幾本長篇小說。由於忙碌，回港後與他幾乎沒有什麼聯絡。但我卻從《金門文藝》中常讀到他寫的文章。尤其是近幾期的《金門文藝》，連續刊載他寫的有關《金門文藝》前身的創刊傳奇，堪稱金門文學彌足珍貴的文字資料。和陳老總閒聊中我也才知曉，原來早期的《金門文藝》正是陳長慶創辦的。這使我聯想到，除了他沒搞出版、我沒開書店這一點不同之外，我們都辦過雜誌，這一點倒是共同的文學傻子行為。我們從 1999 年到 2008 年曾經辦過青少年雜誌《青果》，每個月都倒貼好幾千港元，辦了九年，虧了九年，前後出了 43 期，終於被迫停刊。儘管老師惋惜、曾經贊助的企業家希望續出，終於也無法支撐而結束。

出外旅遊，希望看一看書店，不純粹為了興趣，更主要的是出於同行的關切。因為我們搞出版的，出版之後，書能到讀者手中，主要途徑就是通過書店的銷售。這是圖書的大前方。如果大前方「門庭羅雀」，出版業又怎能「好景」呢？

長慶記性好，仍記得我和瑞芬是誰。握手之後，又是讓座，又是端茶。一會，他取來一本他的新著《特約茶室》送我，我最初以為是描述茶鋪的書，他悄悄對我說是記敘「妓院」的，我嚇了一跳，原來妓院也有這樣的別稱。正好我公文包內帶有一兩本書，我取出我們記錄獲益創業十年歷史的《虎山行》回送給他。

　　我們高興暢快地閒聊起來。我對書店的關注遠勝對文學圖書的興趣，心存的疑問很多，一一向陳長慶求教。「進書店的書，寄售還是賣斷呢？」我問；陳先生說：「基本上算買斷。那些銷不出去的，可以換出版商的新書。」我又問：「長春是不是金門唯一的一家書店？」這一次是陳延宗老總回答我：「還有一家，但書沒有長春多。」是的，長春書店格式長長的，書塞得滿滿的，檯面就平擺了不少新書。我想買余光

中的書，但沒見新版的，倒是九歌出版的那套「台灣文學 30 年菁英選（分小說、散文、新詩和評論）」，每種文體都分上下兩冊，非常夠氣勢，30家作者都有照片，吸引住我。我無法全買，一方面香港的家空間狹小，已鬧書災；另方面如今有些小說，故弄玄虛，讀得辛苦，我還是買一套散文吧。上下兩冊台幣 600 元。我好想能得到一點折扣就心滿意足了。老伴挑了兩本袖珍電話本。我們對書店老闆陳長慶說，您一定要收錢哦！陳長慶一言不發，拿了一個薄薄的手抽，將電話本和那套散文集裝起來，我們好高興，以為他要算錢了，哪裡想到當瑞芬將幾張台幣遞過去時，他應是不收，我們堅持要他計錢，瑞芬更是硬硬要將錢塞給他，他還是堅決不收，我說：「收吧，收吧，您打個折扣就可以了⋯⋯」在老闆兼作家陳先生的堅持下，我們只好將錢收了，「白要」了他本應該賣的書。

許多人說，文友之間應該以買書作為彼此支持的實際行動，但文人始終面皮薄，怕被別人說市儈，到今日，文友間還是以送書為多。開書店，在香港這樣一個寸金尺土的商業城市，租金特高，小書店多半開在樓上，越開越高。在九龍著名的旺角西洋菜街，十餘家書店，以前都開在二樓，統稱「二樓書店」，後因捱不住暴漲的租金，全部都「上樓」上到三樓了。書，怎能送？賣的原則，非鐵面執行不可，最多是打點折扣啊。否則，慘淡經營的書店更非倒貼或賠本不可。長慶兄仍堅持送書，我們知道他想盡地主之誼，可是本本書都是來貨，要付款給人家啊。

回想起來，開書店也是我們美麗的理想。十九年前，我們創立了一家叫「獲益」的出版社，原來我們對取名的意涵是希望讀者獲益，作者獲益，社會獲益，出版社獲益；最初的三年「拍蒼蠅」，訂單的電話很少響。苦思這下，才發現一家出版社必須廣為人知，才會有生意。我們就出版了「無腳推銷員」《獲益之友》，每年出四期，每期印兩千份。這份書訊兼訂單廣寄香港過千家學校，情況很快改觀。我們後來又發現我們的書委託人家

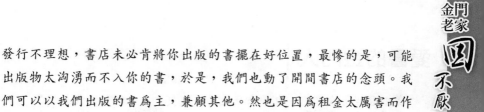

發行不理想，書店未必肯將你出版的書擺在好位置，最慘的是，可能出版物太洶湧而不入你的書，於是，我們也動了開間書店的念頭。我們可以以我們出版的書爲主，兼顧其他。然也是因爲租金太厲害而作罷。多少懷著文學理想的年輕人，在書店舉辦朗誦會啦，搞講座啦……書店開了沒多久，就失去了影蹤。我們想爲自己出版社設個窗口、附設咖啡座，一邊看書、一邊喝咖啡的夢想，也在驚人的租金這一嚴酷現實面前被壓得粉碎。因此，看到長慶的書店開了近乎四十年，不能不肅然起敬。

也許知道我「多產」，出了100多種書，書店主人陳老闆問我爲什麼不出東瑞全集，我嚇了一跳。我說，想是想過，可是只屬於一閃念，因爲出全集，十本的話，至少要港幣十幾萬到二十幾萬呀，必將血本無歸！除非得到資助，那自又當別論。記得鳳凰衛視搞華僑大學校慶專輯時專訪過我，也問過我，有沒寫自傳的打算？我搖搖頭說：「我不過是一個小人物，沒什麼值得寫的。」眞謝謝陳老闆的看重啊。

我們與陳先生合影，再次謝謝他，就走出「長春」。望著裝著好幾本書的手抽，一面印著他好幾本書的書名：《寄給異鄉的女孩》、《螢》、《再見海南島，海南島再見》、《失去的春天》、《秋蓮》、《同賞窗外風和雨》、《陳長慶作品評論集》……不禁再一次生起欽佩之情。他，也是一位韌勁很足的、多產的資深作家啊。在車上，陳總對我說了句令我印象很深、肅然起敬的話——

「他一面看店，一面站著寫。」

2010 年 11 月 12 日

愛書的金門人

第四屆世界金門日，也帶來巨大的「書災」。此話如何說起呢？

以香港金門同鄉會組織來金門的 78 人為例，來到的第一晚，剛剛入住長鴻飯店，縣政府就派員送來 78 袋禮物。嘩！沉甸甸的，至少也有六、七公斤重吧！一下子就堆滿了飯店的大堂。帆布袋子無疑做得很厚實精緻，頗為實用。好奇心驟起，打開其中一袋來看，裡面什麼都有，包裝精美的酒啊，世界金門日活動的場刊啊，介紹金門島的冊子啊，還有好幾本印刷精美的金門百年文學叢書啊、雜誌啊……耗費了一個多小時的功夫，我們幾個人齊心合力，才將東西分配完畢。

回到房間不久，金門作家協會陳會長來訪。他跟我說：你們的團友如覺得書太重，有些書帶不走，不要隨意丟棄在酒店房間裡，就集中在櫃檯吧，最後一天我來取，送給有些需要的人。我們覺得很有道理。來自世界各地的鄉親和朋友，人數驚人，至少有一千八百人，文化局送出的圖書數目，也就十分龐大了。第二天在旅遊巴士上我們幾個就向團友宣佈這一消息，也讓另一組的組長在另一部車上通知大家。約定大家最後一晚整理行李時，將多出的或不需要的書，全部集中在大堂一角。

我們提前一晚就跟飯店櫃檯的小姐打招呼了。做出版行業二十年，我們對書有不捨的感情。儘管在香港的居屋多次鬧書災，我們幾乎被書「淹沒」，但無論如何，都不會讓書成為棄兒，或讓它們在垃圾桶裡度過餘生。當晚我先將一袋團友不要的放在那個指定的角落，還分門別類，分成書、雜誌、光盤幾類。一會，團友陸陸續續將一袋一袋不要的書拎下來了。我才意識到團友裡十有六、七是夫婦，書只需要一套，難怪一下子堆積得那麼多了。我忽然看到一份我裝訂好的我寫金門的文章（共有八篇），還有

我們出版社的書訊小報也在其中，我的心一下緊縮起來，心疼得不得了。因為帶來的只是限量版，送給一些想瞭解我們的人。既然丟棄，我們又何必派贈。一會，一位鄉親下來，東問西找，走到書堆，找的正是這兩樣。他說整理時不小心夾在不要的書中拿下來了。

我們上樓一會，就接到陳會長的電話，說他已在樓下；剛放下電話，金門大學駐校作家、超級書迷、老朋友樹清不知如何知道我們住在此間酒店，也在樓下大堂了。我們正為明日即將離開金門而無法與他取得聯繫、見面而感到遺憾呢。我們匆匆下樓，就看到兩個很熟悉的身影，蹲伏在書堆中緊張而且津津有味地翻看和挑選。那不是陳會長和樹清又是誰？奇怪，怎麼那麼巧，都來取書？是不是陳會長有些書也不需要，通知樹清來搬？抑或樹清這個超級書迷，「見獵心喜」，先下手為強？但見他那個大書包非常管用，他用一種「橫掃千軍」的手法，很快挑選了不少好書，拚命地掃進他的大書包裡。

奇怪的是，這時，我們也見到有兩個女子，緊張地蹲在書堆前挑書，後來才知她們是樹清的朋友，也喜歡書，她們挑了好幾本，匆匆離去，上了泊在門口的車。僅是一會兒，原先堆積如山的「棄書」，已一本不剩了。這期間還有幾個小插曲，坐在櫃檯內側的一位小姐，正在翻閱我們送給別人的散文集、本人著的《為何我們再次相遇》，一下子被吸引，以為在角落的書堆裡也會有這一本，非常緊張地跑過去，也想獲得一本，後經我們說明，才知道誤會了。非常失望！陳會長還對樹清開玩笑，好的書都讓您揀去了！我們也不會忘記，當晚女導遊小熊，見到那麼多書，比他們還早地蹲在書堆前，一本本翻看，對一張張光碟封面細讀，慢慢也挑了好幾本書和光碟。我也不會忘記來金門好幾次，每一次，要是有關部門、朋友送的書重複，我問經營民宿的楊小姐要不要，她都照單全收。我們曾經住在她的民宿裡，見到大堂裡兩排書架滿滿的

書，不少都是好書，於是，民宿除了籠罩在傳統建築的迷人魅力氣氛下，還散發和洋溢著現代的書香。

回港多天，我一直不曾忘記，在酒店大堂幾位朋友蹲在書堆前選書的背影，不曾忘記櫃檯小姐緊張地跑向書堆的姿態，不曾忘記小熊導遊小姐選書時含情脈脈的目光。接觸的幾個金門人，都那麼愛書，從來不會對書說：「NO！」不會忘記我們團圖書清場的成功，好書都回到了愛書人的手中。金門人爲了節省資源，不需要誰大力宣傳。金門人愛書情懷遠遠在香港人之上。如果在香港，一堆書堆在角落，大概不會有人去看一眼；愛書的金門人，也難怪書寫水準平均比香港人高！

一千八百人湧向金門要有多少承受力啊。這，也許算是較爲動人的一幕吧。金門人化解「書災」，用的是酷愛讀書的美麗心靈。

金門人眞棒！

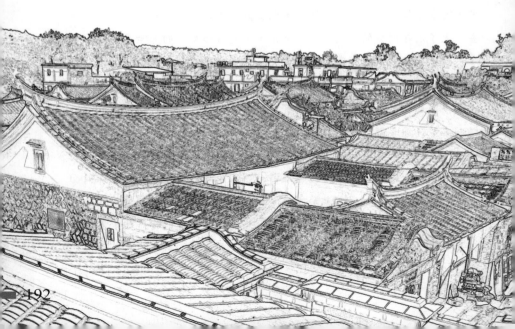

當咖啡遇到書屋

　　將自己的一本評論集命名爲《邊飲咖啡　邊談文學》，包含有幾十年來從事文化出版的一個願景。那時香港的出版業也如同香港電影曾經有過的黃金時代一樣，我們也深受其益，曾經想像著開一間設有咖啡閣的書屋。我親自沖制咖啡，瑞芬售書收銀。咖啡收費不能太貴，貴到像五星級酒店的咖啡閣那樣賣的只是貴族階級式的情調，不。書固然以文史哲爲主，最好也能成爲自己出版社的一個視窗。可是，香港租金太貴，我們的浪漫幻想，始終沒能實現。最後，只變成了自己一本書上的書名：《邊飲咖啡　邊談文學》。

　　在我的想像中，咖啡書屋不大不小，至少有四、五張檯。坐上二十人左右，有卡座也有方檯長桌。見過香港樓上書屋，擺一套小檯椅，實在太小家子氣；大商場的外文書店，大財團開的，落地玻璃窗占了半條街，大得嚇人，情調可能不錯，畢竟太高檔了！咖啡書屋是文人的理想王國，拼搏了大半天，下午茶時光，就可在悠閒的咖啡書屋慢慢靜靜地度過。最好是一個人，當然兩三個也不妨。一個人時，可以帶上小電腦，打完一篇短文，或者，展讀一個短篇或兩三篇小小說，或一篇優美的散文；眼睛發澀或瞌睡蟲來襲時，飲幾口咖啡提神。三個人來時，可以天南地北、無所顧忌無所不談。當然老來時候，與另一半來此幻想時光倒流，慢慢回顧當年「雪夜翻牆說愛你」的細節也不錯……可歎，香港的節奏，始終太快，文化人夢寐以求的咖啡書屋，不是沒有，始終與想象中的溫馨有一段距離。

　　卻在金門見到了當年的夢想成眞！

　　金門 1991 年從戰地轉身爲休閒的小城後，四十幾家民宿如雨後春

筍迎客，兩百餘種候鳥視爲棲息地，成爲自行車自由游的天堂，許多文人都講求和尋覓情調，希望滿足前半生的夢想。我見到的第一家是慢漫民宿，女主人婉苓女士是才女，不但在民宿客廳擺滿了書，連設計的明信片也十分雅致毫無商業氣息。咖啡是隨意沖飲。另一家民宿是瓊林的遊藝瓊林，主人盧根是藝術家，我們曾經由作家楊樹清、陳延宗午夜開車來訪。這是文人、才女遇到民宿的典型。

　　在小徑的特約茶室，婉苓的同學洪先生則開了眞正的「當咖啡遇到書屋」式的咖啡書屋，以飲咖啡爲主，看書、賣書爲主，地方大小適中，比我設想的模式大些。這兒不少文人帶書來托他出售，我曾經買了一本10位金門作家的合集《心動了 花開了》。不看文字，單是裝潢就完全是一件藝術品。餐廳設計得好美，一看就很舒服，不想走了，佈置講究，處處是藝術品，藝術氣氛從空氣、從每一樣東西中散發出來。連書架、咖啡杯都精心選擇過。很特別的是不賣餐，要吃還需預定。無論是書卷氣濃重的咖啡屋，或者是文化氣味洋溢的民宿，都是我、也相信是很多文人的夢想。只是這樣的構想，未必有太大經濟效益，未必能客似雲來。最感動的是打造文雅氣氛的民宿，竟能有客滿之患，這，和「　房」合成的香港賓館相比，檔次如天地、如雲泥般的區別，實在相距太遠了。

　　我的一本評論集《邊飲咖啡 邊談文學》封底有一段文字是這麼寫的：「一邊望著嫋嫋上升的咖啡香氣幻化成無邊無際的創作靈感和文學聯想，一邊鬆懈身心地欣賞玻璃窗外匆匆掠過的人面身影，如水流逝的歲月便與閒適的咖啡時間交織成一篇篇文章，一生就不虛度了。最滿意的作品還未寫出來，我怎可不努力。」

　　當咖啡遇到書屋，只是想想而已，就渾身舒服和文雅起來。

從遊藝瓊林到長春書店

感動

　　第六次來金門（2011），最後一天的金門文化之旅，收穫之豐，不亞於幾天的景點巡視。眞要歸功於金門作家協會會長陳延宗和金門大學第一任駐校作家楊樹清的安排。

　　在臺灣和金門，除了上述兩位文化好友，書業界，佩服的還有兩個人。一個是臺北爾雅的隱地，堅持純文學書籍的出版，數十年如一日；一個就是金門島的陳長慶，開書店61年，在不足七萬人的金門島堅守文學陣地，也是數十年如一日。當年到臺北，就要樹清引薦爾雅老闆隱地；到金門，延宗「投我所好」，將我們介紹給長春書店老闆陳長慶。金門老家回不厭，和金門對文人的重視有關，和金門文人對純文學的堅守有關，那種不離不棄的獻身精神特別吸引我們。回眸一瞥，猛然驚訝，從2004年第一次回鄉算起，前後已回故鄉六次了。平均以每年一次的態勢回老家看看；希望有一日，也有機會除了與妻同行之外，還能攜兒帶女，讓我們的第二代也做一次尋根之旅。

　　金門是以酒香、文化建鄉的著名島嶼，我們在世界金門日協助率78人參與活動，順道旅遊，其中許多非金門籍的團友，對金門島的綠化、清潔、幽靜、好客都留下來深刻的印象，果然名不虛傳！一千八百名來自世界各地的金門老鄉、子弟湧向金門，更讓其中的外省籍或閩南其他縣的人士嘖嘖稱奇，爲之感動。足見金門魅力之強。在金門島戰爭年代裏，這是不可能的事。

　　在長鴻飯店大堂，金門日的清晨，一位居住在韓國首爾的印尼華人，大概孤身只影，生怕被冷落，抓住一張寫有黃氏族譜幾代脈系字

樣的紙張，用幾種摻雜的語言與我們交談，希望自己不受冷落，也能獲得安排。

戰爭長期阻斷了金門僑鄉與異地金門子孫的血脈聯繫。看到世界金門日鄉親的回鄉高潮，真叫我們感動。當然，這幾十年金門縣各個部門的努力，才能將這些聯繫重新接上，碩果累累，太叫人欽佩了。

夜談

在長鴻飯店的最後一夜，我們香港團在金門作家協會會長陳延宗的建議下，將帶不走的金門縣政府送贈的圖書集中在酒店大堂。「清場」行動獲得巨大的成功。——幾位愛書迷導遊小熊、延宗、樹清等一起，大包小包地挑選撿拾，將書送到需要的人手中。因此，縣政府送給我們的書，沒有一本浪費，留在酒店房間裏。

清場完畢，樹清談起尋找我們的曲折經過——先聽說我們住在長鴻，於是來碰碰運氣，不意在櫃檯小姐的臺面上見到我們出版的書訊小報《獲益之友》，又在大堂角落見到我在紙上的筆跡，大喜過望，斷定我們是跑不掉了，肯定住在這裏。果然給他找到了。我們拍了些照，與樹清同行的還有一位藝術家蘆根。樹清希望我們到一個文人雅士集中的地方去喝咖啡。眼看已經是午夜 12 時，我和瑞芬猶豫不決，行李還沒有整理，明天就要飛回香港啊。仍然記得在 2009 年我們與香港教育學院的學生一起到臺北，「夜貓子」樹清也在午夜帶我們去吃粥夜談。他夜裏那麼遲睡，第二天又是那麼生龍活虎，叫人不能不說個「服」字。想到有緣才能萬里來相會，我們不願拂逆他的美意，決定到那個喝咖啡的地方看看。

延宗開車載我們，車子開得很快。午夜的金門，馬路上靜寂無人，車子暢通無阻，我們在途中才知道去的是蘆根領養的一家命名為「遊藝瓊林」

的民宿。驀然想起在我們到達的那一天，在此舉行過洛夫《因為風的緣故》（金婚紀念）的發佈會，報紙還報導過。可惜因為時間不巧，我們無法參與。

終於到了蘆根經營的民宿。四周圍的古厝早已先後沉沉地睡了。夜深到這樣的古厝，不能不憶起我們那在地平線上已消失的甲政第祖屋，屋子架構多麼相似乃爾！要不是……至少也可以改裝成民宿，或者闢為文人景點供人參觀……秋深了，深秋午夜的風非常涼。蘆根取了一件外套，讓瑞芬披上。坐在天井，仰望秋天的夜空好高好遠，月亮懸掛在夜幕上，感覺特別有情調。延宗告訴我們，已經好幾年沒和蘆根、樹清聚談了。正是「有緣千里來相會」啊！蘆根說，經營民宿目的不在乎賺錢，而在於希望將「遊藝瓊林」打造成文人、藝術家喜歡的聚合之地。

桌上都是貢糖、花生和其他點心。我們一邊閒聊，一邊喝茶吃點心；蘆根忙著為我們倒茶，問我們要不要喝咖啡，不一會他就端出了幾杯咖啡出來。過了一會，擔心我們肚子餓，又煮了麵線請大家吃。樹清取出留言簿要我寫下今夜的感想。蘆根到前廳，在長檯上的紅磚片上畫起今夜天井幾人圍坐談心的畫面。他們也要我揮筆題詞，我從未抓過毛筆，一時尷尬萬分，勉強寫起「有緣相會　遊藝瓊林」八個字，下款是「香江浯江人東瑞、瑞芬」。

聊天不覺到凌晨 3 點，回到飯店已是快 4 點了。

小坐

沒睡幾個鐘頭，上午，近 11 時，延宗又開車載我們到長春書店看望陳長慶。看得出來，大家都很尊敬陳長慶。書店開了 61 年，從早上 8 時開到晚上 8 時半，風雨無阻，真是一個大奇跡。要是在香港，因為

租金問題，租金不斷上漲，二樓書店就越搬越高，九龍主要長街彌敦道書店越來越少，至今已幾乎滅跡了。沒變動的書店幾乎沒有。當年延宗兄帶我們來此，我們一時還沒有瞭解其中深刻的含義，到了今天，我們忽然明白了，長春書店的存在，就幾乎成了一個金門對純粹文化堅守的重要象徵。

長慶那種朋友買書堅持不收錢的脾氣到今天還是沒改，弄得我們不敢多買書。本欲為兩位朋友買兩本《特約茶室》，他簽了名，但他依然不願收錢。見我問起特約茶室裏附錄中的傳奇故事，他迅速取了一本《走過烽火歲月的金門特約茶室》給我，正是我渴求之書；因為上次那本《特約茶室》的三個附錄故事，都只是摘錄而已，而這一本中，三個故事則全是完整版。樹清挑選了一大堆書，長慶兄依然不要收錢。這真叫我們於心不忍啊，那些書都不是長慶的書店出版的，他要付款給人家的啊。大家談啊談，不覺談到午後，長慶說本應該請我們出外吃飯，但書店不便關門，好不好他打電話買些餃子和酸辣湯叫餐廳送。大家也不客氣，一致稱好。不一會兒，四盒煎餃子和四大碗酸辣湯送到，長慶兄硬要我和瑞芬坐進他辦公、放電腦的小樓，他則站在一側不吃。長慶兄還開了瓶酒，樹清酒量很好，灌了好幾杯，一杯下肚，話就滔滔不絕、源源不斷；我只能淺嘗幾口。我們吃得好飽，我和樹清在書店轉悠，發現爾雅早期出版的書這裏都有。眼看時間已快到集合時間，我們只好告別長慶，沒想到他準備了一大盒包裝很漂亮的貢糖作為禮物送給我們。真是太客氣了。跟上幾次一樣，我們幾個又在門口拍了好幾張照片。長慶兄走到書店門口，與我們頻頻揮手。

書迷

樹清是標準書迷，也是一位古道熱腸的文人。話題常常離不開書，也很喜歡手機不離手。有時我們只是聽過對方的大名，卻未曾深談，他會突然將電話遞過來，也要我們跟對方講幾句，那就十分尷尬了。他也是二十餘次文學獎的獲獎人，對寫作的執著令人欽佩。在長鴻飯店、在遊藝瓊林，

他兩度要我在他的留言簿寫字，末了，寫上日期還不足，還要寫上準確的時間——幾點幾分。

離開書店後，我們先到一家巴黎花店。樹清兄要取一位文友祝賀他當上金門大學駐校作家而送他的花束。沒想到花瓶好大好重，只好讓老闆娘騎摩托車送到學校去。接著，我們又到小徑。沒料到洪先生的咖啡店休息，樹清致電洪先生，一會他開車來了。幽默地說：上次東瑞、瑞芬也是星期二來，都那麼不巧，遇到他星期二休息。他說的上次，就是慢慢民宿的楊小姐帶我們來到那一次。原來，樹清帶我們來此，是要把一位作家的一本新書送給我們。過了一會，她預約的正在古寧國小任教的莊彩燕老師也來了，她送我一本碩士論文集《金門籍南洋作家及其作品研究》，精裝 16 開厚近 400 頁，裏面有評述金門縣政府為我出的那本《失落的珍珠》一書的章節。太使我感動了。我也答應回港寄幾本新書給她。我們離開小徑，樹清又請延宗驅車到金門大學，樹清在自己宿舍取了一本龍彼得著的《洛夫傳奇 ——詩魔的詩與生活》要我們轉交給香港一位女詩人。書很沉，儘管我們的行李已經滿得快要爆裂，但經不住他的熱心和誠意，還是接過來了。在金門大學本來樹清好像要介紹我們見什麼人，可是看看表，已超過二時半，我們已經遲到了。見他遲遲沒從金門大學校園出來，我們不能再等了，只好打電話跟他道歉，讓延宗開車載我們先走了。水頭碼頭團友已在分船票、托運行李，忙成一團。一會又見樹清趕到，與鄉親們拍照留影。

在金門的這一天，時間不知不覺匆匆而逝，過得特別快。

一直覺得，要不是不配合一點文化人物的訪走，我們的金門之旅恐怕會遜色很多。

這個局長人情味濃

小游金門前後 9 次，首次在 2004 年，迄今已經九年。平均以每年一次的態勢回鄉。像磁鐵，金門對我們這些遊子有很強的吸引力；像掏寶，寶貝沉底，每次都有新的發現，因此，很需要新的發掘，不斷地掏。

這第 9 次的新收穫，是參訪金門縣文化局，親炙李局長；雖非首次，但時間上很足夠，形式上也頗隨意。局長李錫隆，不是初識了。2004 年我們文學還鄉，之後金門縣代表團出訪來港，我們都見過李局長。他重視寫作人，每次我和瑞芬回鄉，金門地方小，很快由金門涼爽的風兒傳遞消息，我們還沒通知他，他已一個電話打過來：明天或後天、在 ×××6 點半，我們吃一餐飯。我們赴約，他總是帶一瓶酒、幾本金門縣文化局出版的新書，作為見面禮。

喜歡這個文化局局長，不是因為文化局為我出過兩本書《失落的珍珠》和《出洋前後》。是因為這個局長人情味好濃！李局長戴眼鏡，黝黑的膚色與東瑞不相上下，身材適中。一看就知道是位精明強悍的、作風踏實、辦事的人。沒有官架子、熱情，好客，為人實在，不是那種喜歡別人拍馬擦鞋的人。尤其喜歡的是與他接觸，他從不與我們談政治，反而對海外的金門籍文人、僑界領袖、廈門集美人事等耳熟能詳。對身居香港的我們尤為尊重。我們認識他時，是李炷烽當縣長，到了現任縣長李沃士，他仍受委任。

幾次相約，都很不巧。他要請我們吃飯的時間，瑞芬卻在香港時已經預定了香草庭園的精美特別午餐，不好取消；而我們提出的時間他也正好有客人或要開會。最後，只好取消吃飯，我們上他那兒坐坐談談。

到了文化局，他已經在局樓下等我們。文化局大樓樓下是圖書館。有好幾個孩子在看書。我們乘電梯到了四樓。看李局長辦公室的擺設，依稀憶起多年前我們來參觀過。沒有其他人，李局長像一位大哥那樣與我們聊家常。他辦公桌後面靠牆有兩個書架都放滿書。室內會客小檯有個藝術品，像鯊魚，但沒頭；他的寫字檯左上角，也有個不銹鋼製造的藝術品，看不出是什麼。他告訴我們是人家送的。看來他很喜歡藝術品。我們隨便聊，談得很投入。我們最感興趣的是文化局所做的一些事情。

這個金門縣文化局不簡單。統管金門縣所有有關文化的事宜。展覽、演出、出書都管。經常在文化局展覽大堂有水準很高的攝影展、書畫展：與福建等地藝術團體合辦文藝聯歡都要過問，而最令人感動感慨的是出書。這方面又相當於大陸的新聞出版局加上出版機構。在他們編印的圖書目錄《珠落玉盤》中，有一段話介紹金門縣文化局說得很好：「民國93年6月，為開創金門成就新世紀人文之島願景，金門縣文化局以肩負文化志業重任，在各界殷切期望下成立。我們以文化再生的使命感，開啟金門文化新紀元，致力於文化的開墾與播種，由深耕到精耕，矢志塑造文化金門成為活力島嶼，預約閩南新故鄉的風貌。」

民國93年也就是2004年。這一段文字非常臺灣式，無疑也寫得很美。說金門縣文化局「不簡單」，承擔著出版的重任，他隨手送我們的一本目錄《珠落玉盤》就是很好的見證。我見過不少海內外出版社編印的圖書目錄非賣品，粗製濫造，那裏像這一本，精編彩印，還定價新臺幣350元一本。主編郭哲銘很年輕，我們見過，是我們很欽佩的才子。李錫隆局長任發行人。文化局局長任一本圖書（還有其他書）的發行人，在香港、大陸都是不可思議的！大陸的文化部管「政策」，新聞出版局各省都有，管圖書出版的終審。三級制的審查制度令一本書的出版太不容易！香港沒有文化局，只有藝術發展局，管出版資助的申請、

頒發各種獎項，批准資助的權力「下放」到民間的六位評審員手上。香港的私人出版社決定出版一本書的權利就在董事長（社長）或總編輯手上。

金門，也許地方小，人口只有七萬人，金門縣文化局兼任了金門獨家出版社的職責，局長於是也扮演了社長、督印人或發行人的角色。這種行政上的簡化，令金門資料的整理、保存和出版等工作做得很出色，在金門各個景點、旅遊中心，不愁買不到金門旅遊、歷史、風土習俗介紹的書（出版情況將另文敘述）。想一想金門在累積資料方面的成績，就知道李局長兩肩挑著何等沉重的擔子了！

我們談著談著，李局長拿了一本康玉德著的長篇小說《霧罩金門》，告訴我們，這位四十幾歲的年輕人，不是金門人，也從沒來過金門，竟然寫出了以民初的金門爲背景的長篇小說！我驚異于自告奮勇的作者的處女作也可以在金門縣見到天日！後來讀序，佩服李局長用人唯才，他沒空看，請了金門文史權威之一黃振良老師審看全書，下了出版的決心。

我們隨意談了很久，得到好幾本精美的贈書。感謝他好快爲我出了長篇《出洋前後》的金門版。我告訴他也在網上宣傳了，有點反應。我們下到三樓看電腦，一會就由一位女職員李筱梅小姐列印網路資料送上來給他。看來他顯得很高興。

局長很會拉家常，說起龍鳳胎的孫子孫女，眉開眼笑，呵呵地笑，露出一張猶如孩子在笑的歡悅的表情。瑞芬的金門話比我還地道，與他談得很投契。我們請他坐在他辦公的座位上，我們就站在他左右兩邊拍一張照，在我們來說，這很自然的，他是官嘛！可是他的反應很強烈，反對這樣的安排；連說了三次：千萬不可！千萬不可！千萬不可！我們見他堅持，也就只好三人齊排在他辦公台後面，站成一列。相機我放自動，連拍三張。

由瑞芬做導演，李局長也「乖乖」聽話照做動作和姿勢。我們數一、二、三！到第三張，大家齊齊伸出大拇指或手指做 V 狀。效果非常搞笑。想到他尊重女性，介紹瑞芬時尊稱「會長」，而向人介紹東瑞時就說「這是會長的先生」，我就很是「受落」（粵語：很願意、很滿意接受的意思）。多時我太害怕「大作家」的稱呼，樂意當一名靜靜爬格子的先生！

告辭時，局長問我們乘什麼交通工具？我們說的士，他馬上說由他安排，叫我們等一下。他送我們下樓時，一邊打電話給文化局的車子司機，才知道司機有任務出了門。他在前院轉圈，不久跟我們說「金門縣文化局」六個字是朋友寫的，很有特色，我們可以拍拍照。由他抓機，我們拍了大樓，還在紀念石留影。局長陪我們在樓下的院子裏等車，幾乎有半個多小時之久。那樣的局長，正像鄰家大哥一樣，太叫人感動了！

幾次回金門，我們都不忘拍照；而每一次拍照，我們也忘不了局長那陽光般燦爛、還有些孩子氣的笑容。

這個局長人情味濃。————

2013 年 9 月 3 日

為生命的鬥士和硬漢陳長慶喝彩！

· 東瑞、瑞芬

　　我們的金門好友、金門著名鄉土作家、長青書店老闆陳長慶現在金門生活、工作。2009 年他被發現血癌，當初給他打擊極大，一時萬念俱灰，極度悲觀，他甚至準備了後事，交代了一些文事，可是這位硬漢，很快就振作起來。他就是不甘繳械投降，不願意乖乖坐著等著病魔來收拾他，他敢於對上蒼說一句「NO！」，轉念之下，決定以積極的姿態勇敢博一博，以驚人的毅力，幾年來先後完成了《花螺》、《了尾仔囝》、《槌歌》《小辣椒》等五部擲地有聲的精彩長篇。他創造了驚人的生命奇跡，連他自己都萬分驚奇！也許他的埋頭勤奮令他忘記了自己是一個病人？也許在寫作中體內不斷生出新的生命力？東瑞，瑞芬回金門 9 次，次次都去探訪他，向這位感動我們的文壇偶像致意致敬。他用事實回答了判他生命「休止符」的結論，我們每想起他的事蹟，總是感動得熱淚盈眶。他是活生生的勵志人物！

　　轉摘他的序文，願與大家共勉。

摘自陳長慶《與時光競走—寫在〈了尾仔囝〉出版之前》（2012，3）

　　從 1996 年複出到現在，無情的光陰已輾過我無數個日夜晨昏，即使每天與書為伍，時時刻刻不忘筆耕，可是依舊不能好好地把握當下的每一個時光，眼睜睜地看著它從我的指隙間溜走，直到生命中的紅燈亮起，始讓我感到焦急。那時，激昂的情緒久久不能平復，以為不久就要回歸塵土，四十餘年的文學生命亦將劃下句點，屆時，勢必要與我熱愛的文學說再見。故而當拙著《頹廢中的堅持》即將付梓時，我竟以〈後事〉乙文做為代序，我不僅已做好心理上的準備，也同時

將四十餘年的創作歷程，做了一個詳明的交代，所以死亡對一個已準備好了的老年人來説並不可怕。因為世間原本就有輪回，眾生的生與死，不就像車輪般不停地在轉動麼？生的要死，死的會再生，唯一的或許是下一輩子的際遇，不一定跟這輩子相同而已。故此，無論生或死，都是一種自然的現象與不可抗拒的宿命，只是遲早的問題罷了。更何況，當上天對人們做出死亡的宣判時，又有誰能蒙受祂的恩德而獲得豁免呢？可是萬萬沒想到，時隔三年後的現下，竟蒙受老天爺的垂憐與厚愛，要我在人間多看看燦爛的陽光和美麗的夕陽，多體會一下世道的蒼茫和人情的冷暖，甚至放任我在文學這塊園地裏遨遊，因此才有這本書的問世。

　　感謝您！親愛的讀者們。

2012 年 3 月于金門新市里

摘自陳長慶《血汗的凝聚—寫在〈花螺〉出版之前》（2011·12.1）

　　2009 年 5 月，當榮總血液腫瘤科醫師診斷我罹患血癌時，在轉瞬的剎那間，我的人生隨即從彩色變成黑白，癌症的陰影更是如影隨形、不斷地在我心中激蕩著。當我懷著沉重的心情從榮總回來後，首先掠過腦海的竟是：不管還能在人間遊戲多久，為自己準備「後事」是刻不容緩的事。然而我所謂的「後事」，並非留下遺言或把名下的茅廬過戶給孩子，而是整理友人幫我書寫的序文和評論，然後編印成書。我之於會有如此的想法，除了對執筆諸君聊表敬意和謝意外，也同時為自己近四十年的筆耕歲月劃下句點。

　　可是萬萬沒想到，當《頹廢中的堅持》問世後，閻王卻遲遲沒來邀我共遊西天的極樂世界，讓我在人間多看好幾百次日升月落以

及黎明和黃昏。於是在這段苟延殘喘的日子裏，與其枯坐在椅上等死，還不如動動手腦，它也是促使我書寫《花螺》這篇小說的緣由。但是在衡量自己體力的前提下，構想中的《花螺》，只是一個四、五千字的短篇。可是當我進入到小說的情境時，文中的人物和故事，竟如同料羅灣漲潮時澎湃洶湧的海水，不斷地在我的腦海裏湧現，讓我有欲罷不能之感。於此，我必須把這篇作品做一個較完整的詮說，即便不能達到完美的境界，卻也不能虛應故事來矇騙讀者。故而脫稿後呈現在讀者眼前的，竟是一個近五萬言的中篇。雖然沒有沾沾自喜，但卻出乎我預料。

回顧《花螺》在《金門日報・浯江副刊》連載之初，「金門縣政留言板」隨即出現數則留言，是褒是貶我不置可否，因為他們並未讀完全文，擅下定論，未免過早。但對於那些能從文學與歷史層面看小說的朋友們，想必他們必有深厚的文學素養，令人讚歎。可是對於那些僅只針對小說中的某個情節、斷章取義作無謂批評的朋友們，確實也讓人失望。因此在不能親自向他們討教之下，只好待全文刊載完結後再撰文加以回應。它就是《〈花螺〉本無過，何故惹塵埃》這篇作品。

現今趁著《花螺》這本書即將出版，我把它放在原文之後的附錄裏，一方面讓讀者諸君看看這篇小說，是否如同他們所說的「花螺根本不是小說，頂多是說故事的寫作而已，文字充滿粗俗，真為咱金門人水準悲哀」等語。另方面亦藉此提醒某些後生晚輩，倘若從嚴肅的文學觀點而言，在尚未詳讀全文或對文學知識僅一知半解的情況下，即使受過高等教育的薰陶而成為社會菁英，但想領略小說創作的奧妙則非易事，遑論是深中肯綮的批評。

兩年多來，即便因生命中的紅燈亮起，讓我遭受此生最大的痛楚，但纏身的病魔並沒有火速地吞噬我的生命，反而激起我更大的求生意志和創作毅力。儘管我試圖趕在夕陽即將西下的時刻達成所有的願

望，但仔細地想想，那勢必是不能與不可能的。雖然每個人的際遇與造化不盡相同，可是惟有活著才有希望，何況在人生的旅途裏，並非每條道路都是平坦璀璨的。但願我能踏穩每一個腳步勇往直前，披荊斬棘越過生命中的另一座高峰，順利地抵達我理想中的文學世界。

此時，在腦未昏、眼未盲、手未顫，身體尚能支撐的情由下，一個長年熱衷於文學與致力於文學創作的老年人，似乎沒有悲觀和輟筆的權利。他更應以堅強而不可搖奪的定力，運用上天賦予的智慧與手中的文筆，蘸著自己鮮紅的血液和熱淚，義不容辭地為這座島嶼而寫；直到淚水流盡、滴滴鮮血化成一個個文字為止。如此，方不致於辜負這片歷盡滄桑的土地，夜以繼日供給他成長的養分……。

感謝您，親愛的朋友們，你們的鼓勵是我持續創作的原動力！

2011 年 11 月于金門新市里

摘自東瑞《從遊藝瓊林到長春書店》有關片段（2011.11.10）

沒睡幾個鐘頭，上午，近十一時，延宗又開車載我們到長春書店看望陳長慶。看得出來，大家都很尊敬陳長慶。書店開了 61 年，從早上八時開到晚上八時半，風雨無阻，真是一個大奇跡。要是在香港，因為租金問題，租金不斷上漲，二樓書店就越搬越高，九龍主要長街彌敦道書店越來越少，至今已幾乎滅跡了。沒變動的書店幾乎沒有。當年延宗兄帶我們來此，我們一時還沒有瞭解其中深刻的含義，到了今天，我們忽然明白了，長春書店的存在，就幾乎成了一個金門對純粹文化堅守的重要象徵。長慶那種朋友買書堅持不收錢的脾氣到今天還是沒改，弄得我們不敢多買書。本欲為兩位朋

友買兩本《特約茶室》，他簽了名，但他依然不願收錢。見我問起特約茶室裏附錄中的傳奇故事，他迅速取了一本《走過烽火歲月的金門特約茶室》給我，正是我渴求之書；因為上次那本《特約茶室》的三個附錄故事，都只是摘錄而已，而這一本中，三個故事則全是完整版。樹清挑選了一大堆書，長慶兄依然不要收錢。這真叫我們於心不忍啊，那些書都不是長慶的書店出版的，他要付款給人家的啊。大家談啊談，不覺談到午後，長慶說本應該請我們出外吃飯，但書店不便關門，好不好他打電話買些餃子和酸辣湯叫餐廳送。大家也不客氣，一致稱好。不一會兒，四盒煎餃子和四大碗酸辣湯送到，長慶兄硬要我和瑞芬坐進他辦公、放電腦的小台，他則站在一側不吃。長慶兄還開了瓶酒，樹清酒量很好，灌了好幾杯，一杯下肚，話就滔滔不絕、源源不斷；我只能淺嘗幾口。我們吃得好飽，我和樹清在書店轉悠，發現爾雅早期出版的書這裏都有。眼看時間已快到集合時間，我們只好告別長慶，沒想到他準備了一大盒包裝很漂亮的貢糖作為禮物送給我們。真是太客氣了。跟上幾次一樣，我們幾個又在門口拍了好幾張照片。長慶兄走到書店門口，與我們頻頻揮手。

老鄉・文人・楊樹清

　　收到邀請出席金門「鄉訊人物」十大卷發布會的請帖，心情無比激動。發布會是在 2012 年 4 月 21 日於臺北舉行，我們在香港是在 4 月 20 日才收到的請帖。真是太遺憾了，無論如何訂飛機票什麼的都需要時間啊。如果早一點收到，我們或會考慮到走臺北一趟，出席發布會外，順便度假休息，到一些我們以往沒去過的台灣風情小鎮走走。我們慢慢地將兩張宣傳品讀完，還是感到很震撼，樹清寫人物，共寫了近五百人，太了不起了，以十幾二十年的功夫，終於匯成一個大洪流，變成十大巨冊！這種對金門資料累積的貢獻當然不能僅是用數量去衡量。為了表示我們的祝賀，用手機發了一個短訊給他：「恭賀您完成百萬言巨著！浩浩十卷太令人驚嘆感動！誠為金門人之光！太令人欽佩！東瑞，瑞芬」。

　　很早就想寫寫對樹清這個人物的感想。想一想，金門少了楊樹清，雖然還是歷史悠久的美麗金門，但肯定會寂寞很多。早在我們 2004 年第一次到金門之前，他就托來香港參加書展的臺北展商一疊有關金門學的資料給我們。「金門」而居然成為一門「學」問，對我們來說是不可思議的。而他，就是金門學的負責人。第一次到金門，我們獲得了他編著的那本《酒鄉之歌》，心中驚喜萬分，因為裡面竟然收有我寫的《表妹自海峽那邊來》！心中好生納悶，不知他為什麼竟然會搜羅到這篇文章。他還送我好幾本書，裡面用不少篇幅介紹了我們。我們也感到很奇怪，那時海峽兩岸還沒開闢三通，我們也完全不認識、從未接觸過，他究竟從哪裡瞭解的呢？這一舉措，令我們感到無法言說的親切和溫暖，在《金門組曲》那組散文詩中這麼寫過：

「我對故鄉完全是一張白紙，故鄉的專家卻是能將我的一舉一動生動地記錄和描述，早就用白紙黑字的文字見證一個海外金門遊子——小小的我的存在。」

因爲故鄉對於我們也就不完全陌生，加上當時有那麼好的祖屋——甲政第的存在，令我們引以爲榮，我們僅是 2004 年，就接連回了金門兩次。樹清的文字可說是一種重要的誘惑。當然還有一位我們回鄉的重要引路人是陳延宗，他主編「金門文學叢刊第二輯」，內裡就有我一本小說集《失落的珍珠》。爲了文學的緣故，我們終於回鄉一趟。那時，廈門金門還沒通航，我們從臺北搭飛機到金門，問延宗，我們在臺北人生地不熟，想認識一些作家，延宗馬上推薦楊樹清，説他人很熱情。眞是如此，楊樹清眞的很熱情，在臺北穿針引線，介紹了不少同鄉和作家給我們認識。他和名聞海峽兩岸的「詩魔」洛夫以父子相稱，在一次與洛夫夫婦飯敍時還邀請我們參加。

樹清蒐集資料不遺餘力，喜歡書籍，令人嘆爲觀止。不然他不可能寫下那麼多人物，連像我和瑞芬這樣的小人物也在他的鄉訊系列人物中安排於《南洋卷》中叨陪末席，足見他是十分有心的，材料蒐集了極多。他的熱情也爲許多人所稱道。看來也是因爲他的熱情，再配合了他的勤奮，造就了他的文學貢獻和源源不斷的成就，也在積累金門人的資料方面立下大功。忽然記起，他喜歡請人在他隨身帶的留言簿上寫字、題詞、簽名。我們在臺北、金門時至少被他索取兩次留言。連日期忘了寫他都不放過。最初我們不知道他用途何在，直到他的人物報導刊登，讀到他那麼細膩的文字才恍然大悟，明白他爲什麼與眾不同了。

楊樹清喜歡書，也愛送書給朋友。很少見到有那樣愛書的朋友。送書給他，他很少拒絕。那怕他先前已經有了一本。你需要什麼書，跟他説，

他如一時沒有，也會對你說：「我幫你想辦法。」別以爲他只是在應酬你，他稍後肯定會做到。像上述那本《酒鄉之歌》我們想要多一本，他就記在心裡，後來是長慶先生送了一本，另一本我們就送給從美國回金門島的表妹安妮。2011 年 10 月金門日，我們酒店裡的大堂上一個角落堆積了大量無法帶走的書，樹清聞風而動，帶一個大書包裝自己挑選的書。樹清與我們到長青書店拜訪店主、老作家長慶兄，也是挑選了十幾本書。店主見到他那麼愛書，不要他付錢。那一天下午我們的船要開回廈門了，他緊張地要我們幫忙與他一起把書帶回他在金門大學的宿舍，在他的房間，他又挑了兩本洛夫傳記給我們，另一本要我們帶回給香港一位詩人。在小徑的特約茶室，他又下車，到咖啡室拿了別人新出的幾本書給我們。最叫人感動的是還電約了莊彩燕老師，要她送一本她寫的以金門文學叢書爲文本的論文集送給我。

楊樹清也是著名的「夜貓子」。《金門文藝》總編輯陳延宗說起他，都要嘖嘖稱奇，說他這個人晚上睡得那麼少，可是白天要是有什麼事，又見到他生龍活虎，精力充沛，不知他的那種使不完的精力從哪裡來。一次在臺北，我們因做徵文比賽的評判跟學生到台灣旅遊，晚上約了他見面，時間已很遲了，他催計程車帶我們去吃宵夜——夜粥。回到酒店已是凌晨三、四點。金門日的一晚，也是如此，問我們要不要到文人愛去的民宿——游藝瓊林走走，結果也是到了快天亮才回酒店。那晚認識了藝術家盧先生，大家喝茶聊天，很有意思。

　　樹清喜歡穿針引線。那一年我們經臺北到金門，他很高興，設宴請我們，通知了一大群朋友、作家、鄉親來，將我們介紹給大家認識，還不斷打電話給金門島一些鄉親，要我們和對方也講幾句。他實在太熱情了。2009 年 8 月 23 日至 28 日，我和瑞芬參加了香港教育學院組織的花蓮 - 臺北觸動心靈之旅，在臺北的最後一晚，約他來酒店見面。那時，我們在金門的祖屋甲政第已經因為商業的原因被鏟為平地，我們從來沒見過他的激動和憤怒，他那句極其嚴厲的批判——「這是對金門文化的最粗暴的一次破壞！」——迄今還響在外面耳際，令我們感到心靈的震撼。同樣，他曾經在文章裡記載了這一段令人痛心的歷史。

　　楊樹清的精力是過人的，書寫金門人物多達四百餘人，看來可能是空前絕後的記錄吧。沒有濃厚織熱的金門情懷不可能達致這樣驚人的成績啊。這還未計入他無數的得獎。他在報告文學方面的努力，不愧為金門第一人！（2012，5，2）

戰火歲月裏的金門悲歌

——讀陳長慶的中篇小說《花螺》

　　每次到金門，探望陳長慶先生必然列在我們的行程表上，作爲一項重要的文化項目。探訪陳長慶，意義有三。一是他熱愛文學、創作、開書店，數十年如一日，而我們也辦出版社，熱愛文學，我對寫作也一直不離不棄，情況極爲相似，感到很親切；二是他那種爭分奪秒、只爭朝夕的創作精神令人肅然起敬，太值得我們向他學習。有一度，陳延宗先生告訴我，長慶先生甚至在書店裏站著寫！我油然想起了在那拼搏的歲月中，星期天，內子在家看顧小女兒，而我帶兒子到九龍尖沙咀的快餐店，讓兒子在隔壁的遊樂場玩電動遊戲，我就在快餐店、也是站著寫的情景。三是雖然我不全懂，但長慶兄的作品金門鄉土味很重，摻入了大量閩南話，頗有特色，加上他熟悉金門的風土人情，對於像我這樣的半個「番仔」金門籍寫作人，實在很有吸收方面的裨益。

每天都要閱讀電子版《金門日報》，就先後閱讀到陳長慶的長篇連載《了尾仔仔》、《花螺》，非常佩服他那種將原始素材化爲中篇、長篇文學小說的本領，在此之前，長慶已經寫了好幾部擲地有聲的長篇了。長慶最善於書寫女性的命運，最善於通過個別女性人物的一生坎坷經歷來反映大時代。《花螺》毫無例外。《花螺》是中篇，字數不算多，但一氣呵成。小說情節簡要，發展緊湊，人物刻畫鮮明突出，心理描述細膩，而文字的運用將作者熟悉的閩南方言和白話融合得天衣無縫，水乳交融。

　　俄國大師托爾斯泰的巨著《安娜·卡列尼娜》寫上層貴族的孽緣、寫那時代出軌的女性最後臥軌的故事，聽說被譽爲世界十大長篇小說的第一位。魯迅的《祥林嫂》則是魯迅《阿Q正傳》之外的力作，寫中國女性如何在男權、父權等幾重封建勢力的壓迫下悲慘地死去。無獨有偶，兩部小說雖然篇幅懸殊，但都多次拍成電影。我忽然想起了一個非常有趣的問題。如論情節，《花螺》兼有上述兩者的情節元素。《花螺》中的女主角花螺也是出軌，命運悲慘；然而她的出軌和時代有關，她的悲慘命運也離不開時代。雖然小說那麼短，好似僅是圍繞花螺和戇牛、老王及兒子煙臺的關係、糾葛展開，但卻通過人物命運，寫了整整一個時代，也即金門在戰爭陰影籠罩下的1949年後的幾十年狀況。

　　那時一大群老兵，在經過一系列緊張的殘酷戰事後，於民國38年跟國軍撤退到了臺灣，有些就駐守金門。原祖籍山東的老兵老王，本在山東老家有個童養媳妻子春嬌，從小務農，溫柔可愛，戰爭迫使他們生死相別——當他駐紮在金門花螺家附近，擔任了二十七師衛生連伙夫班長（即伙房）。他們廚房每日廢棄的餿水和剩餘物被花螺看中可以用來喂豬。老王協助替她擔送。後來當老王知曉花螺家境不好時，更憐憫之心大起，有意將一些饅頭留下，用蒸巾包好留給她一家吃用。這當兒花螺已經嫁給了綽號「戇牛」的李大條，這個智力有問題的丈夫每夜索取花螺肉體無度而

且將夫妻敦倫的經過一五一十繪聲繪影講述給別聽，縱欲讓他落下了多種病灶。不久已經等同木頭人了，令到花螺常年累月獨守空房，精神寂寞。在撤退到臺灣、駐守金門的炊事老班長一次與她在廚房的手兒偶然接觸，雙方情緒起了激烈的反應。老王長期思妻之苦一下在花螺身上找到了替代，花螺那豐滿柔軟的身軀終於讓老王找到了性欲多時被壓抑的突破紓解之口；同樣，渴望得到男性甘霖滋潤的花螺，她那乾渴的肉體、需要強壯男體的摟抱和衝擊也得到了解決。他們像乾柴烈火一樣從此不可收拾地在精神和肉體方面都得到了很大滿足及如願以償。這在五十年代的封建風氣中，不要說是發生在軍民之間；縱然在普通的有夫之婦身上，也是不得了了。何況是軍士和普通民女、老兵與良家婦女發生關係？而且還生了名爲「煙臺」的兒子。小說後半，主要就書寫兒子從不願接受母親出軌生下他這個事實、與父母激烈衝突到最後諒解他們的詳細經過，然而花螺已經受盡社會上的百般歧視。

長慶的取材雖然不特殊，但還是頗爲大膽和敏感的。雖然比較諾貝爾文學獎獲得者莫言欣賞的蘇聯小說（拍成電影）《第四十一個》之「離經叛道」沒有走得那麼遠、也更可以理解。所謂軍愛民、民愛軍嘛，愛到上床、靈肉合一、死去活來，也符合人性的初衷；《第四十一個》中的女紅軍俘虜到男德軍、流落到荒島，談起戀愛，男德軍的藍眼睛令女紅軍的靈魂再也收不住，敵我間的兩人終於發生了性關係。最終德軍的船來到，德國俊兵向海邊跑去，女紅軍不得已將他射殺。這部作品莫言大爲激賞，稱讚符合人性，還建議結尾可以改一下，最好讓他們生下孩子；而此部小說和電影在大陸過去長期遭到批判。

《花螺》的寫作又使我想到了長慶另一本書《特約茶室》，想到國民黨實行軍妓制度並公開化實在是勇敢的舉措。《《花螺》一書（頁55）寫老王和花螺「盡情享受魚水之歡的同時」有一段精彩的對花螺

的性心理描述，似乎語意雙關：「花螺再也受不了老王深入淺出的熟練技巧。因此，她不斷地喘息吐氣，內心不停地吶喊呼喚，再這樣下去她一定死，鐵定會死。而這種死，不就好比英勇的戰士戰死在沙場那麼地轟轟烈烈麼？能爲國犧牲，爲國捐軀，更是沒有遺憾。沒有怨尤。」這一段描寫令我們油然想起到小徑的「特約茶室展示館」時裏面的一對對聯，也是讚頌女子獻身精神的：「小女子獻身家國敞蓬門　大丈夫拼命沙場磨長槍」，橫幅是「捨身報國」四個字。雖然花螺和老王的性愛是很自然的人性流露和需求、是生理和心理的按耐不住的一起融合和大爆發，但其中花螺有沒有這種「爲國捐軀」的心理成分就很難說了。多多少少都有一些吧！

回顧如今很多出洋落番的金門鄉親和其他籍貫的華人，出洋之前多數在家鄉有了妻子甚至兒女，可是在異鄉土地奮鬥多年，因謀生關係一直身不由己，無法回鄉，思鄉之苦、身邊乏人照顧，與異鄉女性接觸而日久生情，又娶一個老婆也屬人情之常。甚至娶了原住民女子（俗稱番婆）也不出奇。老炊事班長老王血氣方剛，遠離老家山東八千里雲和月，有家歸不得，從此生死兩茫茫，就近被花螺所吸引，犯了男人容易犯的錯誤，然而他是大男人，有情有義，花螺珠胎暗結之後，他也毅然負起責任，接受現實。如果沒有國共戰爭，沒有中華民族在四十年代的大分裂，也就不存在花螺的故事。因此《花螺》是現實主義之作，是一曲金門戰火的時代悲歌，爲金門的歷史留下了成功的文學記錄。

在小說中，從第 45 頁到 46 頁有一段花螺性心理的具體生動的描寫，從第 52 頁到 55 頁又有一段較長篇幅的、較詳細的老王和花螺性愛過程的描寫，曾經遭到一些衛道士者流的責難。長慶義正嚴詞地在在附錄長文《花螺本無過，何故惹塵埃》裏加以回答，寫得好！性愛，是人性的一部分，在文學作品中，性愛以前在中國大陸的文學作品中一直遭到嚴禁，一律視爲洪水猛獸。殊不知性愛也是人性，也是人的欲望的一部分。莫言就

說過只要人們和世界發生的,就可以寫,端看需要,不是沒有節制地胡亂寫一通。記得白先勇寫《玉卿嫂》,當中也有很大膽露骨的性愛描寫,那也是情節需要,因為那種姐弟般的戀愛心理必須和那種佔有欲很強的性愛形式結合起來寫才有力。何況《花螺》女子的命運始於一次無法壓制的性爆發。如何可以不寫呢?花螺和老王那種互相強烈需要的性愛符合特殊的環境年代,更需要詳加描述。寫他們從極度歡樂跌到極度的後悔,寫他們一次又一次的纏綿到結出煙臺這個苦果。因此他們之間的性愛,在長慶筆下 不能不詳加描繪了,正是他們的一時之快,引發他們 欲罷不能的結合,造成戰火紛飛年月在人們身上的後遺症。應該說,這樣的題材是很典型很有代表性的。也因此,批評小說中的性愛是太沒理由了,何況,老王和花螺間的肉體關係並非僅是一次,而是數不清多少次;長慶兄詳細描寫了第一次,像是作為個案或標本解剖一次又有什麼不可呢?自此以後,小說沒有再涉及或重複,可見作者的態度其實是很嚴肅的。在二十一世紀,只要小說情節需要,性愛都可以寫,百無禁忌啊。

　　《花螺》是臺灣和金門文學的重要文學收穫。陳長慶不愧為名副其實的扛鼎鄉土作家,他用鄉土味很重的筆調、以充滿生命力的閩南話入文,對那些文縐縐的學院派語言是一種大衝擊;小說在寫實的基調下,也融合了西方文學擅長的心理剖析。作者尤其擅長女性性心理的絲絲入扣刻繪,令整部《花螺》流露出一種浪漫和淒美。《花螺》為戰爭年月譜出了一首人性的悲歌;《花螺》也是生存年代長達幾十年的金門老兵和淳樸少婦花螺共同為時代的謬誤做出見證的實錄,是金門文學寶庫中有代表性的佳作,寫盡了人的命運和時代那種如影隨形的緊密關係。

2013 年 1 月 4 日

從《特約茶室》看金門軍妓秘情

金門地方乾淨，環境優美，自然生態保持得很好，到處都是樹木，一片綠油油的。「現代化」的發展還沒有吞噬淳樸的「鄉村式城市」的幽靜風格。據說監獄裏沒有囚犯，夜不閉戶……被譽爲臺灣「最快樂的城市」。絕沒料想到，在 1990 年前，也有一段不足爲外人道的不堪歷史。

多次到臺灣金門，《金門文藝》的陳延宗兄都帶我上長春書店拜訪店主、也是著名的多產作家陳長慶先生。我就沽測，長慶一定是延宗喜歡和尊敬的人吧！那一次是 2010 年 11 月 9 日，我們隨香港的金門鄉親團回金門，偷得半日閒，延宗又帶我們到長春書店探望長慶先生。就在這一次，他送我一本《金門特約茶室》。當時，我只是隨便翻翻，覺得書裝幀精美，全彩色精印，不太留意這是一本怎樣的書。帶回香港後，就被許多雜事分了心，沒去動它。雖然我明白此書被我列爲「要讀」的一本，但不知道何時才輪到它。就這樣大半年過去了。一直到 2011 年 5 月 17 日我們再度到金門，慢慢民宿的老闆娘楊婉苓小姐帶我們到小徑的「特約茶室展示館」，我才聯想到陳長慶送我的那本《金門特約茶室》。

在參觀過程中，得到不少感性的認識，尤其是被稱爲「侍應生」的軍妓的接客房間，其大小、室內物件等等都原原本本地複製出來，讓我們有個較具體的認識。室內設備的簡單給我深刻印象，尤其是那張供做生意的床，那麼小，那麼窄，純粹算是單人床——根本她們也不是用來睡覺的啊。然而展示館從整體來說，文字資料太少，令我有一點不滿足感。只是知道了一個概況，心中卻仍存著不少疑惑。縱然今年七月我寫了觀感短文《小女子敞篷門獻身家國》，也稍嫌簡單。爲了更充分深入瞭解金門這一段被輕輕隱去的歷史，我決心排除雜事干擾，將陳長慶著的《金門特約茶室》讀完。化了兩天，我終於讀完了。

　　非常感謝作者，以事實求是和對歷史負責的態度寫出了資料那麼豐富的書，爲戰爭衍生的畸形兒留下了珍貴的歷史資料。《金門特約茶室》初版時臺灣媒體爭相報導，引起廣大讀者的興趣和重視，短短幾個月內就再版。作者陳長慶在再版自序（2007 年 5 月）中表示高興，他說：「對於一個長年致力於文學創作的老年人來說雖然感到欣慰，但不具任何特別的意義。因爲，我只是善盡一個金門人的職責，以當年業務承辦人的身份，來詮釋這段未曾被正史記載過的歷史，讓它免於遭受扭曲和誤導。」（《金門特約茶室》第 6 頁）爲本書寫序的金門縣文化局局長李錫隆先生也是飽學之士，他頗爲欣賞作者的才華，對本書予以肯定和讚美：「陳長慶先生從事文學創作三十餘年，長期致力於邊陲文學之書寫，句法細緻，主題明確，其文法嚴謹，情感躍出筆端，極具個人風格，同時他對家鄉社會長期投注關懷，使得他的作品亦極有地方色彩，凡此皆爲作品拓展出深度與廣度，也能兼具藝術性與美學性的探求使其作品可爲鄉土意識的典範。再加上他本人曾承辦軍中特約茶室業務多年，處理過許多突發事件，知道不少其中之內幕消息，以及侍應生出生背景與不欲人知的動人故事。所以在他筆下所呈現的軍中特約茶室，不僅是小說，更具有第一手史料之價值。」（《金門特約茶室》第 5 頁）

　　關於這一段歷史，李錫隆局長在序中談到了「特約茶室」的產生根源：「一個特殊的時代，總會孕育特殊的歷史現象。金門在世界冷戰中、國共對峙的年代裏，150 平方公里的土地上，蓄養著十萬大軍。整個島嶼充滿著不平衡的陽剛之氣，當局爲了『調劑官兵身心、解決官兵性需求』，始有所謂『軍中特約茶室』的設置。這種類似公娼的軍方妓院之所以設立，一般都認爲與民國 41 年頒佈的『中華民國動員戡亂時期陸海空軍軍人暫行條例』，嚴格規定在訓或現役軍人不得結婚的限制有關，加上當時金門離島及軍中休假制度不健全，軍方爲考慮官兵性需求等因素，特別引用『臺灣省各縣市公娼管理辦法』爲法源依據，以公娼

模式設立此一類型之特約茶室。」作者陳長慶對「特約茶室」的存在，雖然也認爲和民風淳樸的金門和傳統的價值觀相違背，但還是客觀地正面評價：「軍中特約茶室用粗俗一點的語言來說，就是軍妓院，它所涉及的是軍中的性文化，而這種獨特的文化與民風淳樸的金門是捍格不入的。即使軍方已築起了一道非現役軍人不能入內的圍籬，但仍難容於這個保守的社會。居民一提起軍樂園、一看到侍應生，內心極其自然地，就會衍生出一份無名的反感。倘使以道學家的觀點與官僚體系的心態來說，這段歷史勢必是難登大雅之堂。然而，它卻在這方島嶼設立近四十年之久，對爾時的金門社會影響深遠，凡生長在這塊土地的子民。都不可輕忽它存在的重要性。因爲有了它的設立，有來自臺灣的侍應生爲三軍將士服務，在地婦女始免遭受無辜的傷害，這是身爲金門人不能不有的體認，也是這段歷史能受到重視的主要因素。」

縱讀全書，該書有著以下幾個特點：

首先是資料豐富翔實，敘述具體全面。從第一章到第十章，介紹了金門特約茶室的基本情況。例如，特約茶室的設立時間、名稱、承辦單位、經營、改革、分佈、編制、員工待遇、任免、侍應生票價、特殊事件、對社會的影響。我們讀了這些資料就會明白，特約茶室是1951年由當時的防衛司令部司令官胡璉將軍所創設：「侍應生」都是自願的，與日本統治下的「慰安婦」帶有強迫性完全不同，相同的只是她們都是用女性的原始本錢——身體來營生。從1951年創設，到1990年全面裁撤，前後近40年之久。一般官兵票價不太一樣。陳長慶引用楊世英的《八二三戰役文獻專輯》裏談到票價和官兵工資的比較：「民國40年在金門朱子祠右側，設立第一座軍中樂園，訂定管理規則，正式掛牌營業，派有憲兵駐內維持秩序。春風一度，限定30分鐘。票價軍官15元、士兵10元，票價還眞不便宜（當時月薪二兵7元，一兵9元，士兵12元，下士18元，中士24元，

上士 30 元，準尉 48 元，少尉 56 元，中尉 64 元，上尉 78 元）。軍中樂園在金門成了獨門生意，業績節節攀高。侍應生更是應接不暇。為因應官兵需求，乃於民國 43（1954）年，陸續在東蕭、小徑、庵前增設分部，民國 47 年又增設山外高級部。」「軍中樂園」根據長慶的考證易名為「特約茶室」大約在 1958 年到 1961 年間。1970 年，隨著薪水調整，特約茶室的票價也升到庵前軍官票為 100 元，金城與山外軍官票為 80 元，士官兵票為 50 元。金城總室開放短時期「社會部」之「公教娛樂票」為 200 元。晚上營業室到 10 點。8 點以後加班票的票價和娛樂時間都要加倍。最奇怪的是，那些供軍官嫖的，都安排比較年輕貌美的，票價也相對地較貴；一個票數售出最多的侍應生也就是最受歡迎的「紅牌阿姑」，最高的記錄是一天接客 30 人次左右。

在《特約茶室與十萬大軍》一章中，作者探討特殊的「茶室」行業與駐守在金門的「十萬大軍」的密切關係。隨著「反攻大陸」計畫的破滅和放棄，特約茶室在 1990 年徹底解散，金門開放了——特約茶室也走進了歷史。但在阿兵哥駐守時期，卻是「一支獨秀」的生意。作者認為：「如果沒有軍隊的進駐，勢必不會有軍中樂園的設立；如果設立軍中樂園而沒有軍人進去買票，侍應生又如何能生存；倘若光有部隊而無軍中樂園的設立，軍中弟兄壓抑的性欲勢必得不到紓解，果真如此的話，不知會為這個淳樸的島嶼衍生出多少社會問題。因此，部隊的進駐與軍中樂園的設立，絕對有密切的關係。」（《金門特約茶室》第 92 頁）。作者認為茶室的侍應生為社會做出了貢獻，請讀：「特約茶室的設立，除了解決官兵性需求外，每月上繳的盈餘，的確也為防衛部幕僚單位官兵，謀取到一份難得的福利。而侍應生所賺的錢，除了寄回臺灣養家活口外，地區的商家也是她們消費的場所。對於活絡地方經濟也有貢獻，如要論功行賞，侍應生功不可沒。」（《金門特約茶室》第 99 頁）。這些侍應生，叫我想起了莫伯桑筆下的《羊脂球》、小仲馬筆下

的《茶花女》以及歷來青樓裏的情義女子，特別是讀了書末所附的三篇附錄之後，感覺尤深。

其次，本書還有「軟硬兼施」的第二個特點，即將嚴謹的治學態度與深厚的文學筆法結合起來。全書249頁，從150頁到235頁則是錄自《再見海南島 海南島再見》、《將軍與蓬萊米》和《老毛》三篇以小說筆法寫出的報告文學，完全視爲中篇小說也無不可。這三篇附錄是《永念舊情的侍應生王麗美》、《沉迷侍應生美色的某將軍》、《老兵與侍應生的感情世界》，都是非常吸引人的作品。書的前半，我們看到了一個歷史學者的嚴肅認真；書的後半，我們讀到了一個「變身」爲小說家的陳長慶。其實也不，早在此前，長慶先生已出版過幾十本充滿金門地方色彩、具有濃烈鄉土味的長短篇小說集了。他的本色就是作家。三個附錄都是寫侍應生和「恩客」之間的感情故事，一反傳統的「婊子無情」的說法。王麗美的故事充滿傳奇，誰都不會想到一個從海外淪落在茶室賣身的女子，最後竟能夠上岸並徹底翻身，回到海南島，成爲海麗酒店的老闆娘；老兵和侍應生的故事也讓我們看到了底層的男女感人的愛情，他們由肉體的求索層次昇華發展到精神的情愛，不乏感人之處。最可恨的是將軍故事，那個將軍一生只愛狗肉、酒和女人而已，無情無義，好色無恥、下流卑鄙，令人不齒，誠乃軍中敗類！這些茶室裏的故事，充滿了喜怒哀樂，有歡笑也有淚水，佩服作者陳長慶，用一支生花妙筆，寫得活龍活現，不讀罷不甘休。

如果到臺灣或金門，記得喔，買一本陳長慶寫的《金門特約茶室》，瞭解金門這一頁歷史——沒有「茶」的特種「茶史」。

慢工出細活
——讀王先正老師的《浯鄉歲月》

　　與金門的緣，源于文學還鄉。瞭解金門，不僅從實地考察和遊覽獲得，還可以間接地從書籍涉獵。文學的、歷史的資料都很有用。王先正的《浯鄉歲月》就給了我多方面的滿足：文事、島事、戰事、人事等等。我父母祖籍雖然都是金門，然我們都在印尼出生。兩岸隔絕，金門從 1950 年到 1992 年成爲戰地戒嚴，我們在 2004 年才首次回到故園金門「尋根認祖」。

　　那一年到金門，還需要從臺北兜個大圈子。先從香港搭飛機到臺北，再從臺北搭飛機到金門。因爲陳延宗負責聯絡海外金門籍寫作人出版叢書的原因，我們認識了陳延宗，他當時又介紹了熱情的楊樹清，他在臺北爲我們穿針引線，拜訪和認識了好幾位在臺北的作家；接著我們幾次到金門都是陳延宗兄陪我們辦事和遊覽；近幾次則是王先正了。王老師開車帶我們拜訪陳長慶先生，請我們吃午餐，送我們到水頭碼頭，還送我們不少書籍，包括他的著作《浯鄉歲月》。

　　王老師喜歡讀書，喜歡搜集描述金門鄉土的書籍。他尊重文友們的精神勞動果實，送我好幾本別的作家的著作，有的我有了。我很驚異他不少書都有相同的幾本，讀了他的文章，才曉得有的書他買了好幾本，分享同好。在《金門文壇 繁花盛景》（第 138 頁）一文開頭他就説：「我喜閲收藏金門籍作者的文藝作品，也喜悦拜讀金門島佳作。」該文介紹陳則鈍編的一本書《心動了花開了》，逐一介紹了十位作者王金練、林媽肴、洪春柳、翁朝安、陳長慶、陳秀竹、陳則鈍、陳欽進、陳榮昌和楊清國其人其事。還有幾篇對瞭解和研究金門籍作家都很有參考價值，如《新詩與金門（1949 至 2002）——「寫金名詩」與「金門詩

人」》，全文分「名詩」和「名家」兩大部分，占了全書十五個頁碼，此篇乃應張國治先生的要求，爲參與「詩酒研討會」而寫的詩學研究論文。2012 年 3 月王先正老師眾望所歸地被選爲金門縣寫作協會理事長，非常有趣的是他爲人謙虛謹慎，在《寫作協會與會員著作》一文裏，將各位理事們的文學創作貢獻和著作書目又詳實介紹一番，無疑又是一篇資料扎實可靠的文壇箚記。我也頗欣賞《金門文學黃金島》一文，從中可以看出王先正老師的一絲不苟，該文原是應金門農工學校劉校長之約向學生做的一次文藝講話，王老師認眞其事，事前備課，寫成提綱；事後又總結整理成文，寫成體驗式的小結。

王老師的提綱類似打油詩，不乏精彩之處，值得抄錄分享：《金門文學黃金島——讀書寫作樣樣好》，具體五條如下：「一、住在金門，寫作名家知多少？二、讀書看書，益書善書不可少；三、金門歷史，有些知識要知道；四、勇於提筆，莫要誤認自己小；五、看圖作文，手機照像忘不了。」短文對五方面加以詳細闡述，王老師對文學的滿腔熱情，對學生的苦口婆心，令人感動不已呀。從以上資料性的書寫，我們看到王先正老師即使不寫散文、隨筆，專門搞文學研究和評論，也是挺合適的。

王老師熱愛文學，熱愛讀書，但自謙疏懶，幾十年後才出一本書，但《浯鄉歲月》慢工出細活，份量不輕，看得出作者的多元興趣，每一篇文章都寫得扎實具體，那份功力，當是多年沉浸書海的結果，厚積薄發，駕輕就熟，文章短，但精，我讀金門日報電子報，部分篇章就曾在副刊讀到，而《浯鄉歲月》裏的文章也多數在《金門日報》發表過。

《浯鄉歲月》封面設計底色採取溫暖的橙色，中間擺放一張作者童年時期黑白色的「全家福」照片，封底又印上了一張家庭長輩和親屬的合影，比例較小，前後呼應，不但散發出一種溫暖的懷舊氣息，暗示書中收了作

者成長印記的一些篇章，也體現王老師重情念舊、至孝的、重視家庭的情懷，「浯鄉歲月」四個大字以行書書寫，清楚而不失瀟灑，橫跨照片上方，與黑白照片、底色橙色形成了高度和諧，負責封面設計的陳佩蓉女士眞是高手。

《浯鄉歲月》出版於2014年8月，厚264頁，分爲「人生道上」、「受教任教」、「談文論藝」、「戰史戰士」、「寫傳訪僑」及「浯鄉他鄉」六輯，眉清目楚，歸類得恰到好處，也反映了王老師平時興趣所至，筆力所向。寫序的是洪春柳、楊樹清兩位名家。兩位名家的序都寫得詳盡，介紹王先正其人其事，楊樹清介紹各輯特色以及與王老師認識的始末，洪春柳以長短句書寫全書的概要，都有助於瞭解全書的大概和特點。對於金門在戒嚴年代比較陌生的我這個讀者來說，每一篇都很吸引我。例如「人生道上」七篇文章，不但回憶了作者的童年，也寫了1958年「八二三炮戰」顚簸歲月對自己童少年的影響，其中《追憶先父母》、《金門人赴新加坡》和《辛勞堅強的雙親》摘錄了不少父親回憶錄的文字，雖然年代久遠，也比較瑣碎，但對於瞭解四十至五十年代的金門實在太有用了。

《受教任教》九篇文章訴說自己的學習成長，充滿了自省精神和懺悔意識。當然，我也非常喜歡《談文論藝》一輯裏的十六篇文章，猶如「函授」的「速成班」，讓我一書在手，掌握了一本金門文學詞典一般，瞭解不少金門文學的寶藏。其他幾輯，也極有歷史價值，尤其是「戰史戰士」五篇裏的《古寧頭大戰知多少》、《古寧血戰 哀矜勿喜》及《向老兵致敬，致謝——金門人談金門》幾篇，考據古寧頭戰事有關事實以及在戰火洗禮後金門島的發展，對我都是不可多得的比較理性感性兼具的文字。《寫傳訪僑》基本上每篇不長，從金門人落番個案看時代，從中可以瞭解為什麼金僑散佈在全世界會那麼多。最後一輯「吾鄉他鄉」七篇，主要是日、韓、廈、金的遊記，王老師哪怕寫遊記，研究色彩也很濃。

如果論文筆，王先正筆觸扎實、忠實、如實，用詞精煉簡潔，不尚虛空，幾無虛空飄渺之章，少有無病呻吟之句。他的文章講究條理層次的清楚，喜歡嚴謹，實事求是，讚美有度，恰到好處，也不忌諱批評，哪怕讀書讀到一個錯字，也毫不客氣提出。王老師的文風來自他長期當老師的職業習慣，不願意誤人子弟；也來自洪春柳老師提到的他喜「文史資料的搜集」以及研究，這屬於學術範疇，而學術講的正是一絲不苟的精神。我喜歡和贊同他說的「戰爭沒有勝利者，只有倖存者，同胞自相殘殺，是民族悲劇，不必誇耀。」多年前，和他不太熟悉的時候，有次在公眾場合，他與我握手，說，東瑞，我看金門籍作家，你出書最多，但是不是最好，我就不敢說。這一句話我一直欣賞迄今，有心人、有情人和實事求是的人才會說出這樣的話，那是絕對正確的。讀一些個別人的作者簡介，常常標榜寫了幾千萬字，其實意義不大，因為那究竟說明不了是字字珠璣還是文字垃圾？

王先正老師雖然暫時只出了本《浯鄉歲月》，但其文學價值、學術價值和文史價值那是頂得了一般的書好幾本的。

濃濃泥氣　淡淡花香
——陳秀竹及其《浯島念眞情——故鄉的水土》

1

　　2010 年 11 月 8 日我們第四次到金門旅遊時，陳秀竹送給我和瑞芬一本她的書《浯島念眞情——故鄉的水土》。陳秀竹在書首題寫了「分享金門」四個字。我覺得非常有意思。事緣全書 55 篇散文都是寫金門、與金門有關。正如作者在自序中說的：「金門實在是一個獨特的島嶼，融合了諸多的文化層，見證了閩南文化、僑鄉文化」、「金門島嶼的風情是迷人而豐盈」、「金門島人情味深濃，淳樸的小鎮風情，更常是遠道而來的朋友，所深深迷戀」……「要將對金門島的眞情，一股腦兒和關心、喜歡金門島鄉親和好友分享，更希望對金門壞有憧憬的朋友，能透過全書，走進金門、愛上金門」。

　　我是一個喜歡書、愛讀散文小說的人，一本書到手，買不買或讀不讀，都要先讀目錄。秀竹的書送到手，首先也是讀目錄。一讀就馬上被迷住了。散發濃濃泥氣、淡淡花香的目錄，叫我愛不釋手。譬如《母親的傳家寶》、《衙門口的童年》、《菜尾的滋味》、《養豬的歲月》、《古厝的風》、《打開生命中的窗》、《鄉間小路》、《花鬧》、《響在田間的笛聲》、《桂花夢》、《拜訪春天的容顏》、《魚鱗的天空》、《鳥言鳥語》、《邂逅金門美麗的鳥》等等，在我讀來，簡直都是一句句充滿濃洌詩意的好篇名，僅是這些篇名就強烈吸引我進入書的世界中。

　　金門島資料我收集了很多，不僅爲了寫作時參考，更是爲了多瞭解金門。象我們這樣將自己的大半生分給印尼加里曼丹島三馬林達（及椰城）、中國大陸和香港三段歲月的半個「番仔」，多麼需要除了多回鄉親炙故鄉外也要靠多讀有關金門的書來「惡補」對金門島瞭解。因此，

陳秀竹送此書，正中下懷，送得其所，被我列爲工餘必讀之書。但沒料到回到香港，馬上被各種俗務纏身，五月與網絡朋友到金門、六月到鄭州領「小小說創作終身成就獎」，七月上北京，九月回母校福建泉州華僑大學講學、領取「華僑大學客座教授」聘書，十月中到金門參加第四屆「世界金門日」，十月底辦兒子婚宴大事……加上多項社會公職在身，稿債堆積如山，以致雖然已將陳秀竹的《浯島念眞情》列爲「必讀書」，卻是無法細讀。

後來我下定決心要盡快讀完，從 2011 年 11 月開始便將陳書放在我的公事包，用上下班在車上的時間讀，甚至在到印尼度假的 12 月，我也將書帶在身邊，利用早晚在酒店的時間讀，終於「大功告成」，將 55 篇文章讀完了，結果沒有失望，證明當初我列爲「必讀書」是有眼光的，不然就錯過了一本好書。讀完之時，書整整在我身邊一年有餘了。

2

當然，注意到陳秀竹，自 2004 年起。當時我們首次到金門，是從臺北飛抵的。2004 年 4 月 18 日我們探訪了祖屋甲政第。回港不久，回故鄉的激動心情讓我寫成了很詳細的《仙洲之旅——金門行日記》（注，記敘 2004 年 4 月 15 日到 20 日共 6 天，後來收進香港獲益出版事業有限公司出版的、東瑞著《雨中尋書》265 頁至 296 頁中）。4 月 18 日那天的日記，就多次寫到陳秀竹。如，金門縣寫作協會爲我們洗塵，「有好幾位鄉親文友已在上面的飯廳等候，包括金門縣寫作協會的溫仕忠理事長、陳秀竹女士、陳爲學校長等」、「坐在左側的陳秀竹女士既熱情，笑容又可掬，一早就簽好她的書送給我們了。

談話間，才知道她在金門國家公園管理處做事，與李金昌前輩非常熟，不時也有通信聯絡。」寫到去探訪我們的姑表姐妹時，秀竹也一道前往；

「延宗兄和陳秀竹陪我們和安娜安妮姐妹談天。一會，陳秀竹先走了。」寫到去探訪祖屋甲政第時，沒料到陳秀竹又趕來：「下午要探祖屋，還要祭祖，延宗兄駕車，載我、老伴、安娜、安妮，先在馬夫雕像前留影，然後直奔祖屋。大家都說這祖屋『很漂亮』，最初我很不理解，因我沒回來過。祖父住的地方，年代那麼久了，肯定十分殘破了。如何能『漂亮』？後來才知道、才醒悟，說它漂亮，是從歷史的眼光、文物的眼光！從莒光路走進去，在一個空曠處，就看到祖屋了！也看到金門國家公園管理處的陳秀竹換了一套藍色長袖長褲，還揹上了照相機，準備與我們一道探祖屋，今天午宴時，正是陳女士，不住地稱讚這已近百年的屋子『很漂亮』」當然，作為黃家子孫之一的我，甲政第最後無法抵抗得住商業的謀算，毀於一夜之間，令我大有無力回天，無力力挽狂瀾，哽咽無語的哀傷！所幸當時已有所預感，趕在 2004 年親炙祖屋的氣息。我寫的那篇《我那金門島的祖屋》末尾已有所預感：「下次不知何時再來？會否一陣大風吹過，神話般消失……」後來，每一次隨團到金門，總是看到陳秀竹的身影，出現在不同的景點、民宿，與鄉親們交談，非常熱情地介紹金門。

第四屆金門日，我們大團離開金門水頭碼頭時，她甚至送大家到碼頭，鄉親依依，令人好生感動！她對金門的人情味有很高的評價，正因為她本身就那麼身體力行。試讀：金門「那種人與人之間誠懇、真摯的情誼，傾心相待的盛情，宛如一道歷史長流中，最甘甜的清流，值得品嚐」（陳秀竹《浯島念真情》自序）從陳秀竹的一系列熱情的待客之道，她對金門國家公園保育課課員的工作是非常盡責的。金門國家公園管理處處長許文龍為該書寫的序就高度肯定和讚美陳秀竹的工作精神和表現：「金門國家公園於民國 84 年成立以來，致力於文化資產的保存維護工作，同時委託學者專家進行各種基礎調查研究，陳秀竹小姐任職於本處保育研究課。她對於工作極為投入。無論是人文資源的關懷與推

廣，或是自然生態保育的宣傳活動，她那種全力以赴的精神，樂在工作的心境，讓人極為佩服和感動！」本人認為，像陳秀竹這樣為保育而奔波於金門旅遊景點、大量接觸鄉親、又勤於筆耕、著有分量很重的有關保育文字的優秀課員，應頒授「最受歡迎的傑出課員」之類勳章榮譽。

3

回說陳秀竹《浯島念真情》一書。我之所以特別推薦，正是因為它是用文學筆觸介紹金門人文風情、自然生態、物產生活和今日往昔的一本精彩好書，並非只是一般的旅遊指南，而是參透了作者的成長和感情。秀竹以自己的成長、見聞和感觸為「個案」，以散文為體裁，以對故鄉金門的深深情愫征服了像我這一類沒有在故鄉生活過的、在外漂泊的金門遊子。

全書分為三卷，非常科學合理。卷一「人文采風」涉及童年溫馨的回憶、金門早期的樸素風氣和艱難生活、對養育自己的父老弟兄的懷念和感恩、金門各種失傳的手藝的鉤沉、學生時代的同窗書寫、八二三砲戰的記敘……從這一卷文章，我們讀到了作者是「十足金門女兒」，為金門的苦而泣、為金門的喜而歡、為金門的美而歌，寫得「太金門」了。從中我也深深體會到金門早期生活的艱難，有人堅守著，也有人落番闖南洋。造成今日金門人遍佈東南亞的現狀。我也很欣賞作者那種細膩的文筆和熱熱的感情，無論寫到什麼，都那麼樂觀，洋溢著對生活、對故鄉的熱愛。而為老一輩的失傳手藝留下文字，最是珍貴無比。卷二「有情花草」主要集中了寫花、瓜、水果的文章，也描述了金門的自然生態、一些少見的動物、植物，文筆優美，內容美不勝收，從題目到內容，都非常引人。

例如《擁抱田野風光——金門獨特的自然生態》，寫得好美，寫金門迷人的秋季，從 9 月寫到 11 月，細緻地寫盡了金門秋天繽紛的色彩，包括了一些稀木珍禽，如紅花草、欒樹、白千層、芙蓉花、高梁、烏臼、鯨豚、

角桼等，讀來不禁想到了像我這樣五穀不分的「城市仔」，實在有必要坐在課室裡聆聽出色的保育員陳秀竹爲我們補課，而此書就是絕好的函授教材呀。《拜訪春天的容顏》則寫金門的春天，也寫得好美，文內好幾段都以「春神的手輕撫著金門島大地」爲起始，充滿了音樂性，既寫金門島太武山、中山林，也寫金門島的山野，隨便數數，被寫到花卉和植物就有羊角拗、杜鵑、烏臼、海綠、刺桐、樟樹、苦楝、木棉……作者就像「花的使者」，爲每一種筆下的花唱幾句動聽的歌，如讚田代氏石斑木開的花「像是一朵朵甜美的笑，每看一回就叫人醉戀一回」，苦楝紫色的花海是春神最浪漫的戀情，成串的紫色小花帶著強烈的香氣，在田野間延燒，燒出春天最美麗的戀情等等，在此卷中，還收有我很喜歡的幾篇散文如《花開》《鄉間小路》《響在田野的笛聲》等；卷三「鳶飛鳥躍蘊生機」，主要收了一些有關金門海洋、天空自然生態的文章，涉及多種稀有鳥類、魚類，個中細緻的描寫和對自然生態的愛護，實在令人讀之動容，爲之讚歎不已，尤其喜歡寫觀察鳥的《鳥言鳥語》和充滿感情寫戴勝的《邂逅金門美麗的鳥——戴勝》，後者，作者就彷彿是戴勝的媽媽，以憐愛的眼睛和愛心的手對待戴勝的一毛一羽。秀竹的散文，補充了金門資料的不足，親切樸素，娓娓而道，有人的感情的參透，容易生發魅力，吸引讀者一書在手不易釋下地追讀。

4

《浯島念眞情》一書我認爲至少有著三大特色：

首先是筆觸上的極度細膩以及濃厚的地方色彩。文雅一點說，就是「濃濃泥氣，淡淡花香」。作者是如假包換的、土生土長的「金門女」，一舉一動、一言一語都「非常金門」，書得到金門縣文化局的資助理所當然。書中許多描寫不但生動感性，而且細膩具體，尤其是講述老一輩的一些失傳的「絕活」，喚起了我們海外金門子弟對於上一代父老久遠

的記憶。例如那篇《醃豆豉的風情》，叫我們不禁聯想起童年時期在三馬林達看外祖母醃鹹菜的情景，具體步驟已全然沒在記憶網絡中留下任何痕跡，但陳秀竹居然寫得那樣有聲有色，把我們帶到現場：試讀（做一次文抄公）：「要醃豆豉需要先從選豆開始，母親就會到五十年代後浦非常興盛的菜市場『吧薩』去買黃豆，回來之後先煮熟，再放到米篩去曬，好像不要曬得太乾，就要用布蓋起來，放到大廳長案桌下悶著，三不五時就看到母親去掀開遮布看一看，要等到長黴，有些綠色的黴菌鋪滿黃豆的表面，而且要黴菌長得越旺，醃漬的豆豉會越甘甜，但黴菌長滿了米篩，彷彿要頂開那一層蓋在上面的布幔，母親就知道時候到了，開始把準備好的甕，拿來太陽下再曝曬，然後將長黴的黃豆黴洗掉，再一層長黴的黃豆，一層粗鹽，一直裝到快滿到甕口，再把口密封起來，然後又拿到大廳角落放好，大約要個把月吧！……」這一段簡直是可以照辦煮碗、如法炮製了。

但最驚人之筆還在後面這一段：「其實，豆豉要甘美，還要在開封的時候有一些蛆混雜其中，才算是特出的美味哩！孩童的我每看到那在甕中

的豆豉，湯汁中撈著撈著，盡是一隻隻的蛆，看得我都不敢動筷子，可是大家都說這樣才是最好的……」，接下來還寫了母親將西瓜皮拿去醃並佐餐的情景，最後作者感嘆地將今昔加以對比：「如今色素、防腐劑、化學成分充斥各類食品，我才明白母親的豆豉是最天然、最環保的食物，更把金門婦女那種勤儉持家的美德發揮得淋漓盡致，家的凝聚力和張力是那般令人感動！」像這樣的細膩具體文字，不時出現在賞花、觀鳥的篇章中，叫人讀出故鄉的泥土氣息。另外，秀竹散文運用大量通俗易懂的閩南方言，如後生、擦餅此類詞語，頓然叫我們感到親切。

　　其次，我覺得作者的語言很美。有的雖然好「白」但「白」得有味道，有的遣詞造句頗為特別，讀來感到新鮮。例如，寫先生向她求婚，非常「土」也夠含蓄：「有趣的是多年以後，當我認識先生，感情發展得不錯時，先生開口向我提婚事，他的求婚台詞居然是：『家裡的大豬已經太大了，所以母親催著要趕快結婚。』」（《養豬歲月》）秀竹好多文字寫得美，充滿濃濃詩意，如：「歲月不斷的流失，但是那些『知了！知了！』的蟬叫聲，總是把我的童年叫了回來！」（《上山下海——姨婆的巧手》）有時人生感悟令人感同身受：「我怎麼會想到當年的口沫橫飛，結的果實竟是如此這般的叫人溫馨與感動！」（《甜美的果實》）有時充滿令人發出會心微笑的自豪：「我常想阿爸雖然沒有生個兒子，卻也生個可以穿軍裝的女兒」（《寄思念到夢中》）有時對生命的感悟發人深省：「小草也有自己的芳香泥土，讓生命活出自己的色彩」（《讓生命活出自己的色彩》）以下人格化的描寫更塗抹了一層童話色彩，優美如詩：「春神不僅叫醒了大地上花草，更叫醒了冬眠的萬物，南來的燕子忙著銜泥築巢，愛吃果子的白頭翁總是在枝椏間奔忙，清晨進入民間，忙碌的小鳥婉轉鳴唱讓人忘憂，有時還可觀察到求偶的白頭翁上演甜蜜的激情鏡頭，喜鵲築巢的功夫特別的高明，如果仔細觀察的話總可以發現野外高高的樹上，有牠穩固的家，麻雀成群結伴讓田野更

像大劇場，活力四射生氣盎然！」（《拜訪春天的容顏》）秀竹的散文語言是一種鄉土氣息與抒情新詩的結合。

　　最後，我覺得《浯島念眞情》不少篇章具有標準的散文之美，作者具有散文大家的風範。例如《花鬧》一文，入學生課文讓他們細讀也不爲過啊。《花鬧》的一個「鬧」字雖出諸「春意鬧」詩詞之典，但內容上頗多創意，寫杜鵑而寫出了一個令人驚喜讚歎的氣氛。描述杜鵑的容貌色彩、杜鵑與自家的緣分、感情，文字發揮到了淋漓盡致的地步，最妙的是最後，寫到了花朵與人的一起成長：「杜鵑花以前伴我成長，更伴我和孩子走過許多快樂的時光，如今外甥那一對雙胞胎也開始會爬樓梯了，孩子的媽便一手牽一個，母子一起上五樓，我有時正好放假在家，便相揩上樓，我們一起讀作杜鵑的花開，現在麻雀也會來花間穿梭，時而蝴蝶也不怕高樓的飛了上來，一方小庭院，便一點也不寂寞。我便會帶著孩子來認識杜鵑花的容顏，又是一場自然的饗宴！一月，春天在我家，在我家的杜鵑花，花鬧了一整個春天！」（《花鬧》）《有情花草》寫了好幾種花卉，計有百合、梅花、趄莓、蘆薈、山藥……《響在田野的笛聲》以笛聲爲引，寫對老一輩的父老的回憶，溫馨親切。限於篇幅，佳作無法逐一分析，只好留給作者慢慢欣賞了。

　　讀秀竹的散文集《浯島念眞情》，瞭解了不少有關金門的水土人情、自然生態、海洋天空和往昔今日。我們到金門旅遊，很多時候只看到金門島外觀，讀了秀竹的書，我們瞭解了金門的內涵原來那麼豐富，讓我們這樣的金門子弟更加熱愛金門，金門老家更加回不厭。

2012 年 1 月 18 日

故鄉情書又一疊（序）

剛剛讀完陳秀竹鄉親的《浯島念真情－故鄉的水土》，又得嘗她40道新烹調的佳餚。頗花了幾個日夜，慢慢細品本書的40篇散文，又感到像在讀一籃子寫給金門家鄉的情書，雖然沒有華文麗詞，但體驗豐富，激情滿溢，正像一位癡心女子，向故鄉寄出一封又一封情切切意綿綿的愛戀魚雁，是那麼永遠地不離不棄，真情流露，令人動容不已。秀竹對故鄉山水、花鳥、一切自然生態的鍾愛，並非僅是因為她的工作、她是保育員，而是出諸一位有血性的金門女兒的天性和本能，她說，「我的內心深處總是有個聲音，這麼豐厚的資源要讓更多的人來分享和愛護，因此像是有一種強烈的使命感讓我的心和手不停的透過說和寫，用聲音和文字傳遞我對金門的熱情。」可以印證。

我半個多世紀才回故鄉金門，有種驚艷的震撼，完全沒想到炮聲轟轟、硝煙瀰漫的金門轉型和變身為和平旅遊土地後，竟然可以成為候鳥棲息的天堂，被記錄的鳥兒多達322種之多。除了多次回鄉親身體驗金門的幽靜美麗外，秀竹幾本描述金門水土、參透和散發濃濃故鄉味道的書，加深我對故鄉的感性認識。因為她那些憶童年、話家常、道親情、說風俗、寫民生、記鳥事、讚花香的篇章，總是和旅遊指南的介紹不同

的，注入了個人眞實的體驗和感情，更能進入金門歷史和文化的底蘊。我喜歡文中作者那份善良和熱情，讀之有抑不住立即回鄉的衝動。

秀竹是花卉知己、禽鳥良朋。故鄉有許多守護神才會那麼美，秀竹不知不覺也成了一位小小的女保護神。金門保育系統有這樣一位能說擅寫、對環保工作不遺餘力的保育員有福了，眞是慶幸得人呀！她說：「希望有機會在野外遇到水雉時，請不要干擾水雉的生活」（《凌波仙子 金門驚鴻》），她說：「讓牠（迷鳥）歡喜來金門做客」（《迷鳥迷人的鳥》），她說：「疼惜美好的自然生態」（《追鳥》），她在很多觀鳥追鳥的文章末尾，有如苦口婆心的鳥媽媽那樣希望大家爲保護環境而努力，那種爲獲知鳥兒消息的興奮固然感人，搶救小小生命的悲天憫人情懷更是牽動人心，而用藝術家眼光欣賞飛禽的文字更見一種審美的深層次，試看她如何描述蒼鷺：「如有驚擾牠仍然是緩緩的振翅從水面輕輕躍起，成爲山野間的另一幅山水畫作。閒雲野鷺自在行，美得動人心弦。」（《水中的智子--蒼鷺》）。最典型的美文是《晨曦的旋律》，將大自然的動物植物花卉陽光全部寫到並和諧地融爲一體，是那樣自然清新，久住於鋼骨水泥的人肯定寫不出來；美好的家居環境也令作者渾身是勁：「晨曦，是注入活力的瓊漿玉液，就像加滿油的車，奔馳在筆直的道路，唱著快樂曲，勇敢向前行，乘著晨曦的活力，出發囉！」（《晨曦的旋律》）。

秀竹喜歡故鄉那些美好的、有著人文價值和意味的習俗、傳統美食傳承下去，本書也可說是一本了解故鄉傳統風俗的好書，雖然篇幅不多，但都甚具份量。寫得最妙、叫人拍案叫絕的是《用家鄉味找到自己的原鄉》，訴說一位鄉親一直不知道自己的原鄉「市頭」的準確地點，突然有一次在某家食店吃到「魯肉飯」，才似曾相識，猛然一醒，原來我老家就在此地！秀竹感慨地說：「原來飲食不只是一家的料理，竟是一個宗族的原味。」實在太美妙太文化太有說服力了！我喜歡的還有《麵茶》，不是她的專章

描述，我幾乎也忘了童年時期母親也炒過此種美食給還是小孩的我們吃！遙遠的記憶穿越歲月和地域的時空如水倒流！當然，讓我讀得津津有味的還有《新娘水咚咚》，通過一次嫁女過程的詳細記敘，把金門的婚嫁習俗重現，很有意義。睽違故鄉太久，故鄉種種我們已完全陌生。因此秀竹的記敘，意義已超出自家紀念之外。從提親、訂婚寫到結婚、公證、台北宴客、金門宴客……一直到送面前禮、送添妝肉、壓箱銀元。很絕的是還從《金門縣志》抄錄了三首和新嫁娘有關的童謠分享同好。全文具體詳細，彷彿我們也成為賀婚親友在場觀禮。「將金門的傳統習俗流傳下去，讓金門的文化與生活，代代相傳」（《新娘水咚咚》）正是作者的本意。那怕是寫小孩與玩具車情意結的《會載行李的綠色車車》《喜歡車車的小孩》，也可以讀出故鄉的簡樸氛圍。

　　本書一些文章，資料豐富，知性十足。有些是貼補了某些景點、建築或實施資料的空白，讀之收穫匪淺。例如最典型的是《別有洞天》詳介迎賓館建館始末；《說一個雕刻生命的故事 -- 瓊林民防館》細寫館外故事、那一頁快被人遺忘的戰爭歲月，都大大彌補了參觀時走馬看花的不足。也有一些是特殊人物的故事，讀之不勝噓唏。例如《長沙情》寫的是半個多世紀的兩岸情緣故事；《金門黃牛和阿表的故事》書寫貧困兩代，令人心酸；有些是知識小品，讀之令人驚喜。例如《章魚的智慧與美麗》讓我們知曉原來章魚不是凡物，竟有那麼多不為外人知的秘密；《蛛絲馬跡》的「馬」，原來不是牛馬的馬，而是灶馬，文中不但將雄雌灶馬交配的經過寫得很詳細，而且還詮釋了這句慣用成語的來源；《馬的故事》讓我們知道原來養馬事業在金門發展不是不可能。

　　我們從秀竹的文筆風采，看到了她為人的熱情和認真。在遊記《杭州行》《情飛新加坡 味蕾新旅行》，每篇都寫得不短，事無鉅細，敘述從頭，未有遺漏，美食、親情、景點、交通、見聞、故事交錯寫來，

人間煙火味很重，可感可觸可嗅；在有「上有天堂，下有蘇杭」美譽的雙城之一杭州旅遊時，她夫婦倆充滿激情、興致勃勃地，出動單車將許多感興趣的地方遊遍。那種所謂大文化散文有時不免矯情而讀得辛苦，秀竹日記式的旅遊備忘錄則散發出魚米香和親情氣息，教人感到親切無比。我喜歡她背著照相機奔波活躍於鄉親成團參觀的熱門地區，那種形象幾乎與第一線記者無異。在金門僑胞回鄉建築的洋樓區域舉辦活動、品嚐南洋食品之一的「黃薑燉飯」時，她認真其事，一早來到，「一直跟著主廚的動作與身影，拿著相機猛拍，希望以相機代替錄音機（筆），用影像記錄，把黃薑燉飯過程完整記錄下來。」（《黃薑燉飯》）；我也很欣賞她悲天憫人的情懷，對鳥對人都付出愛憐同情之心，她在《糜配魚仔黃隻魚》中試過從魚網剝離黃隻魚的不易、體諒到捕魚的艱辛，最後發出了振聾發聵的聲音：「捕魚郎賣掉魚，我一定不會講價，因為不僅捕魚辛苦，風險又高，要取出魚更要費許多功夫，真是行行都有甘苦味。」（《糜配魚仔黃隻魚》）。

　　陳秀竹的新集，秉承了《浯島念真情》的優勢，似酒微醺的鄉心，如泥厚實的文字，像火燒燃的感情，具體細膩的書寫，以及深沉濃烈的文化氣息和生活氛圍，都散發出迷人的魅力，無疑也是一道道誘惑性極大的、故鄉對飄泊在海外的金門遊子的召喚，一疊有情有義的寫給故鄉的情書，讀著讀著，我們彷彿又回到了一次夢繞魂縈的故鄉。

2012 年 5 月 18 日

240

井‧長河‧百寶箱
——序陳素中《歲月留香》

【陳素中，金門籍，現居住香港。為金門商會會長、模範街創始人傅錫祺先生的外孫女、集美著名教育家陳村牧先生之女，已經出版三本書】

歲月，好似一口很深的井，素中看得越久就越透徹，穿透井水中重重的混濁，一眼就瞧得清那個井下許多奇異的風景。

歲月，對於素中來說，也像一道長河，川流不息，美麗的浪花翻騰歡舞，她用手兒去舀，去掬，居然滿握的芬芳。

歲月，在素中來說，其實就是一個充滿魔法的百寶箱；她站在歷史的舞臺上，掏啊掏啊，掏出了許多令人驚喜的、金光熠熠的寶貝。

歲月伸出了雕刻家般的手，在每一個人的臉上刻繪出長長短短、大大小小、粗粗細細的鐵軌，有時讓頭上的黑土地一夜鋪滿茫茫白雪，從這一點來說，流光是無情的；但對於有情人來說，時間又是有情的，只要你懂得珍惜，她就慷慨地回饋一串串厚禮；從 2008 年的《醫生之路》到 2012 年的《留住微笑》，一直到 2013 年的這一本《歲月留香》，素中在她的人生過了一甲子年之後，爭分奪秒、伏案勞作，歲月女神也就非常眷顧和關愛她，為她結下了一串令人驚歎的豐碩果實。

瞭解素中，不需要訪問，不需要向她另外索取資料，讀她的三本書吧！每一本我都細細咀嚼，認真思索；每一本我都感慨萬千、欲罷不能！如果需要寫一篇人物印象記，也許我可以很快地寫出來。那是因為

她的三本書，初初我們分開來讀時還不覺得怎樣，如今回過頭來看，猛然發覺素中的不同凡響。連成一氣讀下去，我們不難讀出素中特別令人欽佩的特殊個性。一個血肉豐滿的、令人難忘的素中，不但在她眾多出色的兄弟姐妹中脫穎而出，而且在金門籍的鄉親中、在香港新移民的層面意義上來看，都是很值得我們學習的一位。

在《醫生之路》中，我們讀到素中的「不屈」。從中國大陸移民香港，她的醫學專業畢業證書，跟她的同學一樣，在港英設置的種種關卡和歧視政策下，馬上變成一張廢紙。倔強的素中，沒有氣餒，而是迎著狂風惡浪上、絕不認輸，永不自棄，懷著要否定和蔑視那種刁難首先要把所謂合格證拿到手的無畏精神，一次不行再來一次，屢敗屢戰，終於摘下桂冠，熱情地投入了為香港母嬰服務的工作中。從貧困農村被懷疑為「特嫌」的下放醫生到在繁華大都會坐在母嬰室裏的城市醫生，這是一條充滿艱難困苦、灑下無數汗水血淚的人生行程，素中在寫著大大的「無畏無愧」二字。

在《留住微笑》中，我們讀到素中的「不棄」。女兒意外患病終於離她而去。我們不需親歷，凡為人父母都可以想像得到那種深刻的悲情，迄今我們仍記得她為女兒的病四處奔波、悉心照顧、身心皆疲幾乎瘦了一圈的模樣，仍記得每一次接觸她時她傷悲難過、心兒焦急如火炙的情景，我們感到了人生的無助感莫過於此！當她要將前後過程寫成書時，我們感到雖然那是一份對女兒的很好的紀念，然親骨肉的悲情也必然會再次折磨著她。但勇敢的素中，依然寫了。讀了這樣的母女深刻美麗的情書，我們恍然醒悟，雖然讀到了生命的偶然、人生的無助，但更重要的是讀到了素中的「未曾嘗試，勿輕易放棄」的「無悔無恨」，為了女兒，她全豁了出去，遠遠超出了生命的負荷，書寫了母性的極度溫熱和完美。

在《歲月留香》中，我們讀到素中的「不倦」。這時候的素中，中年

的拚搏歲月像一道美麗的風景慢慢遠去了，女兒永遠含著微笑的目光在天堂裏脈脈有情地凝望著她，活在當下的素中，依然沒有收住腳步，辛勤的手還在揮寫豐富充實多彩的人生旅程。一幅一幅雖然有些微殘黃然而彌足珍貴的畫面展現在我們面前：她慎終追遠、懷念先人、憶昔思今，跨山越海，穿梭於幾個對她大半生最有影響的地域。回集美，她撫摸故居的磚牆，呼吸校舍外樹林間的新鮮空氣，緬懷教育家父親灑下汗水的土地，回味與同學牽手上課的日夜，感激這給她人生知識啟蒙的小鎮；回金門，她在民初質樸簡陋小巷裏徘徊、回顧童年時光、走盡金門的驕傲——模範街、參觀外祖父紀念館，從先輩創下的光榮業績中吸取力量；回南洋巴領旁，探訪丈夫的出生地以及童年度過的地方，親炙老

中醫醫館的舊年氣息，遙想老華僑下南洋闖天下、落番紮根的故事；回安溪農村，探訪那些在自己人生處境最艱難的時刻待自己如子女的農民和同事、衣食父母，永不忘本；到西安，巡視中國悠悠的歷史，漫步在輝煌的漫漫長廊，瞻仰每一座古跡，穿梭于古今時空裏，自願受教育和薰陶。在此，我們又讀到素中的「無閒無暇」，繁忙緊湊的人生節目，爲自己餘下的歲月繪畫燦爛鮮麗的彩虹。

有時想想，好命運沒那麼眷顧素中，在山村她與丈夫分居兩地，被人懷疑有「海外關係」甚至批判；來港，醫生資格被質疑，生命價值遭嘲弄，而後又經受了喪女之痛－然而她永不放棄，迎向人生狂風和惡浪！三部書，就是歲月在她身上留下的芬芳。她雖然出身名門，是先賢傅錫祺之外孫女、教育家陳村牧之女，卻從不吃老本；尤其令我欽佩的是，她是十足十的炎黃子孫，血管裏流淌著中國人的血，無論個人遭到怎樣的委屈刁難，在她看來都是微不足道的，她始終都可以拍著自己的胸膛，以中華民族的一分子爲豪！這正是她的幾本書參透動人深情和熱血洋溢的根本，也是我樂讀的原因。

歲月是井，素中就是一位挖井人；歲月是長河，素中就是一位努力劃舟向上的人；歲月是百寶箱，素中就是一位變魔法的人。

讀她的書，決不會空手走出書外。

2013 年 5 月 10-12 日

244

水晶裡的七彩人生

——序莎萍《小水滴和評論》第二集

　　莎萍兄的創作已經超過一甲子年。從 2002 年開始他便以每兩年出版一本書的速率為復興印華文學添瓦加磚。各國華文文壇大多設置兩種獎：創作獎與貢獻獎，莎萍兄兼而獲之，當之無愧。

　　從《等待》、《感謝你，生活》、《茶的短章》《感情的河》、《寫給未來》到《釀詩 春天》《小水滴與詩評》一二集，足于代表華文在印尼解凍後印華資深作家爭分奪秒的勤奮。莎萍兄年齡已經跨越八十大關，他馳騁印華高山峻嶺的身影倍加令人欽羨，不能不肅然起敬。

　　莎萍雖然不是寫詩的專業戶，他也寫些小說散文，但以詩為主，也是不爭的事實。正如印尼一些食店，雖僅以 Gado gado 或 Sop buntut 為品牌，必然也兼賣一點其他菜肴一樣。七本集子正是如此；本集第八集也是如此，新詩占了大部分，少量是其他文體的作品。還有一個特點是，每次莎萍兄出書，都和嫂夫人小心合為一集，真可謂在生活、開會、旅遊和出書幾方面都夫唱婦隨。

　　許多詩人創作只是獨沽一味——寫詩；而在創作中習慣又各有不同。比如臺灣的洛夫，就創作了幾部長詩，動輒長達幾千行。莎萍不然，越寫越短。近年的兩集，都以微型詩 - 小水滴為主。一滴水見太陽，小水滴有如可以折射五光十色人生的水晶，行數少，文字短，意涵未必淺。也正如微型小小說一樣，文短而意深。

　　本書收莎萍小水滴詩約七、八十首、書寫及紀念黑五月系列詩十六首，其他文體有兩篇談邦加客家山歌文章及山歌整理、會務報告、談報

告文學及其徵文比賽評審報告等；小心文章五篇、悼海燕、談雨季及老同學聚會感觸等。附錄各方對莎萍夫婦作品評論的文章十篇。份量相當重。其中以五月暴亂為題材的近二十年來每當五月都書寫一首紀念之，一方面是一種居安思危的「備忘錄」，一方面也體現詩人對同樣題材的多方面、多層面思考，表現他不凡的詩藝，甚有價值。

本序想先從小水滴的題材看一看它的意義、價值，再舉筆者喜愛的個例，細心欣賞莎萍的新詩藝術。

首先，小水滴是一種化繁為簡的藝術。所謂簡單就是美、一滴水見太陽都是不容小視的創作功夫。必須經過一系列去粗取精、去蕪取純的提煉功夫。唐詩宋詞都是中國最精煉的藝術，莎萍的小水滴系列，就是吸取了中國古典詩的精煉形式，堪稱「唐詩宋詞裏的自由詩」，試讀《母教》：「責罵 藤條／關愛 慈笑／有時 痛哭流淚／有時 溫暖擁抱」，二十個字而已，儘管用語較為理性，概括性夠強，可謂把天下可憐父母心的情懷充分表達出來。

其次，小水滴也是一種留白的藝術。詩歌是最精煉的文學形式，小水滴是精中之精。詩歌最忌寫得太滿，言簡意賅成了其重要的特點，沒有說出的比說出的更多，於是沒有寫出來的任由讀者做不同的補充和解讀。像《詩觀》——「縱的承繼是傳統，橫的移植是滋養；唐詩宋詞是寶庫，新是古舊的延長。」高鷹兄曾經做了甚長的評論分析，其中對首句「縱的承繼是傳統」做了地理性及從發源到發展逐漸南下的解讀，我的理解有所不同，我的理解「縱」主要還是指時間上的；「橫」則是空間上的。前者是指中國新詩繼承了中國歷朝古典詩的傳統，後者是指從西方詩歌吸收了有益營養。詩歌千悟，在小水滴系列表現得尤其明顯。

其三，小水滴是一種類似「組詩」的「族群詩」。正如一首唐詩撐不起唐詩燦爛輝煌的星空；在中國大陸鄭州舉辦的小小說金麻雀獎，參評的是十篇而不是一篇，畢竟小小說很短，一篇的水準不足以反映作者的水準，十篇的平均品質就會比較客觀看出一位作家小小說創作的趨勢。莎萍的小水滴系列如今至少出了兩本書數百首，非常壯觀。就其效果來看，與創作千行長詩的氣勢並無不同。比如莎萍的「黑五月周年祭」系列詩，年年一首（只是缺了 2002、2006、2008 幾年），就非常完整地反映了一次驚天大暴亂的始末、情景和種種令人深思的問題。如《父親是誰》寫的是強姦成孕的題材，最後一段提出了問題：「十八年了 / 無人過問　沒人理睬 / 孩子的父親是誰？ / 沒人認識　茫茫人海」。這是一出暴亂的悲劇，十分有力揭露出它的長遠影響，與其他黑五月小水滴系列詩組成大時代大悲劇的一幕。

這些，就是莎萍小水滴系列詩的創意和貢獻。「小水滴」意思雖然和「微型詩」意思相近，但畢竟是莎萍首創，只差沒註冊。

所謂一滴水見太陽，一粒米看宇宙，我們從莎萍的小水滴系列還可以看到什麼呢？

試試舉例說明。

從小物件映襯中華文化的巨大優勢。如《筷》：「幾千年來　從未落單 / 出雙入對給口腔留香 / 刀叉割切　多麼粗野 / 比不上飛渡挾持的優雅」，短短幾行而已，就不但把中國古代流傳至今的著名餐具筷子的特點描述得淋漓盡至，而且還把它的功能凸顯出來。筷子一向出雙入對，必須一起出席才發揮作用，詩用了「幾千年來　從未落單」來形容，可謂精彩，與中國人常說的「獨樹不成林」、「單掌不響」意思如出一轍。「出雙入對給口頰留香」甚為奧妙：「出雙入對」一詞一向是對恩愛情

侶和夫妻的讚美，莎萍借此用來形容筷子的生存狀態暗喻著中國人夫妻鶼鰈情深的美好，一向可以傳為美談（給口頰留香，我們可以理解為語意雙關）。

　　將吃飯用具與和諧的夫妻關係和家庭生活結合起來，是那麼自然啊！哪里如西方的以自我為中心？最妙的還是這兩句：「刀叉割切　多麼粗野 /比不上飛渡挾持的優雅」，前句含蓄地評價了「刀叉」文化出現「切割」的現象是「多麼粗野」，呵呵，一向被視為「文明」的西方餐食禮儀，在詩人眼中並不值幾個錢，還加以微微嘲諷。最後一句「比不上飛渡挾持的優雅」，其中用「飛渡挾持」形容筷子的運作可謂形象生動。一方面，將「飛渡挾持」與「刀叉切割」做了比較，另一方面，傳統中華文化中的餐桌禮儀有飛渡、有夾持，講究技巧，也複雜豐富得多了。最後一句「這就是獨特的中華文化」是畫龍點睛還是畫蛇添足，恐怕見仁見智了。

　　從小動作體現歲月和人生的大滄桑。如《沒落》：「十年河東　十年河西 /客戶通訊一則則刪掉 / 親友名片張張擇選拋棄 / 室內電話啞然　寂寥 / 戶外門前冷落車馬稀」。表面上看，這幾行詩只是在記敘一種慣常的清理整理電話本、通訊錄的動作，實際上動作背後包含巨大的容量。社會人事就是一張巨大的網路，世態炎涼，有時是無奈的「人一走，茶就涼」；有時是因為利用價值的完結；有時是因為歲月的推移令友誼無疾而終……不一而足。

　　一本厚厚的小電話本，有一天你會發現，已經沒有聯繫的會有一大批；有的親友，仿佛昨日還在通話、還在見面，一剎那間，已經揮手遠行，在天堂的某座宮殿等著你。那麼那些名片、電話記錄、通訊地址難道還有什麼用？年歲越大，會發現電話也越來越少了，來探訪的人也越來越少了。這一方面，屬於人事的常態，另一方面，也反映了「風物依舊，人事全非」

的 世情滄桑。同樣的、類似的詩還有《回鄉》，那是從「小感觸」看人生的變化和生命的無常的：「回鄉 又少了幾個朋友／有的走了有的搬離有的病倒／歎！歲月無情不肯稍事停留／怨！關山遠隔相聚機會太少」。這也是莎萍寫的生命故事，與歷來不少中國古典詩人書寫的節日感懷、回鄉感觸很相似。

從小細節描述人性的真善美、感情的永恆性和親情的可貴。其中《凝眸》、《揮別》和《保重》三首最為典型。這三首小水滴第一首寫眼睛，第二首寫揮手，第三首寫囑咐。取材多麼細小？卻寫出了感人的人性和親情的普遍性，遠勝一些長詩。試讀：

凝眸

凝眸 映出我的身影／凝眸 流露莫測的感情／水汪汪 似溫柔的海／撈不回已失落的光陰

揮別

揮一揮手劃出兩條平行線／何時相遇 靠機緣沒年限／離別是下次相聚的開始／讓思念和期盼去儲蓄時間

保重

遠行 父母的囑咐／臨別 夫妻的對話／要友愛和善 保重身體／病床最貴 避免碰他

第一首《凝眸》詩意濃郁，眼睛裏有「我的身影」，可見「我」在對方心目中的重要。深情而「莫測」可見只能意會而不可言傳。「水汪汪」哭成了一泓「溫柔的海」既誇張而又羅曼蒂克，將「情人眼裏出西施」的情景準確生動地表現出來。

第二首《揮別》闡述「揮手不忍別」的内涵，一是淚珠如兩行線簌簌而落；二是何時可再相遇？全看緣分；而緣分可遇而不可求；三是時間是療傷的良藥，按照莎萍的說法是「讓思念和期盼去儲蓄時間」。

第三首《保重》說的是親情愛情，父母子女之間、夫妻之間，離別前的囑咐最是牽動人心。突出的是健康第一、健康是無價之寶，按照莎萍幽默的說法就是「病床最貴　避免碰他」。

從小事物描述故鄉情的永恆性和深刻性。例如《溪》：「故鄉的一條小溪 / 魂牽夢縈　無法忘記 / 若能縮小固化 / 多好隨意攜帶到東到西」。短詩要表現鄉情，談何容易？余光中先生的鄉愁詩，至少也要十幾行。莎萍的《溪》只用了四行。故鄉一條小溪令作者魂牽夢縈，無法釋懷；他期盼有日小溪可以濃縮或成爲固體，方便裝進口袋或行李袋裏攜帶在身邊。這樣的想像何等大膽，這樣的鄉愁何等美妙！

從小疑惑、小問號探求大眞相、大答案。這在詩人的「黑五月」周年祭系列詩裏最多，表現得也最出色。《父親是誰》屬於一大悲情；《老翁的話》發出了「你在哪里」的呼喊，等了「十七年」，等的究竟是誰？令人疑惑，一直到最後，十四個字仍是字字有萬鈞之重，令人驚心動魄：「活沒信息　死不見屍 / 水不落　石不出」！五月暴亂之亂可見一斑。還有一首是《他一定會回來》，最深刻地刻繪了五月暴亂給家家户户帶來的不可磨滅的傷害。無論華人家庭還是原住民家庭，不少家庭出現了「失蹤人

口」。他們去了哪里？他們是死是活？事過多年，「我」依然心不死，堅持了如下的信念：「不過／我相信 他仍存在／當水落 石出的時候」。詩人把懸念和信念糅合在一起，給讀者情緒上造成極大衝擊。詩人的黑五月周年祭系列詩，技巧集懸念、疑問、疑惑、信念之大成，詩效明顯。

還有不少詩，莎萍都是小處著筆，大處著眼。如《牛》、《衣食住行》等等百來首詩都是從小水滴凝固而成的水晶折射出來的七彩人生。

值此莎萍兄第八本書出版的時候，為序表示喜歡和欣賞，願讀者同感。我和瑞芬祝賀莎萍、小心繼續牽手同行，繼續努力耕耘，寫得更精彩更好！那是造福印華文學最好的禮物！

2016 年 9 月

生活的歌手

——序白羽《椰林深處是我家》

　　白羽是旅居印尼雅加達的金門人，不但寫散文、小小說、短篇，還寫詩，都有不俗的成績。他的散文《湖光山色畫中情》參加印華文學第一屆金鷹杯遊記徵文比賽即勇奪冠軍，（當時我一句「可以選入課文」的普通評語即掀起軒然大波；殊不知這樣的情形在香港、中國大陸很平常）可見他的實力。白羽兄出過一本小說集《最後一班列車》，寫得很好。至於白羽寫詩的歷史，我相信應該不亞於其他文體。他的剪貼本，就貼滿了近百頁，每頁至少複印了 7-8 首詩，數量相當龐大。

　　白羽的新詩，初期我接觸得少，感覺寫得比較淺白，慢慢讀多讀全了，發現白羽的詩創作實在不簡單。論題材，他幾乎什麼都涉及了：國際形勢、政治事件、節日應景、社會問題、自然災害、家庭、鄉愁、詠物、童年、風景、人物、名勝、勵志、愛情、文化、特寫……舉凡我們力所能及、可見可聞可想到的，他都可以將感觸寫出來，有時寥寥幾筆，感想不多，就勾勒出生動經典的畫面，遠勝政治的時效性，寫的是那樣雋永美好。他的題材是那樣廣泛，感情是如此豐富，數十年如一日，那是不太容易的；詩人首先必須是一位熱愛生活的人，感恩生活，還需要有一顆細膩易感的心，敏銳的觀察力和豐富悠遠的聯想力。這些白羽都具有，我真的很感動於他對生活的熱情、對下層人物的悲天憫人的情懷和對詩歌的熱愛。

　　廣闊的題材，沒有狹窄之感，猶如打開一扇大視窗，讓我們走進他生活的印尼，瞭解美麗和憂患兼具的印尼。家庭詩如《公公的傘子》、《夜歸》；鄉愁詩如《回鄉的滋味》、《我的鄉愁》、《回鄉》、《異國望月》；詠物詩如《籠中鳥》、《為某些人畫像》、《動物園裏》、《耍猴戲》；童年詩如《童年的小河》、《光明樹》、《小溪小魚》；風景詩如《水鄉

晨曲》、《椰鄉之夜》、《小小漁村》、《大自然的小詩》、《山區夜歌》；人物詩如《陋巷兩老人》、《苦力苦》、《夜歌兩題》、《晨光曲》、《三輪車夫》、《小小童工》、《兩種人》；名勝詩如《多峇湖之旅（五首）》、《峇厘》、《婆羅浮屠》、《多峇湖的早晨》、《本哲雲水》、《湖上圓月》；勵志詩如《放飛我心》；愛情詩如《相遇在停車站》、《傘下戀情》、《葬蝶》；文化詩如《在班芝蘭》、《夜讀（外三首）》、《我愛看書》、《筆》；特寫詩如《一棵大樹倒了》等等。

　　只要我們解讀《我有一顆紅心》就可以明白詩人對長期居住的國土的熱愛，來自他的兩種不同層面的愛和鄉愁：「……我有一顆心／一顆紅紅的心／我心不變／情不變／一顆紅心／鋼鐵堅／根植于祖地／血脈與文化／延續在本土／我心中懷念／可愛的故鄉／我更加熱愛／美麗的島國／偉大的祖國／印尼。」印尼華人大部分入了居住國的國籍，印尼也是他們的祖國了。

　　如果從詩的「類別」來看，敘事詩、抒情詩、詠物詩、言志詩、人物詩等等，白羽「諸項全能」。從詩句的特點來看，白羽的詩句以三字、四字、六字、七字、八字構成的比較多，句式工整，形成主流，或長短句結合，又以短語為主，節奏明快，聲韻鏗鏘，這形成了他新詩的風格。

　　從白羽大量的新詩內容來看，詩人謳歌了印尼土地的美麗，懷念了自己所度過的可愛溫馨的童年時代；詩人非常喜歡印尼的水鄉、椰鄉、漁村和山區，以多情的筆為他們繪畫出一幅又一幅的充滿了感情的水彩畫（也成了我的最愛）；作者在為下層的小人物、為那些弱者素描一張張特寫時，眼睛裏常常盈滿了同情的淚水；在不少篇章裏，詩人寫印尼的名勝，洋溢著豪情；對災難、社會、世界的不安著筆不少，也無不塗抹了憂患意識的色彩。白羽關懷的事物很多，令人感動不已；他是一位

對世界和印尼本土充滿人文關懷的詩人。

以下讓我們舉其優者，舉一反三，欣賞白羽的新詩藝術：

襯托手法。「牽住千萬雙／驚喜的眼睛／牽動千萬顆／思念的心／一位老外來到這裏／娶了一位鄉村姑娘／拋棄城裏繁華生活／投進田園寧靜懷抱」（《峇厘》）這首詩寫得多麼精彩啊！簡短的詩並沒有直接描述「人間最後的天堂」的美，只是將一個「老外」娶了一位峇厘姑娘，從側面寫出了峇厘的無限魅力。

含蓄之美。「上班相遇在停車站／默默傳送含情目光／車來啦！請她先上／我跟在後防人硬撞／有時早到尋得座位／讓她坐好站也不累／每次在停車站碰面／一日不見心裏掛念／一條路線同輛車上／一條心路期待通航」（《相遇在停車站》）全詩沒有一個「愛」字，只是邂逅在停車站，日久生情，但男方保持了君子風度，禮讓和保護女方，希望有日「心路通航」，這樣具有含蓄之美的詩遠勝一些感情濃烈的愛詩，自有一種含蓄之美。

畫面感強。「苦力苦／扛貨物／風雨中／急趕路／背負重／骨頭痛／汗水濺／工資賤／住破屋／穿破褲／苦力苦／向誰訴」（《苦力苦》）全詩不過36個字，然寥寥幾筆，節奏明快，力透紙背，呈現了幾個畫面，像電影的一列鏡頭，將苦力的艱苦生涯表現出來。還有《童年的小河》開頭以「一條小河／彎彎轉轉」和結尾的「一條小河／嘩嘩啦啦」相呼應，中間用三個畫面組成，動感十足，生活氣息撲面而來。類似的詩不少。

營造詩美。「明月當空／滿天星斗／是誰點燃／一盞一盞／靚麗的天燈／從穹蒼飛過／是夜班飛機／滿載遠行人／連夜起航／匆匆赴約／回家歡聚／返鄉團圓」（《夜行飛機》）這首詩妙在也沒有直接描述離鄉人回鄉的喜

悦，而是描述夜行飛機如同「靚麗的天燈」般美麗和美好，其實也就是寫了回鄉人回家團圓的美好心情。

情景交融。這方面的詩作也很多。《雨天素描》寫了雨傘、避雨、租傘、驟雨、喜雨五節，每一節不同的畫面、不同的中心，表現不同的感情。詩人擅于將畫面（景）和人情（情）水乳交融地來寫，給人如在現場的感覺，體驗到文中人物和詩人的感情溫度。

七覺通感。五覺就是視覺、聽覺、嗅覺、味覺、感覺、觸覺、幻覺都一起或大部分都調動了，詩就可以最大限度地寫得具體可感，達到出色和成功的境界。試賞《椰鄉之夜》全詩：「圓月把銀色的光輝／鋪在發亮的田野上／鋪在悄寂的椰林裏／鋪在灰黑的茅屋頂／月亮照著屋前圍坐／閒談農事的大人們／照著到處追逐歡笑／玩捉迷藏兒童身影／晚風吹皺村旁小溪／感應著草叢蟲鳴聲／夜似寬大薄薄紗巾／包裹住濃綠的山林／茉莉花香幽幽撲鼻／沉浸在夢裏的椰鄉／多麼寧靜和平溫馨／教人永遠難於忘記」細細欣賞，此一首就有視覺、聽覺、感覺、嗅覺、幻覺等的一起調動，也是畫面感很強。

鮮明對比。「有一種病／頭腦癡呆／四肢癱瘓／日夜躺在病床／可憐兮兮／吃喝便尿／洗澡換衣／都靠人服侍／人稱植物人／　有一種人／滿腦子想享福／雖然手莊腳健／卻不願勞動／活像家畜一樣／整天等人豢養／觀人顏色／這種懶惰人／叫作動物人」（《兩種人》）讀之令人發出會心的微笑，細細一想，前者是肉體的、生理的病，後者卻是思想、心理的病，是一種更可怕的心理殘廢。

抽（象）具（象）交織。最好的例子是《補鞋匠》。全詩的組詞結構、謀篇佈局都是一種高超的藝術，把抽象的意義和具體的事物串在一起，

達到了不俗的藝術效果，請讀；「把歲月釘在／矮小的凳上／把溫飽盯在／行人的腳上／鐵錘響叮叮／敲彎了背脊／鋼針尖利利／刺痛了手心／粗線拉長長／縫補破鞋子／短髮白蒼蒼／串連窮日子」，仔細閱讀，其意味深長，是不可多得的佳作。

以少勝多。白羽不少短詩，不直接敘述，只是寫某些舉止、動作，卻是意味深長，發人深省，大幅度的留白處，給人無窮的連想，如《幽暗的街》就很精彩：「（一）這一條街／沒聽到哭聲／賣笑的人哭在心裏／這一條街／只聽到笑聲／尋歡的人縱情大笑　（二）這麼多隻媚眼／在夜燈下／拋／這麼多玉手／在暗街旁／招」同樣，全詩沒有賣笑女子的臉和身體的直接描繪，第一首只寫笑聲，第二首也只是寫眼睛和手，但我們可以想像得到那背後的買賣交易的種種。

整齊之美。整齊也是一種美，就像一個人穿衣服，整齊、乾淨就顯出一種禮儀。白羽大量的新詩寫得工整，看來不是刻意的，而是形成了習慣，如《苦力苦》由三個字一句組成，《在大坡海邊》《補鞋匠》由五個字一句組成，舉不勝舉。

我喜歡白羽這些詩和這些題材，這裏列舉的只是隨意挑選，也許還有更精彩的，還得靠讀者不斷發掘和分析。我相信白羽還會繼續寫。詩是一門藝術，最精煉的藝術，我有幸讀到了白羽的詩藝術，打心裏高興，也向讀者推薦。

2016 年 7 月 18 日

再下一城　收復失地
--- 序黃碧珍《雪泥鴻爪》

　　從一位華文補習師、針灸師、布商中文簿記到一位報刊副刊編委、報館打字員、勤奮的業餘寫作人，這四十幾年來，碧珍走著一條不平凡的路。因為華文被封的特殊環境，導致不少印華寫作人的生活經歷有著相似的艱難和痛苦，碧珍的不同，她比許多同行者多了一份勤奮。

　　2005 年她和六位文友出版七人集《生命的火花》，2012 年她出版個人集《遲來的春天》，反應不俗，如今時隔四年，又「再下一城」，出版了這本《雪泥鴻爪》，實在令人刮目相看，成為最矚目的一位。「再下一城」是中國古時戰事的用語，比喻攻勢凌厲，不斷奪城掠池，我將碧珍的業餘寫作有很值得讚美的成績形容為「再下一城」，即再出一本書有如拿下一座城。為了對應，序名後特加了一句「收復失地」，指的就是碧珍以不俗的、出色的成績，彌補了荒廢的歲月，回敬了非人道的壓制。我和瑞芬都很喜歡和欣賞碧珍這種積極進取的姿態。所謂「勤奮出智慧」、「勤奮出天才」、「將勤補拙」、「勤奮是人類的救星」都是我喜歡的格言，碧珍勤奮又勤快，眾所周知。我和瑞芬每次因文化文學活動或私事在雅加達與碧珍相約，約見的時間都很早，碧珍從未遲到只有早到。「早起的鳥兒有蟲吃」，碧珍豈止有蟲吃，她還飛得快，飛得高，飛得漂亮。

　　《雪泥鴻爪》一書收碧珍這三、四年來業餘所寫的散文二十餘篇，有採訪、見聞的報導；有人物特寫或速寫；有遊記，文字占了最多篇幅；最後還附錄了李金昌、林義彪、陳正祥、曉星、劉文亮、陳東龍、望西、心雨、杜蘅九位前輩、文友寫的《遲來的春天》的評論。通讀這些中肯誠摯的評論，無不對碧珍第一本書給予高度評價。那麼多文友主動寫出

對碧珍文章的感觸，不純粹是因爲碧珍人緣佳，主要還在於碧珍文章好。

　　讀書亦讀人。在很多情況下，文友之間無法近距離接觸，瞭解其人品就全靠文章了。有的人，人品和文品截然斷裂；有的人，文品即人品，縱然不是高度一致，也可以說是十者有八九。

　　碧珍家庭幸福。她對人生的幾種關係的排列次序看來與我一樣。身體健康爲先，其次是家庭，然後才是工作（職業），最後才是創作（事業）。身體健康不好，如何進行其他三項？家庭不支持，如何出來工作和安靜寫作？沒有工作的穩定和起碼溫飽的保證，如何發展寫作興趣？正因爲碧珍將幾個關係都擺得絕對正確，她照顧家庭關心夫君，兒女回饋反哺，經常邀約她旅行。她去了的不少地方，我們都沒有去過；這也首先她得擁有一個健康的體魄。她要不是工作努力認真負責，溫飽得不到保證，不但寫作缺乏了心情，更妄談出書什麼的。碧珍能寫那麼多那麼好，勤奮之外，難道與她的美麗心境沒有關係？

　　碧珍觀察敏銳。有著一份能耐和細心，爲人處事就會清清楚楚利利落落，而不是馬馬虎虎粗粗略略。文如其人，細緻。讀她任何一篇文章，都會有那種對她的細心驚歎之感。去妍瑾蘑菇園有多少人、乘幾部車絕不含糊；五十周年校友聯歡在那裏舉行、見到誰、致辭者的講話大致內容等從不掠過；我尤其欣賞佩服的是她的遊記開頭和回程飛機起飛的航班、時間都記敘得細毫不漏準確無誤。雖然是可有可無的小事一樁，但恰恰也有讀者需要這些資料。在碧珍的不少遊記中，常常穿插一些小事和細節；在她的人物特寫裏，大量的細節和小事，鑄造起人物性格。小立、耶迪是如此，海燕那篇也是如此！如果爲人不敏銳，對周遭的事物熟視無睹，焉能如此？難得碧珍事無巨細，一絲不苟。

　　碧珍富於同情心。在她多篇遊記和其他文章中，我們就會讀到她的這

種非常突出的同情心。印象最深的是在「韓國之旅」中，她寫了一位公司派下來的、專替團員拍照的小妹。照片拍得很多又很美，可惜就是賣得較貴。賣出得很少，碧珍很同情她、可憐她，跟她買了十幾張。在碧珍眼中，貴或廉已經不是問題，能讓小妹賺些外快才是最重要的了。這一段作者是如此寫的，在碧珍是情感的自然流露，在外人讀來感動不已啊：「20多人中，只有幾位願意買，讓她餘下好多的照片呢！我看了真的好同情她。覺得這一次能到韓國旅遊是一種機緣，而小妹待人也不錯，打工者，想找些外塊是理所當然的。照片拍的很美，雖然價錢是貴了些，我就決定向她買了十多張，她好高興呀！」是的，就在平凡樸實的文字中，我們就讀到人性的光輝、金子般的心啊。《激動人心的一幕》寫文友東龍健康出狀況，文友們一呼百應募捐的感人情景。文章雖短，但節奏明快、激動喜悅的情緒構成了一種氣氛，將碧珍那種為好事歡呼、為文友終於得醫的興奮充分體現出來！

碧珍重情好義，佛心虔誠。不單單是每遇廟宇必進去燒香添香油錢、或遇聖水必洗手而已；她不忘同班情誼，儘量爭取參加校友同窗的歡聚；她慎終追遠，不忘對先人蔭庇的感念，清明務必還鄉掃墓；她寫的這類文章，常常觸景生情，懷想悠遠，淚流滿面。這是她所寫的採訪報導與眾不同之處。為何會如此呢？那是她為人真摯、感情投入之故。

由此可見，我說碧珍文如其人，是有例子可證的，決非虛言。

再簡要說說碧珍本書某些體裁（文體）的寫法，以遊記和人物特寫為例。這兩大類雖然都屬於散文這一大類，但文體特徵完全不同。遊記務求對遊歷行程、景物風情有所描述記錄；人物特寫或素描務求對於人物事蹟生平、精神性格有所刻畫形容。縱觀碧珍本書裏的兩大類，都寫得不俗而出色。遊記多篇，寫法上已經形成了碧珍自己的風格如日本之

旅、韓國之旅、港澳之旅，篇幅都比較長，都屬於類日記體的寫法。這幾次旅行，都長達七、八天，去的城市多，每天遊覽參觀的內容豐富。類日記體的寫法就是按每天行程的先後來寫，好處是會顯得完整全面，不至於滄海遺珠，對於有意隨步的，可以說是絕好的參考；缺點是容易墮入流水賬、四平八穩、重點欠突出的境地。

聰明的碧珍遊記寫得多了，明白無論如何都要突破創作的瓶頸。她的遊記參入大量細節、有詳有略就是她治療類日記體寫法暗殤的妙方。她意外地寫中日血統的導遊、不時穿插一對孫女的個性表現、寫聖水洗手過程、泡菜製作細節、蘑菇生態細節、寫日本文明環境和國民教育成功的同時，不忘對其二戰罪責死不悔改的嚴屬批評；寫小妹出售照片的故事還帶出自己的行動，最妙的還牽涉到另一對新婚夫婦的作為，匠心獨運地毫無生硬痕跡地講述了一個因果報應的醒世恒言。碧珍遊記因為融入獨特的細節甚至一些有趣的小故事，令尋常的形式出現了不俗的效果。碧珍的人物特寫，取材往往眼睛向下，或是原住民，或是弱勢族群。如本書寫的耶律一家和聾啞人小立，通篇不過都是一些生活細節，然而卻足於將人物的勤奮和不屈（耶迪）、不幸和卑屈的命運（小立）淋漓盡致表達出來。

在網路時代，以紙質為載體的文學銳減了不少讀者，有人少不免悲觀失望，大大影響了自己的創作心情。其實，目前最多只是網路文學和紙質文學平分天下的年代。紙質文學具有幾千年的歷史，不會輕易消逝於世界的歷史文化舞臺。環視中外文壇，紙質圖書依然強勢。碧珍以第二本書的出版支持了紙質文學，令人欽佩欣慰。在與碧珍的多次接觸中，聆聽她對不同寫作人文章的觀感評價，欽佩她是一個懂得閱讀和欣賞的人，心態如此謙和，品味這樣高尚，博讀狂吸，進步怎麼可能不神速？

2016 年 9 月 8 日

八二三炮火下的金門孩子

　　臺北朋友楊兄從微信傳來十幾張「八二三炮火下的金門孩子」的黑白照片，彌足珍貴，我即刻收藏了。細細閱讀這些照片，不由得心酸，憂傷，為那時故鄉無辜的孩子的不幸難過，又為他們的樂觀感動，小孩子抱起了比他們還小的弟妹，戰爭催熟他們的心智，可歎又感動。

　　多麼希望中國人打中國人的悲劇永遠過去了，我們永不再戰，永世和平。

　　查網上，並有沒這些照片。我在網絡轉發給有心關注的朋友，老師。差兩年就六十年的前塵往事，已經成為歷史。功過得失，任由後人評說。文友王先正在他的書的《向老兵致敬、致謝——金門人談金門》中寫道：「47年（即1958）8月23日，自開戰首日下午6時30分起，中共在短短的兩個小時內，對面積僅178平方公里的金門島群，發射了四萬七千餘發炮彈」，書中說，從8月23日至10月6日下午5時止，在此期間向大小金門射擊四十余萬發子彈。王先生對兩岸敵對的看法是：「戰爭沒有勝利者，只有倖存者，同胞自相殘殺，是民族悲劇，不必誇耀。」說得好，本人萬分贊同。（見《浯鄉歲月》一書）

　　以下為網上資料，對八二三炮戰的背景做了介紹，僅供大家參考。

　　「八二三炮戰（中國大陸稱金門炮戰，香港稱金門八二三炮戰），又稱第二次臺灣海峽危機，是指1958年8月23日至10月5日之間，發生於金門，馬祖及其它中國東岸的一場戰役。國共雙方以隔海炮擊為主要戰術行動，因此被稱為炮戰。

炮戰由中國人民解放軍首先發起，中華民國國軍隨後開始反擊。炮戰初期，解放軍攻擊島上軍事目標，後期重封鎖海運線，以圍困金門。在炮戰初期，國軍猝不及防，隨著戰事繼續，逐漸恢復戰力。並得到美國海軍護航，維持金門補給線，甚至利用八吋榴炮反擊及癱瘓廈門車站等的補運單位。炮戰期間，雙方海軍艦艇和空軍也多次戰鬥。10月初，解放軍宣佈放棄封鎖，改為「單打雙停（逢單日炮擊，雙日不炮擊；單打雙不打）」，逐漸減少攻勢。至此，中華民國成功守衛金門。中華人民共和國維持單打雙不打，直到1979年1月1日和美國建交。

　　金門炮戰是第二次國共內戰的一部分，也是國共雙方陸海空軍至今最後一次大較量，此後雙方軍事衝突局限於海上，並逐漸停止至今。

第四輯　情比酒濃

巴中人緣結金門社團
——參加香港金門同鄉會晚會有感

　　3月16日，我參加香港金門同鄉會第十屆理監事會就職典禮暨春茗晚會，感觸良深。首先是這個社團，在香港數百個社團組織中，算是較為小型的社團，平時又比較低調，但實際上憑著其特殊的地位，做了不少好事。例如，每一到兩年都會組團到金門探親、遊覽、商務考察……金門縣縣長接見、與當地官員餐敘，都為兩岸三地的關係起了很好的和諧作用。加上兩屆的理事長兼會長許秀青（著名企業家許東亮之五女）家庭、教育、經濟背景極佳，實不做第二人選之想，她在任期間，最大的貢獻是以自己人脈的優勢，將香港金門同鄉會融入香港的社團文化中而又不失其獨立性獨特性，爭取到一些社團有影響人士的大力支持，像第十屆的名譽會長陳守仁、陳金烈、王欽賢、王錦彪、張瑞境、林梅香、吳天賜、名譽理事張正龍、朱磊等名士，能蒞臨當晚的就職典禮就不簡單，因為他們未必是金門人。

　　這方面不能不提一件很有意義的例子：巴中68屆的陳麗娟和張瑞境。副會長陳麗娟是金門人，盡力推薦她的巴中同屆張瑞境，張瑞境不是金門人，但頗有父親樂善好施之風，欣然應諾，慷慨捐獻；香港金門同鄉會為答謝他，誠聘他為香港金門同鄉會的名譽會長。這一晚，張瑞境伉儷蒞臨晚會，為晚會增光不少。張瑞境剛榮獲特區政府嘉獎，此乃是巴中人的光榮。近期的他，除了做好自己的本職外，還有志於奉獻社會，將部分精力放在為社群服務方面；巴中人的凝聚力，正有待他的智慧和精力的無私奉獻。看看他如今年少力壯，意氣風發，前途委實不可限量，是近期脫穎而出的人物，可以預測必然會有一番大作為。

　　寫到此，忽然想到了香港金門同鄉會這個社團，其中巴中人還真不少。做了兩屆會長兼理事長的許秀青是正宗的巴中人，當了監事長兼副會長之一的我是巴中人、副會長之一陳麗娟是巴中人，連新上任的會長蔡瑞芬也是許多巴中校友認識、熟悉的、人緣很好的、將巴中當著自己的「家」的「巴中媳婦」！還有一樁，文藝節目第二項、唱《同一首歌》、聲音渾厚、大獲好評、讓大家聽出耳油的男聲獨唱李昭孔，已經年屆八十，正是當年教數學、體育的巴中老師！難怪當晚第10桌由陳麗娟請來的巴中校友楊英輝、阮衍章、戴亞獅夫婦、劉華堅、莫澤珍、吳素娥等情緒非常興奮，談笑風生，都來支持捧場。

　　巴中校友人才濟濟，據說在許多社團都非常活躍，而且貢獻良多，我們很期待再出現一個黃金時代，將巴中人凝聚在一起，藉一次盛會傾訴心中情，人生沒有幾回歡聚的時刻，我們正要好好把握和珍惜啊。

香港的金門人

　　金門島只有七萬人，金門島外、世界一些國家、地區的金門人應該比金門島本身還多。

　　金門縣政府舉辦「世界金門日」的意義我相信有好幾方面，我的理解是至少體現「母親」對在外「漂泊」的孩子的關懷。每隔兩三年，金門都會向四散在外地的兒女發出呼喚，召集他們回娘家。例如，第四屆金門日，香港就有80人參加，浩浩蕩蕩，其中年紀最大的八十歲，最小的八歲。

　　香港島有七百萬人。可是土生土長的老金門很少，有好幾位已經離世。

　　香港六十至八十餘歲的金門人，可以說幾乎都是移居來到香港島的。他們的經歷可謂曲折。主要是在五十至六十年代印尼排華期間，東南洋掀起北歸浪潮回到中國大陸的。那時，他們還是十幾到二十歲的年輕，有新加坡、馬來西亞、印尼邦加、勿里洞、北干巴魯、雅加達、三馬林達、麻里巴板、巫勞等地的，其中最多的是印尼加里曼丹（舊稱婆羅洲）東部的

麻里巴板、三馬林達的金門鄉親。因爲十年動亂，加上各種原因，他們在六十、七十年代出國滯留港島，造成今天在香港開枝散葉、安家傳代的局面。這一批人成爲香港金門人的主要成分，也大多處在六十到八十之間的高齡了。

曾經有過粗略的統計，金門家庭在香港約有兩百多戶，人口至少五百多人，比香港的少數族裔（如巴基斯坦、印度人）更少。由於少，舉辦春茗聯歡、中秋聯歡，鄉親都很雀躍，出席的人數從十五席到二十席不等，即二百人左右。鄉親們在僑居地住過，也都算是僑胞，熱情好動、凝聚力強，像最近一次的中秋聯歡，由蔡瑞芬會長致辭，出席的嘉賓和鄉親就近兩百人。卡拉OK、抽獎，給八十歲的長者送紅包，氣氛熱烈，開得圓滿成功。

回鄉，也成爲在香港島金門鄉親的重要活動。由於香港各大小旅行社始終沒有開闢這一條金門遊覽的專門線，了不起是和廈門線連接在一起，金門只是聊備一格，導遊帶團員將金門主要景點遊覽一下、不過夜就折回。因此金門專線的遊覽組織就很自然落在了香港金門同鄉會的肩

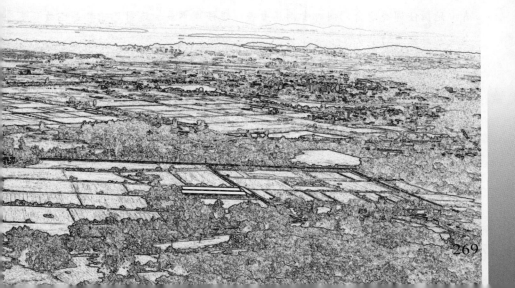

上。自從廈門五通碼頭與金門水頭碼頭通航之後，香港金門同鄉會組織鄉親到金門遊覽更是頻繁。許多不是金門籍的朋友對金門都很感興趣，因此，香港金門同鄉會組織的四天三夜金門遊，不時都接受了對金門感興趣的朋友、不同社團的代表參加。

　　香港金門同鄉會經常接待來自金門縣政府和各業界的推介金門旅遊和特產的代表團，給予必要的協助。能夠經常與來自家鄉的鄉親見面大家都很高興。

　　在香港的金門鄉親，第二代三代在各行各業任職的都有，四十後、五十後的，有盧文韻，香港金門同鄉會顧問，她目前是香港金門國際商會主席；陳素中醫生，香港金門同鄉會副理事長，她的父親原是集美僑校校長陳村牧（已故），她的外祖父即是金門模範街的創始人傅錫琪；現任香港金門同鄉會會長蔡瑞芬，是獲益出版事業有限公司董事長；作家黃東濤（筆名東瑞），香港金門同鄉會副會長，個人出版的著作已多達130種，曾獲香港民政事務局局長嘉許獎、中國大陸鄭州頒發小小說創作終身成就獎、第六屆小小說金麻雀獎等。他是金門金城鎮「甲政第」黃成眞的孫子，活躍於香港和海外文壇。許丕新，副會長，創辦了網絡報紙華聲網；許秀青，她擔任過香港金門同鄉會兩屆會長、現任理事長。這對兄妹都是已故企業家許東亮的子女。

　　隨著金門在旅遊業不斷獲獎，也隨著金門美好的、乾淨、幽靜的形象深入人心，將會有越來越多的香港金門鄉親帶下一代到金門尋根、遊覽和度假，而金門人在香港，繁衍子孫，人數也必然會越來越多的了。

帶八十位鄉親回金門

香港金門同鄉會會長 · 蔡瑞芬

周圍的朋友和鄉親都説，我做了金門媳婦，就是嫁給了金門，就算是金門人了。先生黃東濤（東瑞）是金門人，母親也是金門人，我就這樣在 2013 年被選爲香港金門同鄉會會長，儘管我多次推辭，還是戰戰兢兢走馬上任了。

記得 2011 年我還是這個會的秘書，當時會長兼理事長是許秀青（許東亮先生的女兒）。我們開理事會時決定組織鄉親們到金門參加 2011 年 10 月的第四屆世界金門日，也歡迎不是金門籍的朋友參加。許多具體工作就落到我頭上來。最初以爲小小規模而已，沒想到報名非常踴躍，無法過止，其中有不少鄉親是第一次回鄉的，而非金門籍的朋友對在 1992 年前還不開放、充滿神秘感的戰地金門很感興趣，報名熱烈，名額很快就達到八十人之眾了。

可能金門島地方太小的緣故，一直到今天，香港的旅行社都沒有設計金門的旅遊專線，即使有也和福州、廈門連在一起，這是我們會組織金門遊受到歡迎的原因，也造成了我們工作量的大量增加。因爲一般社團組織出遊，都是完全交給一家旅行社去辦，省得太麻煩。我們只是在到金門後才交給當地一家旅行社接手，抵達金門前的一切需要我們處理。沒想到事情原來那麼多！例如旅行社的比較和選擇，景點的增刪，餐食的建議，爲部分參加者網上申請入金門的簽證，到廈門機場接機的巴士預定，中午一餐的預訂及菜單的審定，船票的購買……幸虧大家的配合，都順利解決了。

抵達廈門、金門後，酒店房間的分配還算不太難，但沒想到各種各樣的、沒法預計的事還是發生了！一位團員在廈門到金門的五通碼頭才發現護照忘記帶，匆匆趕回香港取了證件再趕回金門島；在金門，有團友跌倒，摔破眼鏡；有八十餘歲的女團友背部生蛇，情狀比較危險，非急診不可，一起同來的親友趕緊陪她回港治療……這種種預想不到會發生的都發生了，世界上的事好難說啊。不過，大家都以大局為重，再困難的事，幸虧彼此諒解，也就很快迎刃而解。例如有些團員因為某個原因而要求調換房間，就有團友二話沒說，非常樂意換給他。

　　在金門的日子，世界金門日以及一起遊覽的那兩天，大家參觀景點、購物都非常高興，玩得盡興。金門的戰地文化頗具特色，大家都讚不絕口；而金門的清潔乾淨、良好治安、古厝文化、風物特產、美食小點、濃郁人情味，都給大家留下了美好的印象和難忘的記憶。

　　如今事過境遷，回想當年兩部大型旅遊車，浩浩蕩蕩地在金門島上快活地遊覽，多麼熱鬧，也多麼難得！如果不是團員的鼎力支持，理事的分工合作，我們是無法「帶」好那樣龐大的八十位鄉親的金門團的。

　　一直到團友們順利地踏上廈門飛返香港的機艙，我才大大地鬆了一口氣。

　　終於，八十人大團的回鄉之旅，不但有驚無險，而且比較圓滿地完成了！

兩位巾幗譜新章 滿堂鄉親情誼濃
——香港金門同鄉會第十屆就職典禮暨春茗晚會熱烈圓滿

　　香港金門同鄉會在香港雖然屬於不大的社團，但成立於1988年，歷史悠久，成員大都來自五十、六十年代從印尼、新馬等國歸國的華僑而在七十年代又從中國大陸移居香港者，包括了印尼加里曼丹三馬林達、麻里巴板、勿里洞、福建廈門等地的鄉親。會員至少有五百多人。同鄉會多屆會長均是成功企業家許東亮先生；自第八屆開始由許秀青擔任會長兼理事長。由於地位和性質與一般的其他社團不同，在兩岸三地中起著非常微妙的橋樑作用，在香港數百個大大小小的社團中非常矚目。

　　2006年起擔任會長兼理事長的許秀青致力於聯絡香港各大社團的領袖和成功企業家的支持，還在2007年成功率領了四十多位華僑和企業家組成金門商務考察團，大家對金門印象很好，意義深遠，進一步擴大了香港金門同鄉會的社會影響。在3月16日假座香港北角富臨皇宮舉行的香港金門同鄉會第十屆理監事會就職典禮暨2013年春茗聯歡晚會凝聚了近三百位金門鄉親和社會人士出席，宴席開二十來桌，鄉情濃烈，歡聲笑語，抽獎獎金豐厚，文藝節目形式多樣，由七時許儀式開始到晚會結束，歷時三個多小時無人離場。

　　臺北經濟文化辦事處處長朱曦派人送來了花籃祝賀。

　　擔任司儀的是在香港金門同鄉會擔任副會長的新血、青年才俊陳汀，他和另一位陳秀蘭女士拍檔。他們首先介紹了今晚蒞臨的嘉賓、他們是香港金門同鄉會名譽會長的陳守仁先生、王錦彪先生、張瑞境先生、林梅香女士（陳金烈名譽會長因事未能出席，王欽賢名譽會長派代

表出席）、名譽理事張正龍先生（名譽理事朱磊未能出席）、臺北經濟文化辦事處駐港代表許睿宏先生等，嘉賓們的出席，爲晚會增光不少。

　　接著爲理事長許秀青女士致辭，她總結了以往擔任會長兼理事長八年來香港金門同鄉會所作的工作，並「很高興地宣佈，在廣大金門鄉親的支持下，第十屆香港金門同鄉會理監事會已經產生了，選出了新一屆香港金門同鄉會的會長蔡瑞芬女士。我相信新會長在廣大金門鄉親的支持下，一定能帶領香港金門同鄉會展開新的一頁。」接著是新任會長蔡瑞芬女士致辭，她肯定前八年的會務，非常感謝許秀青理事長爲香港金門鄉親辛勞的付出。並表示「非常感謝鄉親們的信任，擔任香港金門同鄉會新一屆的會

長。在感到榮幸的同時，也懷著戰戰兢兢的心情上任，希望在大家的支持下，做好新一屆的工作。」緊接著是名譽會長王錦彪先生致辭，他欣賞和稱讚香港金門同鄉會的種種努力，爲今晚的參與感到榮幸，他的發言充滿文藝色彩，富有特色。

在許秀青理事長和蔡瑞芬會長先後致辭時，台下鄉親聽得非常專注，會場一片寧靜。許多鄉親都感到巾幗「當政」，如今的女性非同尋常。許秀青爲著名愛國企業家、慈善家許東亮先生之女，排行第五，曾留學日本，土特產、鋼鐵生意曾經做得非常大，也樂於捐獻，回饋社會；在許家中，她是既能做生意又關顧社群、最具父親慈善高節遺風的一位，爲人慷慨，經驗豐富，目前是中國兒童少年基金會理事、香港僑友社名譽會長，在擔任香港金門同鄉會會長期間，吸引了很多社團領導對會務的關注。新任香港金門同鄉會會長的蔡瑞芬，乃印尼加里曼丹三馬林達市已故僑領蔡金發先生長女，在香港從七十年代一路打拼，女工、經紀人、會計、秘書、小老闆……一直到 1991 年與作家東瑞共同創辦獲益出版事業公司擔任董事長兼總經理，從一個對行業生疏的新手很快掌控、熟悉一家獨立出版社的營運，在香港文化出版界迅速顯露才幹，將獲益打造成在香港及海內外頗有一定知名度的出版社。目前爲華文微型小說學會總幹事、香港兒童文藝協會理事，以擅長聯絡、廣結人緣、處事果斷、善解人意、能力強、作風快稱著。她善於聯絡和團結，早在前兩屆的金門同鄉會擔任秘書時，就協助許秀青女士組團回金門和開展會務。能幹而低調成爲許、蔡兩人的共同點；在兩位「巾幗」的緊密配合下，今晚嘉賓、鄉親來得都比往屆多得多，座無虛席。大家都非常高興。

由許秀青理事長和蔡瑞芬會長頒發聘書給幾位名譽會長和名譽理事之後，全體名譽會長和理監事會理事上臺，向鄉親們祝酒，並舉行大

合照。坐在前排蔡瑞芬會長、許秀青理事長、副理事長陳素中、副會長許丕新、謝聰敏、黃東濤、陳汀、陳麗娟、名譽會長陳守仁、王錦彪、張瑞境、林梅香、名譽理事張正龍；理事有黃祖穎、張蓮芳、黃雪麗、魏宗勇、倪少琨、周子喻、鄭聚英、蔡梅蘭、翁愛彩、黃積明、黃輝煌、李振東、盧傳芳等。

接著別開生面的項目是 20 幾位理監事在臺上合唱一首《愛我金門》的歌。這首歌由目前居住在印尼泗水、三馬林達的金門鄉親莊榮宗譜曲作詞，旋律高昂、節奏雄渾，體現了金門鄉親愛鄉的情懷。程序輪到向 80 歲以上的長者發紅包，全場轟動；抽檯獎時，人人有份，皆大歡喜。

周子喻秘書長負責抽獎環節，獎金多達 28 份，基本上都是現金，價值高達港幣七千，還有特別獎海洋公園四張門券和迪士尼娛樂園兩對公仔。分三個時段抽獎，高潮迭起，獲獎的幸運兒都眉開眼笑。

從 8 時開始，鄉親們就在一邊品嚐質高味美的美食佳餚一邊觀看經過充分準備的節目演出。得獎無數的小姐弟表演朗誦和中提琴獨奏；長者表演拉丁舞森巴；男女聲獨唱、合唱、吉他伴唱、民族舞蹈……司儀陳秀蘭朗誦東瑞作詞的《金門老家回不厭》，內容體現東瑞七次回金門的感受，表達了對故園的讚美和熱愛。朗誦者咬音清晰，語調富有感情，在場的聽得非常專注。最後是自由上臺獻唱。

就職典禮就在依依不捨和嫌其太短中圓滿結束，彼此互道來年再歡聚。

中秋月明人團圓 金門鄉親喜相見
——記香港金門同鄉會 2014 年中秋聯歡

經幾個月緊鑼密鼓的籌備，香港金門同鄉會 2014 年中秋聯歡於 2014 年 9 月 6 日中午 11 時半假座香港北角富臨皇宮酒樓一樓舉行，已經圓滿結束。

這一次香港金門同鄉會聯歡，席開十六圍，出席的嘉賓和鄉親近達 200 人。之前報名的鄉親非常踴躍，一直到舉行當日，也還有臨時報名參加的。

這一次聯歡的熱烈圓滿，全靠全體理事的努力和配合，也得到社會賢達、各社團善長仁翁的大力支持，他們不但賞臉蒞臨，而且還熱心捐助，令抽獎獎金極為豐富，又有卡拉 OK 助興，氣氛熱烈，各項環節都甚為緊湊，鄉親的情緒也頗為喜悅高漲。

出席當日香港金門同鄉會中秋聯歡的嘉賓有香港金門國際商會主席、香港金門同鄉會顧問盧文韻女士、香港金門同鄉會名譽會長、張瑞境伉儷、王錦彪夫人、兩岸和平發展總會理事長吳天賜先生、華豐國貨公司總經理邱建新先生等。在場地進門處接待的有香港金門同鄉會黃祖穎理事和盧傳芳理事。

聯歡會進行得緊湊而熱烈，首先由香港金門同鄉會會長蔡瑞芬代表聯歡會籌委致辭，對出席今天的全體嘉賓、名譽會長和鄉親表示歡迎，感謝大家對香港金門同鄉會會務的關注和對聯歡會的支持，她說，「中秋節是我們中華民族的 傳統佳節，象徵著團圓美滿，凝聚一心，我們很高興地看到，香港金門同鄉會的這一次中秋聯歡午宴，得到大家的大力支持，鄉親們主動踴躍報名，積極參加，值得高興！」接著，蔡瑞芬

會長強調，「香港金門同鄉會的會務正常運作和開展，我們多次接待了來自金門縣政府和民間的各層次和不同行業的代表團，加強了彼此的感情和友誼」、「今年十月份，我們將組織遊覽團，參加金門縣政府舉辦的世界金門日各項活動」、「我們希望在未來的幾年裡，組織更多的鄉親到家鄉，認識家鄉，加強和故鄉的聯繫」、「香港金門同鄉會是一個聯繫鄉親的團體，也擔負著一座橋樑的角色，爲聯繫和加強海峽兩岸的關係、促進兩岸三地的和平盡自己的一點力量。我們希望今後有更多的鄉親攜同我們的下一代回鄉尋根」。

接下來由香港金門國際商會主席、香港金門同鄉會顧問盧文韻致辭，表示了她對聯歡會邀請的謝意及對香港金門同鄉會會務的支持。

接著聯歡大會準備了八個紅包，由香港金門同鄉會理事長許秀青、會長蔡瑞芬派發給八位已八旬高齡的金門籍鄉親，之後，兩位還逐一向每一席鄉親敬茶。

這一次獎項近達三十項，臺上負責抽獎的鄭聚英、陳汀、周子喻安排抽獎，不斷將氣氛搞得熱烈，抽中獎的理事蔡梅蘭、盧傳芳又把獎金再捐出，當場傳爲佳話，把氣氛推向了高潮。

在抽獎當兒，負責卡拉OK的黃輝煌、倪少琨穿插和安排鄉親上臺獻唱，而最後兩個大獎由香港金門同鄉會顧問、香港金門國際商會主席盧文韻和香港金門同鄉會會長蔡瑞芬上臺抽，聯歡會就在鄉親的依依不捨中結束，大家相約來年再見。

長長金門島外緣 濃濃達埠鄉裡情

　　三馬林達和香港兩地雖然距離不遠，但兩地的金門鄉親卻少有見面和交流的機會，趁香港金門鄉親黃東濤蔡瑞芬回達埠之機，相聚一堂，豈不快哉！

　　兩地因緣，說來話長。

　　話說從頭：金門島被選為全台灣「最快樂的城市」，在台灣的旅遊縣城上排名第十一，而金門縣城裡的「後浦」小鎮在 2012 年經過一系列激烈的競爭，終於脫穎而出，名列台灣的「十大風情小鎮」之一。身為島外的香港、達埠金門人，無不歡欣鼓舞；而金門小島，說起來不可思議，全島僅有七萬人，因為早期貧困的關係，從清朝末期一百多年來移民到東南亞諸國者眾，以致金門縣政府每兩年都要舉辦一次「世界金門日」，邀請世界各地金門鄉親回鄉團聚。達埠金門人回鄉組團，儼然成大團。

　　三馬林達和麻里巴板金門人多，與現在生活在兩地的金門鄉親的父輩當年出洋謀生的路線和停留、紮根下來甚有關係。達埠的金門同鄉，於是與廣肇、永定兩籍的鄉親鼎立而三，算是達埠鄉親較多的宗親社團。說來也很有因緣，目前香港金門同鄉會的會員，十有八九就來自達、麻兩地的金門鄉親。原來，六十年代有不少達、麻兩埠的金門鄉親回國，七十年代以後他們的第一代和第二代又陸陸續續移居香港，人數就多了起來。

　　於是，香港與達埠的金門人家庭，幾乎都有親戚關係，來來去去都很熟絡。那種千絲萬縷的聯繫，足見金門同胞的濃濃鄉情，當闊別三馬

林達巳三十年的黃東濤（東瑞）、蔡瑞芬於6月12號從泗水飛返他們的第二故鄉——三馬林達，達埠的鄉親都將喜訊相傳，在同學、同鄉心上都如湖水，化開一圈圈漣漪。6月14日晚，由瑞芬的同班兼鄉親黃積佑統籌安排，現任達埠同鄉會主席的許立領偕夫人蔡秀玲在當晚就邀請多位理事和同學為黃東濤蔡瑞芬夫婦接風，之後還移步至達埠的金門會館座談敘舊參觀。東濤瑞芬雖然屬於「老鄉」，其實也算「稀客」，因此當晚來的鄉親很多。適逢達埠的金門會館落成沒幾年，剛剛啟用不久，來自香港的鄉親黃東濤蔡瑞芬在現任會長許立領、蔡秀玲夫婦的引領陪同之下，一一參觀了地下禮堂、二樓小會場（卡拉OK）、會議室、辦公室、廚房等等設備，一路讚不絕口。

　　當晚出席的達埠金門鄉親極多，大部分理事均出席了。有顧問黃雪琴、薛昆煊；監事魏鸝漫；前任主席許從榮、現任主席許立領、副主席莊耀星、黃尚君、許娜蘋；秘書薛昆捷；籌款黃積佑、蔡秀玲；青年部的邵仁虎；文娛部的莊榮宗、蔡麗玉、林愛香；婦女部的李能賢等。其他鄉親還有許立展夫婦、許少瑾夫婦、黃宗仁夫婦等鄉親、蔡添龍林玉妹夫婦、盧育興林月香夫婦、王筱川等親友（恕不知名者太多，無法盡錄），最難得的是連第三代的金門子女也都來了。王筱川、莊榮忠、黃積佑、林玉妹等唱歌好手大展歌喉，受到鄉親們歡迎，而由莊榮忠作曲填詞的《愛我金門》，在場播放，由創作人莊榮忠演繹和領唱，大獲來自香港的東瑞（黃東濤）、瑞芬的激賞，事後，莊先生還將一套他灌制的唱碟送給他們。拍照、交談、吃點心，跳舞、唱歌，大家都興高彩烈。

　　顧問薛昆煊這時致簡要歡迎詞，並宣佈有交換紀念品儀式舉行。香港鄉親黃東濤蔡瑞芬夫婦送給達埠金門同鄉會的是一包他們獲益出版社出版的圖書，由三馬林達金門同鄉會前任主席許從榮、現任主席許立領接收；他們倆送給香港同鄉的是紀念牌，由獲益出版事業有限公司董事長蔡瑞芬和總編輯、作家黃東濤（東瑞）接收。

　　又到散場時，金門鄉親一一與瑞芬東濤夫婦握手擁別，殷殷囑咐「要常常回達埠看看。」依依不捨的鄉親場面，令人動容。（桑妮報導，西波攝影）

故鄉來客分外親 老家美食眾口譽
—小記金門旅遊推廣代表團訪港

　　乍暖還寒的季節，家鄉傳來令人振奮的好消息，從 3 月 28 日到 4 月 2 日將有一個金門訪港澳代表團抵港，由金門縣吳友欽副縣長率領，人數多達 23 人！十幾年來從故鄉來香港訪問的金門縣代表團，印象中規模都沒有這次大。以前，或者是縣長率領各局主要大小官員到港澳、東南亞各國向各地金門同鄉會、社團、會館進行禮節性的拜訪：或者是類似專業的採訪團，進行資料的搜集，例如那套由董群廉、黃振良、王建成主持的《金門鄉僑系列口述歷史叢書》多卷本就是卓有成效的採訪成果，成為目前有關話題的權威資料。還有就是受邀請來港參加香港金門同鄉會的鄉親聯歡活動。無論哪一次，人數再多，也很有限，哪有一次，像這一次那麼多呢？原來，金門縣吳友欽副縣長一行 23 人特地來到港澳，主要目的就是為了金門旅遊業、美食、特產的推廣，成員就包括了金門幾個特產第一品牌的代表，主要是金門高粱酒、貢糖、麵線、牛肉乾、一條根和鋼刀，因此有備而來，特別有吸引力。

　　從何秀姿、林京郁兩位小姐那裏獲得代表團訪港的消息後，香港金門同鄉會理事長許秀青、會長蔡瑞芬、黃東濤副會長兼監事長、鄭聚英秘書兼財政等人便抓緊協商、熱心籌備，終於在金門訪港代表團抵港的 3 月 27 日當晚，假座香港北角的富臨皇宮酒家為故鄉鄉親設宴洗塵歡迎。宴開三席。香港金門同鄉會名譽會長張瑞境、理事長許秀青、會長蔡瑞芬、副會長許丕新、黃東濤、副理事長陳素中、秘書長周子喻、理事張蓮芳都出席了。金門代表團出席的有金門縣副縣長吳友欽、楊鎮浯處長、蕭永平總幹事、陳明伶科長、翁至保處長、呂基鴻科長、幾個金門第一品牌的代表「聖祖」陳緣姿、「金合利」翁碧欣、「王大夫」王建順、「良金」許金城、「大方」徐大川，「金門高粱酒」李文選董事長以及李志淳秘書、李俊彥秘書、陳尚智科員等 23 人全部人員都出席了。

　　在「熱烈歡迎金門縣旅遊推廣代表團訪港」的橫幅作為背景之下，港方主人蔡瑞芬會長首先簡要致辭歡迎以金門縣吳友欽副縣長為首的訪港金門縣代表團來港推廣金門旅遊和美食特產，並對今晚出席歡迎晚宴的香港金門同鄉會理事一一進行了簡要介紹，接著是許丕新代表香港金門同鄉會致歡迎辭。許副會長說，家鄉來人我們都感到十分高興，這一次更是特別，我們首次迎接那麼多成員的龐大金門縣代表團來港，很高興金門的特產品牌代表都來到，展示金門最好的特色物產給港澳鄉親認識。許丕新鄉親講完，就由吳友欽副縣長致感謝詞，還一一介紹這一次訪港的成員，當他特別強調這一次金門特產美食的最好品牌商號都有代表來到時，在座的香港金門同鄉會的鄉親都激動和活躍起來，掌聲連連，並對吳副縣長沒有架子的親民作風表示欣賞和讚美。

　　金門和香港鄉親相見歡。席間，蔡瑞芬會長談起從 2004 年起迄今已經與副會長兼寫作人的先生黃東濤（東瑞）回金門九次，今年

10月金門日還會率團回鄉。吳友欽副縣長為能夠在香港見到金門鄉親而高興，也與許秀青理事長、許丕新副會長就加強金港兩地鄉親的鄉誼交換了意見。接著是互相贈送禮物。金門縣代表團送的是金門高粱酒和貢糖，由吳友欽副縣長代表送出，許秀青理事長和蔡瑞芬會長代表香港金門同鄉會接受；香港金門同鄉會送的是一大箱精選蘑菇，吳副縣長代表大家接受。最後是雙方的大合照，晚宴就告一段落。在許秀青理事長、蔡瑞芬會長、黃東濤副會長、周子喻秘書長的陪同下，金門鄉親一行人移步到酒樓對面的華豐國貨公司購物。難得的是許理事長次日就要飛新加坡辦理事情，還陪同得很遲。金門縣代表團成員有不少是首次來港，儘管夜深了，但心情興奮，還由香港金門同鄉會的周子喻秘長陪同遊覽了美麗的尖沙咀星光大道。

3月28日下午二時，金門吳友欽副縣長率領金門縣府團隊、金門特產業者和旅遊商業同業公會代表，假座香港灣仔君悅酒店舉行金門旅遊宣傳活動記者招待會。會場一早被香港各大媒體、記者、嘉賓、香港金門同鄉會鄉親所擠滿，坐在講臺上的有吳友欽副縣長、楊鎮浯處長、駐香港臺北經濟文化辦事處嚴重光處長、交通部觀光局派香港辦事處巫宗霖主任、香港金門同鄉會蔡瑞芬會長。

首先是兩位少年以風師爺舞蹈表演作為開場白，然後放映有關金門的宣傳短片，接著由一位到過金門的鍾先生談在金門騎單車小憩休閒的感受。當在場的朋友看到金門連續幾年被選為全臺灣十大旅遊縣城、金城鎮被評為十大觀光小城、金門還成為全台最幸福快樂的縣城，大家都激動極了。

吳副縣長的介紹也頗為精彩，出口成詩、妙語如珠。他說去年夏天金門已經拔除了海灘的地雷、開始開放海灘；金門在春夏秋冬四季旅遊都非常合適。雖然金門只有150平方公里，但好山好水好空氣好人情好幸福；

老人都活到八十、九十很平常；金門島四面都是海水，島上只有一家酒廠，出產馳名海內外的金門高粱酒。人說喝了金門高粱酒，女的八老九十還是美嬌娘；男的八老九十還可娶新娘！吳副縣長還一一介紹了金門第一品牌、獲獎無數的幾種特產業者的代表，她（他）們是金門酒廠的李文選董事長、「金合利」鋼刀的翁碧欣、「聖祖貢糖」的陳緣姿、「王大夫」一條根的王建順、「大方鬍鬚伯麵線」的徐大川、「良金」牛肉乾的許金城。吳副縣長還宣佈，這次專門為港澳朋友印製了《金門之旅優惠手冊》港澳限量版 2000 冊，內容除了載有完整的金門旅遊資訊外，還有各種優惠券，以及住宿、租車、購物、美食、小吃等方面的各種優惠。接著，吳副縣長率領臺上左右嘉賓、手捧優惠小冊，站在會場，豎起大拇指，讓記者拍照，會場氣氛達到了高潮。

散會之後，幾個特產品牌展銷攤子擠滿了人，試吃的試吃，問訊的問訊，優惠小冊子更被索取，幸虧足夠，否則會供不應求。

29 日從上午 9 時到晚上 9 時，金門特產業者假座彌敦道 63-67 號尖沙咀國際廣場舉辦展銷。金門著名的金門高粱酒、鋼刀、一條根、貢糖、麵線、牛肉乾樣本一一亮相，攤位人頭湧湧，香港同胞對金門及其特產都很感興趣，在場還有金門旅遊資料隨取，吸引了不少從未到過金門的年輕人。香港金門同鄉會正副會長蔡瑞芬、黃東濤還來「探班」。下午，除了看檔的外，11 位金門代表團成員還遊覽了展場附近的柏麗購物大道，與吳友欽副縣長、蔡瑞芬會長、黃東濤副會長合影留念。

30 日中午，金門代表團一行人結束了在香港的旅遊展銷推廣活動，又馬不停蹄地到澳門投入緊張的新一程活動。

溫馨喜聚賀新春 盛況空前客如雲

——香港金門同鄉會 2016 年春茗聯歡掠影

籌備近兩個月的「香港金門同鄉會 2016 年春茗聯歡午宴」終於在 3 月 13 日順利舉行，並取得圓滿成功，鄉親們出席者踴躍，紛紛讚不絕口，盡興而歸。

當天的聯歡午宴，假座香港英皇道富臨皇宮酒樓舉行，宴開 25 席，出席者包括了定居在香港的金門鄉親及其家屬、友人和社會賢達才俊共多達三百人，場面熱鬧隆重，一片喜氣洋洋。

該會的多位名譽會長王欽賢、洪素玲伉儷、王錦彪名譽會長偕夫人、張瑞境名譽會長偕夫人、張母、來自臺灣金門的谷正醫師偕夫人、李自生先生、香港華豐國貨公司總經理邱建新等等。最讓人感動的是香港金輪集團董事局主席王欽賢，當日因公從中國內地返港，甫抵香港機場，便馬不停蹄火速從飛機場趕到會場。

副會長陳汀擔任司儀，主持了聯歡會，中午 12 時許，宣佈聯歡午宴開始。首先由香港金門同鄉會會長蔡瑞芬上臺致歡迎辭，她代表許秀青理事長和香港金門同鄉會，向大家問好，祝福全體出席者新春快樂，身體健康，萬事如意！歡迎和感謝嘉賓們的光臨和鄉親們的出席，為溫馨盛大的春茗聯歡午宴而高興。蔡瑞芬會長在致辭裏還說，去年，我會的理事長、會長都先後到金門，祝賀金門縣新縣長陳福海縣長的上任，並轉致了香港金門同鄉會對他的問候；她希望有更多的鄉親參加金門縣政府舉辦的世界金門日等各項活動；在適當時候，香港金門同鄉會還會繼續組織回鄉遊覽團，讓更多的鄉親回家看看，認識家鄉，熱愛家鄉，加強與鄉的聯繫。香港金門同鄉會從 1988 年成立以來，已經走過了 28 年，其成立的宗旨是

聯絡金門籍同胞鄉誼，促進同鄉之間的經濟文化交流，作爲一座小橋樑，香港金門同鄉會可以爲加強海峽兩岸的關係，促進兩岸三地的和平、保持香港的穩定，盡自己的一點力量。最後，蔡會長代表香港金門同鄉會，對於這次熱心捐獻的嘉賓、名譽會長、所有鄉親們表示衷心的感謝！

　　接著，由王錦標名譽會長致辭，他爲新年伊始能出席這樣的會而高興，祝福大家有更大的進步，他也分析了兩岸的新形勢，希望大家爲兩岸的和平相處做出貢獻。

適逢新春，當陳汀司儀宣佈「人人有份」的紅包派發的項目時，全場氣氛達到了高潮。一包包紅包早就由秘書兼財政鄭聚英理事準備好，當場由副會長黃東濤和理事張蓮芳派發，一潮未退，一潮又起，原來，出席聯歡午宴的 75 歲或以上的金門籍鄉親有 52 位，來得很多，這是大好事，其中有兩位還高達 96 歲高齡。爲祝賀長者健康長壽，今天的出席者，還另有紅包派贈，陳汀司儀宣佈喜訊後，當下由理事長許秀青、會長蔡瑞芬、副理事長陳素中、副會長黃東濤當場逐席派發。緊接著，香港金門同鄉會部分理事和部分嘉賓上臺，向全場的鄉親們祝酒；之後，王錦彪名譽會長帶頭高唱《愛拼才會贏》，臺上理事一起高唱，全場頓時一片喜氣洋洋。

　　接下來的有魏宗勇、倪少琨、黃輝煌等理事負責的文藝節目陸續出臺，堪稱豐富多彩，舞蹈、唱歌和抽獎交叉進行，既進行得秩序井然，又常有意外的驚喜。香港新中校友會舞蹈組的演出有備而來，不但服裝華麗鮮豔非常考究，舞姿也優美悅目，朝鮮舞阿里朗柔美齊整，西班牙舞 CABALLEERO 造型美而動作也充滿豪情，黃東清、林麗娟的社交舞跳出了青春旋律，有黃雪麗理事負責的印尼泗水同學會 UKULELE 樂趣興趣班的樂器合奏，奏出了歐美民歌風味，而獨唱和二重唱節目都具有相當水準，均獲得好評和歡迎，先後上臺的有張月明、黃輝煌、陳愛萍、倪少琨、楊月芳、陳肖福等等唱歌好手。

　　抽獎獎金主要是現金，從三百元到一千五百元不等，香港華豐國貨公司還捐助了禮券多份，上臺抽獎的嘉賓有王欽賢名譽會長偕夫人洪素玲、許秀青理事長、蔡瑞芬會長、王錦彪名譽會長偕夫人黃麗英、張瑞境名譽會長、許丕新副會長、陳素中副理事長、華豐國貨公司代表莊曉陽、馮正、華僑大學香港校友會永遠名譽會長潘耿福偕夫人林保英女士等。

　　2 時許，聯歡會在團結、不捨的氣氛中圓滿結束。

特刊序言

雅加達金門互助基金會成立於 1986 年，迄今已經 30 周年了。

30 年來，雅加達金門互助基金會走過歲月的滄桑磨練，社會的變遷動盪，人事的幾番更替，終於走到今天。30 年的日子不尋常，全靠鄉親們的維護堅持、凝聚一心，分工合作，互助基金會既相當於雅加達金門鄉親溫暖的家，也成為了雅加達金門鄉親與故鄉聯繫的紐帶。

細數起來，雅加達金門互助基金會確實做了不少有益於鄉親的好事。善長仁翁不斷熱情慷慨的捐獻，金門同鄉之間經常性的聯誼活動，不同島嶼城市兄弟組織的例行互訪，世界金門日的積極參與，為弘揚華族的文化而資助資深老作家出書等等，都是值得深情回顧和繼續堅持做下去的會務。

金門是我們共同的故鄉，從明清以來早就有不少因不堪貧困、兵荒馬亂、天災人禍而出洋的鄉親，到了十九世紀二十、三十年代「落番」謀生的金門人數量更是龐大，達到一個高潮。主要分佈和集中在一些中小城鎮，如印尼的邦加、勿里洞、北干峇魯、雅加達、三馬林達、麻里巴板、巫勞等，到大馬、新加坡等東南亞其他國家的可能數

量更多。歷史的原因造成了金門鄉親足跡遍及全世界，金門縣人口很少。其次，由於戰事，從上世紀五十年代開始，海峽兩岸的鄉親就只能翹首遙望對岸，有家歸不得；而與廈門只有半小時海程的我們的故鄉金門也因為半個多世紀以來的兩岸敵對，從 1949 年就開始實行金事封鎖，一直到 1992 年才解除封鎖，結束了長達 43 年的隔閡。然那時候海外的金門鄉親回金門，也只能取道臺北，繞一個大圓圈飛到金門；2001 年開啟了小三通，開始了從廈門乘船回金門的航線，只需要半小時而已。這些久達半個多世紀的人為阻隔，只是在交通上造成影響，卻割不斷我們對金門故鄉的熱愛和懷念。

各地如雨後春筍的金門社團，世界金門日帶來的回鄉熱潮，都使我們感奮不已；而配合雅加達金門互助基金會 30 周年慶典出版的本特刊，就是一本記錄雅加達鄉親參與這個組織 30 年的腳印。特刊內包括了金門縣長的獻詞，主席的獻詞、泗水、麻里巴板、三馬林達、香港等地金門公會或同鄉會主席、會長的感言，還有基金會的有關活動和資料的珍貴圖文、故園的歷史資料和照片等等。

金門的古厝建築保育絕佳，文事繁盛，自古如是。小縣人口不多，面積夠小，然而出版物不少，品質高深，文學藝術家輩出，海外鄉親一旦回鄉就會感受到一股浩蕩濃郁的文風薰陶得人心溫暖感動。沒料到這流風餘韻也蔓延到印尼島國，環看印華的文壇，無論文藝的創作，還是各種賽事的評審，抑或報刊雜誌的重要崗位，就喜見我金門籍鄉親活躍的身影，多位金門籍文士為繁榮印華文藝而獻出精力智慧，可喜可賀，也是很值得我們欣慰驕傲的事。本特刊就廣邀他們的大作，為本刊加重了相當的分量。

匆匆數行，短短回顧，權當小序吧。

後記

東瑞

能將寫金門的散文結集成書，是我多年來的願望。

金門因為是戰地，長期與外界隔絕，直到 1992 年解嚴多年後的 2004
年，我們才踏足這陌生的故鄉，將父輩口中的描述化為親見的體驗。首次
到金門的 2004 年，儘管兩岸已經開始小三通，我們還是很無奈地取道台
北，再從台北飛到金門，這繞一大圈子的路線，僅是走了一次；從 2006
年開始，我們開始從廈門搭船到金門，迄今回金門也快 20 次了。與瑞芬
的結伴自由行、配合瑞芬帶團的群體遊-我也陸陸續續在這 15 年間寫了六、
七十篇文章了。

初次回故鄉，要感謝陳延宗兄，因爲他邀約我出書（叢書之一），堪稱「文學返鄉」。驚艷於家園的美麗寧靜，極度震撼，激情燃燒之下，我陸陸續續寫了不少，從此，金門猶如一塊大磁鐵，不斷向香港的我們召喚，我們也從不厭倦地回金門，每一次也都有大收穫。金門也像一個百寶箱一樣，越掏越有，這是書名《金門老家回不厭》的内涵解讀。

機緣巧合，因爲文章的緣故，東瑞是誰？也慢慢爲金門文友所熟悉。除了不時給《金門日報》寫點東西外，也出過長篇《出洋前後》（李錫隆、郭哲銘負責處理），當然，必須感謝熱心人楊樹清兄，他最早發現我湖南版散文集《旅情》有篇寫金門的文章，向讀者介紹我；近幾年，我參加了105、106年的浯島文學獎的競逐，憑長篇《風雨甲政第》、《落番長歌》獲優等獎，兩部作品也出書了。我也要感謝黃雅芬副局長、王先正老師的鼓勵，今天才能圓了在金門出散文集的夢。還得感謝樹清兄的不斷鼓勵，他鼓勵我參賽，邀他爲本書寫序，他二話沒說，就答應了。感謝瑞芬，一直是我最親近最得力的出書支持者和配合者。要感謝的朋友很多，恕無法一一盡列。

感謝金門縣文化局，資助出版了本書。
比較起不少老金門，我慚愧於我的膚淺，但做爲一位生長在海外的金門子弟對金門的觀感，也許本書多多少少具有可供身份類似的親友、文友參閱的價值吧。

2019 年 6 月 20 日
2019 年 8 月 18 日

293

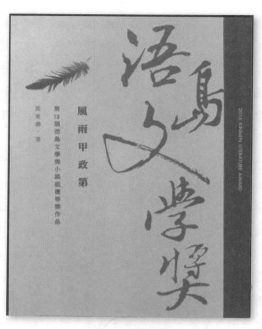

東瑞著作目錄（單行本）
（至 2019 年 8 月止）

長篇小說

《天堂與夢》　　　　　　　（一九七七年·香港中流出版社）

《出洋前後》　　　　　　　（一九七九年·香港南粵出版社）

《愛的旅程》　　　　　　　（一九八三年·香港山邊社）

《鐵蹄人生》　　　　　　　（一九八五年·中國友誼出版公司）

《小島黃昏》　　　　　　　（一九八六年·廣東旅遊出版社）

《出洋前後》（新版）　　　（一九八八年·四川文藝出版社）

《夜夜歡歌》　　　　　　　（一九八九年·廣東旅遊出版社）

《人海梟雌》　　　　　　　（一九九一年·中國華僑出版公司）

《暗　　角》　　　　　　　（一九九二年·獲益出版事業有限公司）

《迷　　城》　　　　　　　（一九九六年·獲益出版事業有限公司）

《再來的愛情》　　　　　　（一九九七年·獲益出版事業有限公司）

《尖沙咀叢林》　　　　　　（一九九八年·獲益出版事業有限公司）

《出洋前後》（新版）　　　（二零一三年六月·金門縣文化局）

《風雨甲政第》　　　　　　（二零一七年·金門縣文化局）

《落番長歌》　　　　　　　（二零一八年·金門縣文化局）

中篇小說集

《瑪依莎河畔的少女》　　　（一九七六年·香港大光出版社）

《夜來風雨聲》　　　　　　（一九八七年·貴州人民出版社）

《白領麗人》　　　　　　　（一九八七年·中國文聯出版公司）

《夜香港》　　　　　　　　（一九八七年·廣東旅遊出版社）

《珠婚之戀》　　　　　　　（一九八七年·香港麒麟書業有限公司）

《透視者》　　　　　　　　（一九九九年·獲益出版事業有限公司）

短篇小說集

《彩色的夢》 （一九七七年・香港上海書局）

《週末良夜》 （一九七七年・香港中流出版社）

《少女的一吻》 （一九七八年・香港駱駝出版社）

《系在狗腿上的人》 （一九七八年・新加坡萬裏書局）

《香港一角》 （一九八二年・廣東花城出版社）

《玻璃隧道》 （一九八三年・香港華南圖書文化中心）

《露絲不再回來》 （一九八五年・江西人民出版社）

《似水流年》 （一九九三年・獲益出版事業有限公司）

《夜　　祭》 （一九九五年・中國文聯出版公司）

《東瑞小說選》 （一九九七年・香港作家出版社）

《無言年代》 （一九九九年・獲益出版事業有限公司）

《匿名信》 （二零零一年・獲益出版事業有限公司）

《擒凶記》 （二零零一年・獲益出版事業有限公司）

《失落的珍珠》 （二零零五年・臺北聯經出版事業公司）

小小說集

《塵　　緣》 （一九九一年・新加坡成功出版社）

《都市神話》 （一九九二年・獲益出版事業有限公司）

《逃出地獄門》 （一九九五年・獲益出版事業有限公司）

《還是覺得你最好》 （一九九六年・獲益出版事業有限公司）

《讓我們再對坐一次》 （一九九八年・獲益出版事業有限公司）

《留在記憶裏》 （一九九八年・獲益出版事業有限公司）

《朝朝暮暮》 （二零零零年・獲益出版事業有限公司）

《東瑞小小說》 （二零零三年・獲益出版事業有限公司）

《相逢未必能相見》 （二零零八年・獲益出版事業有限公司）

《天使的約定》 （二零一零年・光明日報出版社）

《魔術少年》　　　　　　　（二零一零年年・江蘇文藝出版社）

《小　　站》　　　　　　　（二零一二年・獲益出版事業有限公司）

《雪夜翻牆說愛你》　　　　（二零一三年・河南文藝出版社）

《轉角照相館》　　　　　　（二零一三年・四川文藝出版社）

《蒲公英之眸》　　　　　　（二零一五年六月・獲益出版事業有限公司）

《清湯白飯》　　　　　　　（二零一七年・獲益出版事業有限公司）

《轉角照相館》　　　　　　（二零一九年四月・山東人民出版社・四川文藝出版社）

少年兒童小說集

《琳娜與喜尼》　　　　　　（一九八四年・香港兒童文藝協會）

《一對安琪兒》　　　　　　（一九八五年・香港綠洲出版公司）

《再見黎明島》　　　　　　（一九八六年・香港綠洲出版公司）

《未來小戰士》　　　　　　（一九八八年・香港日月出版公司）

《王子的蜜月》　　　　　　（一九八八年・寧夏人民出版社）

《小華遊星馬》　　　　　　（一九八八年・香港明華出版公司）

《小華游福建》　　　　　　（一九八八年・香港明華出版公司）

《小華遊菲律賓》　　　　　（一九八九年・香港明華出版公司）

《魔術師的熱水袋》　　　　（一九九〇年・香港明華出版公司）

《不願開屏的孔雀》　　　　（一九九八年・香港新雅文化事業有限公司）

《一百分的秘密》　　　　　（一九九二年・獲益出版事業有限公司）

《森林霸王》　　　　　　　（一九九三年・獲益出版事業有限公司）

《祖祖變形記》　　　　　　（一九九三年・獲益出版事業有限公司）

《燃燒的生命》　　　　　　（一九九四年・安徽少年兒童出版社）

《父親的水手帽》　　　　　（一九九四年・安徽少年兒童出版社）

《叛逆出貓黨》　　　　　　（一九九五年・獲益出版事業有限公司）

《帶 CALL 機的女孩》　　　（一九九六年・獲益出版事業有限公司）

《相約在未來》　　　　　　（一九九六年・獲益出版事業有限公司）

《怪獸島歷險記》	（一九九六年‧獲益出版事業有限公司）
《笑》	（一九九八年‧獲益出版事業有限公司）
《馬戲團小丑》	（一九九八年‧獲益出版事業有限公司）
《再見黎明島》（新版）	（一九九八年‧獲益出版事業有限公司）
《雪糕屋裏的友情》	（一九九九年‧馬來西亞彩虹）
《相約在未來》	（二零零零年‧新加坡萊佛士）
《校園偵破事件簿》	（二零零四年‧獲益出版事業有限公司）
《我在等你》	（二零零四年‧獲益出版事業有限公司）
《魔幻樂園》	（二零零五年‧獲益出版事業有限公司）
《地鐵非常事件簿》	（二零零六年‧獲益出版事業有限公司）
《愛的旅程》（修訂本）	（二零零六年‧獲益出版事業有限公司）
《屋邨奇異事件簿》	（二零零七年‧獲益出版事業有限公司）
《小強和四方形西瓜》	（二零一三年‧新雅文化事業有限公司）
《老爸的神秘地下室》	（二零一五年七月‧新雅文化事業有限公司）

散文集

《湖光心影》	（一九八三年‧香港山邊社）
《象國‧獅城‧椰島》	（一九八五年‧廣東花城出版社）
《看那燈光燦爛》	（一九八五年‧香港金陵出版社）
《旅　　情》	（一九八六年‧湖南人民出版社）
《晨夢錄》	（一九八七年‧香港綠洲出版公司）
《籬笆小院》	（一九八九年‧香港大家出版社）
《永恆的美眸》	（一九九一年‧中國華僑出版公司）
《都市的眼睛》	（一九九三年‧獲益出版事業有限公司）
《陪你一程》	（一九九三年‧獲益出版事業有限公司）
《豐盛人生》	（一九九五年‧獲益出版事業有限公司）
《一串燒烤的日子》	（一九九六年‧獲益出版事業有限公司）

《寫作路上》　　　　　　（一九九六年‧獲益出版事業有限公司）

《一　　　天》　　　　　（一九九九年‧獲益出版事業有限公司）

《行李‧照片‧人》　　　（一九九九年‧獲益出版事業有限公司）

《活著，真好》　　　　　（一九九九年‧獲益出版事業有限公司）

《美文一籃》　　　　　　（二零零零年‧獲益出版事業有限公司）

《精緻短文》　　　　　　（二零零零年‧獲益出版事業有限公司）

《談談情，交交心》　　　（二零零零年‧獲益出版事業有限公司）

《虎山行》　　　　　　　（二零零零年‧獲益出版事業有限公司）

《晨夢夕錄》　　　　　　（二零零零年‧獲益出版事業有限公司）

《甜　　夢》　　　　　　（二零零一年‧獲益出版事業有限公司）

《生命芳香》　　　　　　（二零零一年‧獲益出版事業有限公司）

《奶茶一杯》　　　　　　（二零零三年‧獲益出版事業有限公司）

《重要的是活下去》　　　（二零零二年‧山邊社）

《雨中尋書》　　　　　　（二零零八年‧獲益出版事業有限公司）

《為何我們再次相遇》　　（二零一一年‧獲益出版事業有限公司）

《雨後青綠》　　　　　　（二零零八年‧獲益出版事業有限公司）

《走過紅地氈》　　　　　（二零一三年‧獲益出版事業有限公司）

《飄浮風中的記憶》　　　（二零一五年‧獲益出版事業有限公司）

《香港，你好》　　　　　（二零一七年‧獲益出版事業有限公司）

《幸運公事包》　　　　　（二零一七年‧獲益出版事業有限公司）

《緣結東西洋》　　　　　（二零一九年‧獲益出版事業有限公司）

《金門老家回不厭》　　　（二零一九年‧金門縣文化局）

遊記集

《日本十日遊》　　　　　（一九八五年‧香港綠洲出版公司）

《印尼之旅》　　　　　　（一九八六年‧香港綠洲出版公司）

《印尼萬裏遊》　　　　　（一九八九年‧與丘虹合著‧香港明天出版社）

隨筆・小品集

《南洋集錦》	（一九七九年・香港駱駝出版社）
《共剪西窗燭》	（一九八七年・香港綠洲出版公司）
《爸爸手記》	（一九八八年・香港金陵出版社）
《都會男女萬花筒》	（一九八九年・香港麒麟書業有限公司）
《文林漫步》	（一九九〇年・香港現代教育研究社）
《創作手記》	（一九九一年・香港突破出版社）
《你就是作家》	（一九九一年・獲益出版事業有限公司）
《你喜愛的作文》	（一九九三年・獲益出版事業有限公司）
《爸爸手記》（大陸版）	（一九九五年・四川文藝出版社）

評論集

《魯迅〈故事新編〉淺釋》	（一九七九年・香港中流出版社）
《老舍小識》	（一九七九年・香港世界出版社）
《我看香港文學》	（一九九五年・獲益出版事業有限公司）
《藝術感覺》	（一九九七年・獲益出版事業有限公司）
《流金歲月－印華文學之旅》	（二零零零年・獲益出版事業有限公司）
《循序漸進》	（二零零零年・獲益出版事業有限公司）
《流金季節續篇》	（二零零六年・獲益出版事業有限公司）
《香港文化淺談》	（二零零七年・獲益出版事業有限公司）
《邊飲咖啡 邊談文學》	（二零一二年・獲益出版事業有限公司）
《文學不了情》	（二零一三年・獲益出版事業有限公司）
《穿梭金黃歲月》	（二零一九年・獲益出版事業有限公司）

東瑞得獎榮譽和作品

1.《琳娜與嘉尼》
香港兒童文藝協會一九八三年兒童小說創作獎季軍

2.《不沉的舞臺》
香港兒童文藝協會一九八六年兒童小說創作獎優異獎

3.《山魂》
香港市政局一九九〇年度中文文學創作獎散文組冠軍

4.《夏夜的悲喜劇》
香港市政局一九九〇年度中文兒童讀物創作獎兒童故事組優異獎

5.《少年小羊》
香港市政局一九九四年度中文文學創作獎小說組優異獎

6.《校園偵破事件簿》
第三屆書叢榜最受小學生歡迎十本好書

第十屆中學生好書龍虎榜十本好書

東瑞並獲選為「全港小學生最喜愛作家」

二〇〇七年全國第四屆偵探推理小說大賽最佳新作獎

7.《一雙繡花鞋》
第七屆全國微型小說年度評選三等獎

8.「小小說創作終身成就獎」
二〇一一年中國鄭州 · 第四屆小小說節組委會頒授

9.《轉角照相館》

中國小小說協會主辦、金山雜誌社承辦二零一二年
第十屆中國小小說年度評選一等獎

10.《漆紅的名字》

黔台杯・第二屆世界華文微型小說大賽優秀獎

11.「第六屆小小說金麻雀獎」

二零一三年，鄭州小小說節組委會頒授(參選作品《轉角照相館》《蘋果》
《金廁所和半世紀唐樓》《大獎》《父親回家》《驚喜悼文》《證據》《臭
耳人阿王》《小站》《雪夜翻牆說愛你》十篇)。

12. 二零一三年九月十八日獲香港特區政府民政事務局、康樂及文化事務署頒授局長嘉許狀 ・ 被列為「香港推動文化藝術發展傑出人士」。

13.《生命之柱》

二零一四年中國小小說學會「文華杯」全國短篇小說大賽一等獎

14.《秋風初起》

獲中國小小說協會主辦、金山雜誌社承辦二零一三年
第十一屆中國小小說年度評選二等獎

15.《蒲公英之眸》

獲世界華文微型小說研究會、中國微型小說學會頒發第二屆世界華文微
型小說雙年獎優秀獎（二零一四年至二零一五年度）

16.「世界華文微型小說傑出貢獻獎」

二零一六年泰國曼谷 ・ 世界華文微型小說研究會、中國微型小說學會頒授

17.《雙騎結伴攀虎山》

二零一六年中國北京·中國世界華文文學學會頒發
第二屆全球華文散文徵文大賽優秀獎

18.《風雨甲政第》（長篇小說）

獲金門縣文化局頒發「第十三屆浯島文學獎長篇小說優等獎」

19.《清湯白飯》（小小說）

獲鄭州人民廣播電台、小小說傳媒等聯合主辦首屆「說王」小小說原
創大賽優秀獎

20.《導遊笑眯》（小小說）

獲「紫荊花開」世界華文微小說徵文大賽優秀獎

21.《落番長歌》（長篇小說）

獲金門縣文化局頒發「第十四屆浯島文學獎長篇小說優等獎」

22.「世界華文微型小說 40 年（1978 ～ 2018）40 位貢獻獎」

二零一八年十二月世界華文微型小說研究會、作家網頒發

23.《從鐵門縫隙看孫子》（小小說）

二零一八年十二月獲世界華文微型小說研究會、作家網頒發世界華文
微型小說雙年獎（2017 ～ 2018）一等獎

24.《血還未冷》（小小說）

二零一八年獲「東江書院杯」三等獎

25.《漣漪》（小小說）

獲二零一八年「武陵」杯·世界華語微型小說年度獎優秀獎

國家圖書館出版品預行編目（CIP）資料

金門老家回不厭 / 黃東濤作. -- 初版. -- 金門
縣金城鎮：金縣文化局, 2019.08
　　面；　公分
ISBN 978-986-05-9628-1（精裝）

863.55　　　　　　　　　　108013840

金門老家回不厭

補助單位｜金門縣文化局

作　　者｜東瑞（黃東濤）

發 行 人｜許正芳

出 版 者｜金門縣文化局

地　　址｜89350 金門縣金城鎮環島北路一段 66 號

電　　話｜082-323169

傳　　眞｜082-320431

網　　址｜http://web.kmccc.edu.tw

設計印刷｜群御廣告（04）2422-2277

初版一刷｜2019 年 8 月

定　　價｜新台幣 300 元

ISBN 978-986-05-9628-1（精裝）